KB091989

마녀의 독서처방

마녀의 독서처방

초판 1쇄 발행 2010년 8월 20일
초판 4쇄 발행 2012년 12월 1일

지은이 김이경
펴낸이 이영선
펴낸곳 서해문집
이 사 강영선
주 간 김선정
편집장 김문정
편 집 허 승 임경훈 김종훈 김경란 정지원
디자인 오성희 당승근 안희정
마케팅 김일신 이호석 이주리
관 리 박정래 손미경

출판등록 1989년 3월 16일 (제406-2005-000047호)
주 소 경기도 파주시 문발동 파주출판도시 498-7
전 화 (031)955-7470 | **팩 스** (031)955-7469
홈페이지 www.booksea.co.kr | **이메일** shmj21@hanmail.net

ⓒ 김이경, 2010
ISBN 978-89-7483-440-1 03800

이 도서의 국립중앙도서관 출판시도서목록(CIP)은 e-CIP 홈페이지(http://www.nl.go.kr/ecip)에서
이용하실 수 있습니다.(CIP제어번호: CIP2010002807)

매혹적인 독서가 마녀의 아주 특별한 册 처방전

마녀의 독서처방

김이경 지음

GIANT AT THE CROSSROADS

GIANT WIDENS HIS WORLD

서해문집

나를 뱄을 때 어머니는 아들을 확신했다고 합니다. 앞서 네 명의 아이를 낳은 어머니는 태아 성감별에 대해 또렷한 소신이 있으셨는데, 뻥뻥 배를 차며 노는 모양이 영락없는 아들이었다고요. 그래서 아기가 태어났을 때 산파가 "공주님이에요!" 하자 어머니는 거짓말 말라고 콧방귀를 뀌셨답니다. 하지만 행인지 불행인지(몇 년 전부터 어머니는 다행이라고 하십니다) 태어난 아기는 분명 딸이었습니다. 예상과 다른 막내딸의 출생에 아마 어머니는 실망하셨을 테지요.

그러나 실망스럽기는 나도 마찬가지였습니다. 아무도 기대하지 않은 '공주님'으로 태어나서 자신이 공주가 아님을 깨닫는 세월을 살아왔으니까요. 지나친 자기연민 아니냐고요? 그렇긴 하지만, 아마 나만 그리 느끼는 건 아닐 겁니다. 모두의 기대를 한 몸에 받고 태어난 '왕자님'이라 해도 살다 보면 자신의 왕국이 너무나 초라하며, 자신을 왕자로 여기는 사람은 한줌도 안 된다는 걸 깨닫게 될 테니까요. 삶이란 그런 점에서 참 모질지요. 우리가 가졌던 처음의 기대를 무너뜨리고 바닥에서 다시 일어서라 하니 말이에요.

하지만 바닥에 떨어지고 기대가 배반당하는 시간이 꼭 괴롭고 고단한 것만은 아닙니다. 그런 시간이 있기에 내가 별나게 잘난 인간이 아닌 줄도 알게 되고, 다른 사람의 사정도 헤아리며 배려할 줄 알게 되는 것이지요. 실패에 너무 익숙해지는 것도 문제지만, 실패를 모르는 것은 더 큰 문제입니다. '나 홀로 공주(왕자)'인 채로 주위에 민폐를 끼치며 살 확률이 매우 높아지니까요.

다행히 나는 일찍이 공주가 아님을 알았습니다. 공주가 되기에는 모든 게 너무 평범했지요. 아니, 평범하다 못해 한참 모자라서 공주는 커녕 하고한날 남들 시중이나 드는 무수리로 여겨질 정도였지요. 그렇게 공주에서 무수리로 자만심과 열등감의 극과 극을 오가던 어느 날, 이래선 안 되겠다는 생각이 들었습니다. '마녀가 되겠다'고 결심한 것은 그때입니다.

공주는 남에게 대접받기를 원하고 무수리는 남을 대접하기를 당연히 여깁니다. 한쪽은 군림하고 한쪽은 헌신하지만, 둘 다 남을 의식하고 타인에게 자신을 의존한다는 점에서는 똑같다고 할 수 있지요. 그러나 마녀는 다릅니다. 세상이 뭐라던 마녀는 자신의 지식과 능력에 의지해 제 방식대로 살아갑니다. 자유롭고 독립적으로, 타자他者 없이 존재하는 것이지요. 따라서 마녀로 살겠다는 것은, 남의 눈이 아니라 내 눈으로 세상을 보고, 내 생각대로 판단하고, 내 마음이 끌리는 대로 살겠다는 다짐입니다.

물론 이런 삶이 말처럼 쉬운 것은 아닙니다. 너나없이 '욕망'을 이야기하는 이즈음, 흔히들 '하고 싶은 걸 하라'고, '마음 가는 대로 살라'고 말을 합니다. 말이야 좋은 말이지요. 다만, 그 마음이란 것이 생각처럼 투명하지 않은 게 문제입니다.

주위를 둘러보면 부모나 애인의 마음을 내 마음으로 착각하고, 세상의 욕망을 자신의 욕망으로 여기는 이들이 참 많습니다. 나름대로 성공을 거두고도 불만과 원망이 남는 이유는 그래서입니다. 내가 진짜로 원하는 게 뭔지, 나라는 사람이 도대체 누군지 모르는 채 한 세상을 살기 때문이지요.

그래서 나는 책을 읽습니다. 내가 누구인지, 내 욕망은 무엇인지, 왜 그런 욕망을 갖게 되었는지, 내가 아는 것은 무엇이고 모르는 것은 무엇인지 제대로 알기 위해서 책을 읽습니다. 물론 책이 그 모든 걸 가르쳐주는 것은 아니며, 책보다 더 나은 스승이 없는 것도 아닙니다. 누구는 길 위에서 배우고, 누구는 사람에게서 배우며, 또 누구는 아득한 침묵에서 배우겠지요.

내가 책을 택한 이유는 책이 유일한 스승이어서가 아니라 책이 언제나 내 옆에 있었기 때문입니다. 내가 나를 몰라 힘들고 막막할 때 내 손을 잡아준 것이 책이기 때문입니다. 그러고 보면 내가 책에서 구한 것은 가르침이 아니라 위로였는지도 모릅니다. 책에서 세상의 이치나 인생의 진리를 발견했다고 믿은 적도 있습니다만, 또 다른 책이 번번이 그걸 무너뜨린 걸 보면 더욱 그런 생각이 듭니다.

명함 한 장 갖는 것이 소원이던 시절에도, 세상의 모욕에 무릎이 꺾이던 날에도, 그리고 모든 것이 의심스럽던 그 순간에도, 나는 시립 도서관 한구석에서 책을 읽었습니다. 지금, 그때 읽었던 책의 글귀들은 다 잊었지만, 묵묵히 내 눈물을 받아주던 책의 따스한 과묵함은 잊히지가 않습니다.

'독서처방'을 쓰게 된 것은 다른 이들도 비슷하리란 생각이 들어서입니다. 사소한 일상의 필요부터 깊은 마음의 상처까지, 책에서 해결책을 찾고 책에서 위로를 받아온 내 경험을 나누고 싶었지요. 그리고 나처럼, 분하고 서럽고 답답한데 사람은 멀고 책만 가까이 있는 외롭고 쓸쓸한 이들과 친구가 되고 싶었습니다.

다행히 2년 반 동안 '독서처방'을 연재하면서 좋은 벗들을 만날 수 있었습니다. 무면허 돌팔이의 처방전을 읽고 응원해준 분들입니다. 그 중에는 책상 앞에 붙여놓고 틈날 때마다 읽는다는 분도 있었고, 멀리 아프가니스탄에서 처방을 읽고 기운을 냈다는 분도 있었습니다. 얼굴 한번 본 적 없지만 그분들의 한마디 한마디가 내겐 큰 힘이 되었습니다. 상처 입은 이들에게 처방을 해주겠다면서 실은 내가 위로받은 셈입니다. 고맙습니다.

더불어 처방전을 쓰게 해준 자유칼럼그룹의 여러 선생님들, 예쁜 책을 만들어준 서해문집의 여러 분들, 지켜봐준 가족들과 사랑하는 그이, 그리고 나를 키운 불면과 절망의 날들에게 고마움을 전합니다.

《마녀의 독서처방》이 지성의 낙관을 일깨울 수만 있다면 아, 나는 빗자루를 타고 하늘을 날겠습니다.

책 읽는 마녀 김이경

{차례}

비 관 주 의 자 의 책 꽂 이 258

처음처럼

내 방식대로 성공하기

은근히 잘난 척하고 싶을 때

공짜로 즐기는 화려한 휴가

가슴 뛰는 인생을 살고 싶다면

인간적이며 과학적인 낙관주의

왓 어 원더풀 월드!

즐거운 나의 집

I

설
렘

Romance

처음처럼

엘리베이터에 탄 꼬마는 넥타이에 조끼까지 완벽한 정장 차림입니다. 젖살이 통통한 얼굴은 차림새에 걸맞은 엄숙함을 유지하느라 잔뜩 굳어 있습니다. 하지만 "와, 정말 멋져요!" 하고 내가 감탄사를 터뜨리자 이내 콧구멍이 벌름거리고 배시시 웃음이 비어져 나옵니다. 그 모습을 바라보며 아이 엄마가 뿌듯한 얼굴로 말합니다.

"오늘이 입학식이에요."

처음 학교에 가는 모자의 들뜬 모습을 보니 내가 다 설렙니다. 그리고 오래 잊고 있었던 내 처음도 떠오릅니다. 내게도 저런 처음이 있었는데, 가슴 두근거리던 순간이 있었는데…… 아스라한 처음의 기억에 볼이 물들고 가슴 한편이 싸해집니다.

처음 학교에 가던 날의 기억은 없지만 처음 학교를 졸업하던 날의 모래바람은 기억에 선합니다. 그리고 처음 교복을 입었을 때, 처음 생리를 했을 때, 처음 바다를 봤을 때, 처음 사랑하는 사람을 만났을 때, 처음 이별했을 때, 처음 출근했을 때…… 그렇게 많은 처음들이 모여 지금의 내가 있다는 걸 처음으로 깨닫습니다. 문득, 처음의 그 설렘과 두려움이 간절히 그리워집니다. 다시 처음을 느끼기 위해 펼친 책, 존 쿳시의 소설 《어느 운 나쁜 해의 일기》입니다.

2003년 노벨문학상을 받은 작가 존 쿳시가 예순일곱에 발표한 《어느 운 나쁜 해의 일기》는 독특한 모양새부터가 기존의 소설과는 확연히 다릅니다. 250쪽이 채 안 되는 소설을 일주일 내내 붙들고 있었던 것도 처음 있는 일입니다. 그만큼 새롭고 낯설고 읽기 힘든 소설이지만, 그래서 더 오래 여운이 남는 책이기도 합니다.

책을 펼치면 점선을 사이에 두고 둘 혹은 셋으로 나뉜 페이지가 나타납니다. 페이지 윗부분은 소설의 화자인 주인공 JC가 쓰는 '강력한 의견들'이라는 에세이입니다. 작가인 JC는 같은 제목으로 독일에서 출판될 책을 위해 현대 세계의 문제점에 관한 논쟁적인 에세이를 쓰는 중인데, 바로 그 원고가 소설의 한 부분을 이룹니다. 그리고 점선 아래에 JC가 매력적인 젊은 여성 안야를 만나는 이야기가 나옵니다. 전통적인 소설적 재미를 느낄 수 있는 부분이지요.

점선이 하나에서 둘로 늘어나는 건 안야가 JC의 타이피스트로 일하면서부터입니다. 이제 페이지 맨 아랫부분은 안야가 차지합니다. 안야는 또 다른 화자가 되어 JC와는 다른 관점에서 상황을 느끼고 설명합니다. 그렇게 둘(JC와 안야) 또는 셋(글 쓰는 JC와 행동하는

JC와 안야)의 화자가 등장하여 저마다의 목소리를 내는 데 이 소설의 매력이 있습니다.

전혀 다른 성격의 글이 한 페이지에 함께 나오는 데다 화자도 스토리도 제각각인 소설을 읽는 것은 쉽지 않습니다. 일단 독서 자체가 한 번에 이루어지지 않습니다. 페이지를 넘기며 에세이를 읽다가 다시 처음으로 돌아와 점선 아래 JC의 이야기를 읽고, 또다시 앞으로 돌아가서 안야가 들려주는 이야기를 읽어야 합니다.

물론 앞에서 뒤로, 뒤에서 앞으로 오가는 돌림노래 같은 독서가 성가시다면, 늘 하던 대로 페이지 맨 위부터 맨 아래까지 차례로 읽어 내려가도 됩니다. 하지만 이 방식을 택한다 해도 페이지를 넘길 때마다 끊어진 이야기를 돌이키며 매번 새롭게 생각의 끈을 이어가야 하는 수고는 피할 수 없습니다. 어느 쪽을 택하든 독자 마음이지만, 어느 쪽도 쉽지 않기는 마찬가지입니다.

다행인 것은 그 수고에 값하는 즐거움을 소설에서 충분히 느낄 수 있다는 겁니다. 책의 3분의 2를 차지하는 에세이는 별도의 책으로 묶어도 될 만큼, 어지간한 철학책에서도 맛볼 수 없는 깊이 있는 통찰로 독자를 사로잡습니다. 내가 고개를 주억거리며 읽은 그중 한 대목입니다.

국민에게는 늘 이미 정해져 있는 사실이 주어진다. 선택의 형식에는 토론의 여지가 없다. 투표용지에는 '당신은 A 혹은 B를 원합니까, 아니면 양쪽 다 원하지 않습니까?' 라고 쓰여 있지 않다. A와 B 중에 하나를 선택해야 하는 상황이라면 대부분의 사람들, 즉 '평범한' 사람들은 속으로는 아무도 선택하고 싶어 하지 않는 경향이 있다. 그러나 그것은 경향일 뿐이다. 국가는 경향을 상대하지 않는다. 국가가 상대하는 것은 선택이다. …… (민주주의는 말한다.) 그 시스템에 못마땅한 게 있어 바꾸고 싶으면, 시스템 안에서 해라. 민주주의는 민주적인 시스템 밖에서의 정치를 허용하지 않는다. 이런 의미에서 민주주의는 전체주의다.

JC(쿳시 자신이라 해도 상관없습니다)는 민주주의의 원칙들에 의문을 제기하면서, 동전을 던져 지도자를 뽑는다고 세계가 지금보다 더 나빠졌겠느냐고 반문합니다. 누구보다 민주적 가치를 신봉하는 그가 이런 주장을 하는 이유는 한마디로 슬픔 때문입니다. '테러와의 전쟁'을 내세워 세계 각국에서 전쟁을 일으키고 검열을 일삼는 선진 민주국가들에 대한 회의와 절망, 그리고 그로 인해 죽고 고문당하는 무죄한 생명들에 대한 슬픔이 그를 깊은 허무에 빠뜨린 것이지요.

그러나 젊고 아름다운 안야는 그의 비분강개에 동의하지 않습니다. 그녀는 정치 이야기는 그만두라고, 대신 새에 대해서, 주변 세계에 대해서 써보라고 말합니다. 물론 저명한 노작가가 일개 타이피스트의 말을 들을 리 없지요. 하지만 예쁘고 섹시한 안야는 거침없이 얘기합니다. 당신의 무미건조한 말투는 질색이라고, 모든 것을 알고 있다는 식의 말투는 독자를 질리게 할 뿐이라고 말이지요.

재미있는 것은 작가 앞에선 신랄하게 그를 비판하는 안야지만 막상 애인 앨런과 이야기할 때는 작가 편이 되어 그의 관점을 옹호한다는 겁니다. 그의 글을 읽고 타이핑하고 비판하는 사이 어느덧 그를 이해하고 공감하게 된 것이지요. 그리고 이런 공감과 이해는 작가에게도 일어납니다. 책의 후반부를 이루는 '두 번째 일기'는 바로 그런 변화를 보여주는 개인적인 에세이들로 시작됩니다.

그 에세이들 중에는 안야가 써보라고 했던 공원의 새에 대한 이야기도 있고, 죽은 아버지에 관한 추억담도 있으며, 키스에 대한 소품과 죽음에 대한 상념들도 있습니다. 안야와의 만남이 '강력한 의견들'을 쓰던 그에게 이런 '부드러운 의견들'을 쓰게 한 것이지요. 그러기에 그는 당신 책에 자기가 나오느냐고 묻는 안야에게 말합니다.

"당신은 책의 모든 곳에 있어요. 모든 곳에 있고 아무 곳에도 없어요.
똑같은 정도는 아니겠지만 신처럼 말이지요."

예쁜 여자에게 후한 것은 남자들의 본병本病이지만, 신처럼 존재한다는 이 말이 꼭 입치레만은 아닌 것 같습니다. 신을 필요로 하는 것이 궁극적으로 구원에 대한 희구라면, 신조차 전쟁의 원인이 되어버린 지금 유일한 구원은 사람들 사이의 소통과 교감뿐인지도 모르니까요. 그러고 보면 생활도 생각도 인종도 성별도 세대도 다른 안야와 JC가 만나 서로 영향을 주고받으며 사랑에 이르듯, 사람이, 사람 사이의 소통이, 거기서 싹트는 사랑이 이 시대의 유일한 희망인 것도 같습니다.

낯선 문법의 소설책을 읽는 것처럼, 처음 누군가를 만나고 처음 뭔가에 도전하는 것은 설레면서도 당혹스러운 일입니다. 그래서 누군가는 낯선 만남을 피하고 익숙한 일만을 되풀이하기도 합니다. 하지만 불편한 독서가 상상치 못한 희열을 주듯이, 떨림의 시작을 기꺼이 감당한 이에게는 가슴 뿌듯한 결실이 주어집니다. 모든 것이 새로 태어나는 이 봄, 부디 당신도 새롭게 시작하기를, 모든 날들을 처음처럼 살기를 진심으로 축원합니다!

존 M. 쿳시, 왕은철 옮김
《어느 운 나쁜 해의 일기》
민음사, 2009

내 방식대로 성공하기

어릴 적에는 권선징악을 믿었습니다. 그런데 몇 해 전 야심만만한 한 교수님이 총장직에 오르는 걸 보고 그 오랜 믿음을 버렸습니다. 대신 간절히 원하면―옳든 그르든―이루어진다는 것을 깨달았습니다. 그분의 그릇과 성품은 그 직에 어울리지 않았지만, 장담컨대 그분만큼 오랫동안 한결같이 총장직을 소망한 사람은 없었으니까요.

그분이 총장이 되어서 기쁘다는 사람을 한 명도 본 적이 없지만, 그럼 뭡합니까? 우리가 뒤에서 흉을 보든 말든 그분은 이른바 명문대학의 총장이고, 우리는 아무 성공도 하지 못한 일개 필부일 뿐인데요. 그래서 억울하면 성공하라고들 하는 게 아니겠어요.

정말이지 나도 성공하고 싶습니다. 성공의 철학적인 의미 같은 건 다 떠나서 그냥 세속적으로 성공하는 거 말입니다. 그래서 이름도 떨치고, 영향력도 행사하고, 사회 지도층 인사로 한번 살아보고 싶습니다. 하지만 오로지 성공에만 매달려 악착같이 사는 건 영 자신이 없습니다. 성공도 좋지만 내 성정을 버리면서 재미없는 인생을 살 수는 없으니까요.

《채링크로스 84번지》는 그런 내게 반가운 희망을 준 책입니다. 성공에 대해선 한마디도 하지 않지만, 악착 떨지 않아도 성공할 수 있다고 말해주는 고마운 책이지요. 150쪽에 불과한 이 책이 베스트셀러가 되고, 영화로 연극으로 TV 드라마로 만들어져 성공을 거둔 것도 그래서일 겁니다. 뜻밖의 인연이 빚은 아름다운 운명이 사람들에게 감동을 준 것이지요.

책 제목에 나오는 채링크로스는 런던의 유명한 서점 거리입니다. 1949년 10월, 뉴욕에 사는 작가 헬렌 한프는 채링크로스 84번지에 있는 헌책방 마크스 서점에 책을 주문합니다. 이 책은 그때부터 1969년까지 20년간 주고받은 거래 주문서 비슷한 편지들을 모은 것입니다. 얇은 책에 짧은 편지들이 수록되어 있는데, 글자도 많지 않고 어려울 것도 없어서 정말 단숨에 읽힐 것 같은 책입니다. 하지만 중간중간 책에서 고개를 들고 괜히 어슬렁거리지 않고는 견딜 수 없는, 한 호흡에 읽기에는 행간이 참 긴 책입니다.

헬렌 한프는 방송 대본도 쓰고 어린이 책도 쓰고 잡지에 기고도 하면서 정말 닥치는 대로 글을 썼지만, 작가로서 성공을 거둔 이는 아니었습니다. 편지에서 묘사한 대로라면 그녀는 작고 볼품없는 아파트에서 행여 일거리가 떨어질까 걱정하며 혼자 살았던 듯합니다. 커피를 마시며 권당 5달러 이하의 고서를 읽는 것이 그녀의 유일한 취미이자 호사였으니, 어찌 보면 쓸쓸한 인생이었지요.

하지만 그녀는 유머와 여유를 잃지 않습니다. 책을 주문하고 발송하는 지극히 건조한 관계가 사람들의 눈시울을 붉히게 하는 따뜻한 사이로 변한 것은 그녀의 유머 덕분이지요. "친애하는 부인"이라고 쓴 답장을 받은 뒤 그녀는 "부인이라는 호칭이 이쪽에서 사용하는 그런 뜻이 아니었으면 좋겠군요"라며 슬쩍 자신이 미혼임을 밝힙니다. 사적인 이야기를 톡톡 털어내는 그녀만의 독특한 어법에, 고지식한 영국의 서점 직원도 어느덧 무장해제 되고 맙니다.

친애하는 헬렌, 이제 당신 호칭에서 '양'을 빼버릴 때가 되었다는 말씀에 저도 동의합니다. 제가 당신이 생각하는 만큼 쌀쌀맞은 사람은 아니지만, 제가 보내는 편지의 사본이 사무용 서류철로 묶이는 까닭에 공식적인 호칭이 적절하다고 생각했던 것입니다. (1952년 2월 14일)

제 대본엔 늘 예술적인 배경이 등장하죠. …… 당신에게 경의를 표하는 뜻에서 희귀 서적상에 관한 것을 하나 써볼까 하는데 어떠세요? 그러면 당신은 살인자가 되고 싶으세요, 아니면 시체가 되고 싶으세요? (1952년 3월 3일)

친애하는 헬렌(이제 내가 더는 서류철에 신경 쓰지 않는다는 게 보입니까?) (1952년 4월 17일)

독신의 여자와 비슷한 연배의 유부남 사이에 이토록 자주 편지가 오갔다면 그게 아무리 책을 사고파는 일이었대도 뭔가 '썸씽'이 있지 않았을까 상상하게 되는 게 인지상정이지요. 이 책을 원작으로 한 영화가 우리나라에서 '84번가의 극비문서'라는 이상야릇한 제목을 달고 나온 것도 이런 인지상정을 지나치게 의식한 탓일 겁니다. 사실 영화에서는 앤서니 홉킨스와 앤 밴크로프트라는 두 걸출한 배우가, 있었는지 없었는지 모를 이 '썸씽'을 참으로 절묘하게 연기해서 보는 이를 설레게 합니다. 책은 그보다 더 담백하지만 독자의 상상까지 원천봉쇄할 정도는 아닙니다.

그러나 끈끈한 '썸씽'보다 더 독자의 마음을 사로잡는 건 따스한 인정입니다. 헬렌은 전쟁 직후 식량난을 겪는 영국인들을 위해 달걀이며 햄 따위를 챙겨 서점으로 보냅니다. 일면식도 없는 미국의 독자가 보낸 음식에 서점 직원들은 감격합니다. 그들 한 명 한 명이 쓴 감사 카드와 헬렌이 쓴 답장을 읽으면 미소가 번지고 가슴이 따뜻해집니다. 책과 사람의 소통도 아름답지만 사람과 사람 사이의 소통은 또 얼마나 아름다운가! 새삼스런 깨달음에 살아갈 힘이 생기고, 착하게 살고 싶어집니다.

책에 실린 편지들에는 런던에 한번 놀러오라는 말이 수없이 나옵니다. 헬렌도 올해엔 가겠다고 여러 번 다짐을 합니다. 하지만 그녀는 끝내 런던에도, 채링크로스의 헌책방에도 가지 못합니다. 그녀만큼 책에 연연해하지 않던 친구들은 런던도 가고 책방에도 찾아가건만, 정작 그녀는 오매불망 마음으로 그럴 뿐입니다. 이유는 단 하나, 돈이 없는 탓이지요. 유머가 풍부한 그녀에게도 이런 삶이 호락호락한 것은 아닙니다.

1969년 어느 날, 중년의 끄트머리에 선 헬렌은 자신의 삶을 돌아보다가 절망에 빠집니다.

"나는 실패한 희곡 작가였다. 나는 아무데도 가지 못했고, 아무것도 아니었다."

그 다음 날 채링크로스 84번지에서 마지막 편지가 도착합니다. 헬렌이 20년간 주고받은 편지를 책으로 내겠다고 결심한 것은 그 순간입니다. 그리고 무명의 작가 헬렌 한프가 성공을 거머쥔 것도 그 순간부터입니다.

책은 전 세계에서 번역 출간되었고 영화, 연극, 드라마로 만들어져 장기 공연되었으며, 사방에서 팬레터가 쏟아졌습니다. 헬렌은 모처럼 찾아온 성공을 그녀다운 방식으로 알뜰하게 누립니다. 전 세계에서 날아온 편지에 답장을 쓰느라 인세를 몽땅 우표 값으로 쓰고 다시 빈털터리가 되었으니 말입니다. 성공을 하기 전이나 한 뒤에나 한결같은 그녀의 심성, 그 때문에 이 작은 책에서 그토록 커다란 감동을 받는 것이겠지요.

오로지 성공을 위해 안달하면 성공할 확률이 높은 것은 확실합니다. 하지만 무엇 때문에 성공하고 싶은지를 잊은 성공은, 본인은 몰라도 타인에게는 큰 고역이 됩니다. 남들이 배 아파하는 성공은 부끄

러운 것이지 자랑스러운 것이 아닙니다. 진짜 성공은 성실히 착하게
살아서 남과 더불어 얻은 성공이라는 것, 그것만 가슴에 새겨도 세상
살기가 이리 팍팍하지는 않을 것 같은 날입니다.

헬렌 한프, 이민아 옮김
《채링크로스 84번지》
궁리, 2004

은근히 잘난 척하고 싶을 때

오랜만에 선배를 만났습니다. 평소 존경하고 따르던 선배라 처음엔 반갑고 좋기만 했습니다. 그런데 시간이 갈수록 피곤해지더군요. 무슨 얘기를 하든 "아, 나도 알아. 나도 그랬는데……" 하면서 조언을 해주는 통에 나중엔 말을 꺼내기가 무서울 지경이었습니다.

"가을이라 그런지 싱숭생숭해요."

"마음이 허전해서 그래. 하루하루가 소중하다고 생각해봐, 어느 계절이든 다 좋지."

"나이는 드는데 이룬 건 없고, 한심해요."

"성공 강박이야. 인생이 꼭 성취해야 하는 건 아니잖아……."

말이 나오기 무섭게 다 안다며 해답을 내놓는 선배에게선, 흉허물 없이 속내를 터놓고 맞장구를 쳐주던 예전의 모습은 보이지 않았습니다. 내가 원하는 건 조언이 아니라 공감인데, 다른 건 다 아는 선배도 그것만은 모르는 듯했습니다.

하긴 선배만이 아닙니다. 나 역시 툭하면 훈수 두고 아는 소리 잘 하기로는 누구 못지않습니다. 남보다 오래 성공적으로 산 것도 아니면서 후배들 앞에서 "내가 살아보니까……" 운운하며 개똥철학을 늘어놓습니다. 일이 조금만 잘돼도 '이 정도면 나도……' 하며 자아도취에 빠지기도 합니다.

남의 눈의 티끌은 봐도 내 눈의 대들보는 못 보는 셈인데, 이렇게 살다간 주위가 적막해지기 십상입니다. 다행히 요네하라 마리의 《대단한 책》을 읽고 정신이 들었습니다. 이 정도론 명함도 못 내민다는 걸, 내가 아는 건 쥐뿔도 없다는 걸 가르쳐준 책입니다.

거의 700쪽에 달하는 어마어마한 부피의 《대단한 책》은 일본 최고의 러시아어 통·번역가이자 요미우리 문학상, 오야 소이치 논픽션상 등을 수상한 작가 요네하라 마리가 쓴 서평집입니다.

신문과 잡지에 연재한 서평들을 모은 이 책에는 200여 권이 넘는 책들이 소개되어 있는데, 분야와 시대를 넘나드는 그 방대한 독서에는 기가 질릴 뿐입니다. "20년 동안 하루 평균 일곱 권(!)"을 읽었다니 말 다했지요. 더구나 그 전문적인 내용은 또 어떻고요! 아무튼 이 책을 읽고도 자부심에 손톱만큼의 흠집도 나지 않는 사람이 있다면 정말 대단하신 겁니다.

하지만 단지 많이 읽었다고 해서 그녀의 책이 '대단한' 것은 아닙니다. 다독가들이야 그녀 말고도 많으니까요. 그녀의 서평이 정말

'대단한' 것은 다독이나 박학다식을 과시하지 않으면서도 누구보다 넓고 깊은 지식을 보여주기 때문이며, 그 지식이 오로지 이 세상에 대한 지극한 애정에서 비롯한 것이기 때문입니다.

이는 서평의 상당수가 이라크, 체첸, 아프가니스탄, 보스니아 등 분쟁 지역에 관한 책들을 다루고 있는 것만 봐도 알 수 있습니다. 그 서평들은 동시대 인간에 대해 그녀가 얼마나 큰 책임의식과 애정을 갖고 있는지 잘 보여줍니다.

흔히 이런 분쟁 지역을 다루는 책이나 서평을 보면 처참한 상황에 초점을 맞추어 독자의 눈물샘을 자극하려 드는 데 반해, 요네하라는 과연 분쟁의 진실은 무엇이며 그것을 보는 우리의 시선은 옳은지에 초점을 맞춥니다. 제3세계 난민을 동정하는 국외자의 시선이 아니라, 평화롭던 나라가 강대국의 논리에 의해 순식간에 전쟁터로 변하는 현실을 직시하고, 그것을 방조하는 자신의 책임까지 생각하는 내부자의 시선이지요.

특히 그녀가 주목하는 것은 언론 보도의 진실성입니다. 광고대리점 출신의 보도관이 마련한 종군 취재의 틀에 따라 "미디어와 군이 함께 행동하며" 전쟁을 실황 중계했던 미국의 이라크 전쟁부터, "테러리스트보다 저널리스트를 섬멸하라"고 공언하며 언론인 살해를 서슴지 않은 러시아의 푸틴 대통령까지, 이 책에는 거짓 정보로 여론을 조작한 다양한 사례들이 등장합니다.

그래서 책을 읽노라면 내가 알고 있는 것이 과연 진실일까, 가슴이 무거워집니다. 더구나 일본에서는 분쟁을 다룬 이런 다양한 책들이 쓰이고 번역되는데 한국에선 아예 소개조차 되고 있지 않다는 사실을 생각하면 가슴이 더 무거워집니다. 문화 강국이니 뭐니 말들 하지만 체첸에 대한 번역서 한 권도 찾기 힘든 우리 현실에서, 번역서는 물론이요 국내 작가가 직접 쓴 책까지 갖고 있는 일본 출판의 비옥한 토양은 부러움을 넘어 두려움마저 느끼게 합니다. 이러고도 과연 일본은 없다느니 어쩌니, 이런 말을 할 수 있을까요?

하지만 세상 걱정을 하며 분개하는 것도 잠시, 책장을 넘기다 보면 이내 실실 웃음이 나옵니다. 책의 제사題詞에서도 "웃음을 주는 저자가 가장 좋다"고 밝혔지만, 요네하라는 정말 웃기는 책을 좋아한 모양입니다. 어지간한 서평자는 소개도 안 할 다양한 유머 모음집부터 《방귀대전》이나 《팬티가 보인다》같이 제목만 봐도 웃음이 터져 나오는 책들까지, 온갖 종류의 재미있는 책들을 다루고 있으니 말입니다.

그 중에서도 434쪽에 실린 방귀에 관한 우스개는 "뿡!" 하고 터질 만큼 웃겼지만, 품위 유지를 위해서도 그렇고 혹시 이 글을 읽고 책을 볼 분들을 위해서도 남겨두는 게 좋을 것 같습니다. 대신 '웃음이 있는 설문조사'라는 서평의 한 대목을 소개합니다.

(2002년 가을 마이니치 신문에서 휴대전화로 한 설문조사는) 질문과 회답 방식이 권위나 체면이나 상식의 이면을 보여주고 그 진정한 속마음을 끌어내고 있다. '밤길에 신변의 위험을 느꼈을 때 찾아가는 곳은 파

출소 29%, 편의점 70%', '연말에 백화점에서 파는 복주머니에 대한 느낌은 좋은 물건 싸게 잘 샀다 18%, 팔다 남은 것 떨이로 샀다 82%'.

나라는 달라도 사람 마음은 다 비슷하구나 싶어 공감의 미소가 떠오르지 않나요? 사실 신문과 잡지에 연재한 짧은 서평들이 이토록 오랜 여운을 남기는 것도, 따지고 보면 세상과 소통하는 요네하라의 공감 능력 때문인 듯합니다.

그녀는 사람은 물론 개와 고양이들과도 대화를 나누는 놀라운 능력의 소유자입니다. 타고난 능력이 아니라 부단히 독서를 통해 개발한 능력이지요. 버려진 개와 고양이들을 데려와 키우면서 그녀는 그들과 소통하기 위해 엄청난 책을 읽는데, 그러고서 얻은 결론은 "개는 개로서 사랑하라"입니다. 섣부른 인간중심주의를 내세워 잘난 척하지 말라는 것이지요.

이 책에 실린 제일 마지막 원고는 2006년 5월 18일에 쓴 것입니다. 엿새 뒤인 25일, 그녀는 2년여간 앓아온 난소암으로 세상을 떠났습니다. 죽기 일주일 전까지 서평 연재를 했으니 정말 대단한 투혼이지요.

그녀는 항암 치료의 후유증에 시달리면서도 죽기 직전까지 '내 몸으로 암 치료 책을 직접 검증하다'라는 주제의 서평을 연재했습니다. 성실한 독서가로, 냉철한 서평가로, 탁월한 통·번역가로 살아온 그녀답게 마지막 순간까지 읽고 평하고 전달하는 삶을 놓치지 않은 것입니다. 책 내용을 자신이 직접 몸으로 실천한 뒤 그 효능부터 비용까지 꼼꼼히 설명한 서평을 마무리하며, 그녀는 탄식하듯 말합니다.

"아, 내가 열 명만 더 있다면 이 모든 요법을 시험해보는 건데."

세상의 모든 지식을 알기에는, 인생은 짧고 깨달음은 늘 더디기 마련이겠지요. 그러니 어설픈 지식에 자족하기보다는 지식의 책임을 생각해야겠다고, 이 대단한 여자의 대단한 책을 보며 결심합니다. 공연한 자부심으로 주위 사람들을 괴롭히는 대신에 말입니다.

요네하라 마리, 이언숙 옮김
《대단한 책》
마음산책, 2007

공짜로 즐기는 화려한 휴가

휴가철, 사방에서 떠난다는 소리가 들립니다. 인천공항은 떠나는 이들로 북적이고 서점엔 새로 나온 여행서들이 흘러넘칩니다. 남들은 유럽의 뒷골목부터 이름도 낯선 숨은 오지까지 온 세상을 누비는데 나만 여기, 마른장마 젖은 장마 주야장천 장마 중인 서울에 남은 것 같습니다.

'집 떠나면 고생이지.'

왠지 울적해지려는 스스로를 달래며 도나 닦을 양으로 책장을 뒤적입니다. 마침 구미에 딱 맞는 책이 눈에 띕니다. 18세기 사르디니아 왕국*의 군인이었던 자비에르 드 메스트르(1763~1852)가 쓴 《내 방 여행》과 《밤에 떠나는 내 방 여행》입니다.

얇지만 깊이 있는 이 책들은 내면으로 깊이 침잠한 고요한 정신

*토리노가 수도인 북이탈리아의 작은 나라로, 1861년 이탈리아 통일의 주축이 되었다.

을 보여줍니다. 그런데 정작 이 글을 쓴 자비에르는 모험을 좋아하는 역동적인 사람이었다고 합니다. 1783년에 세계 최초로 열기구 비행이 성공하자 바로 이듬해 직접 열기구를 타고 하늘을 날 정도였지요. 그런 그가 세계 여행도 아닌 '내 방 여행'을 쓰게 된 것은, 법으로 금지한 결투를 벌였다가 그 벌로 가택연금을 당했기 때문입니다.

늘 자유롭게 돌아다니던 스물여덟 살 청년에게 42일간의 연금은 괴롭기도 했으련만, 그는 오히려 이번 기회에 자신의 방을 여행하겠다며 기꺼이 받아들입니다. 그렇게 해서 완성된 《내 방 여행》은 1795년 출간되어 선풍적인 인기를 끌었고, 8년 뒤에는 자매편 격인 《밤에 떠나는 내 방 여행》이 나와 역시 호평을 받았습니다.

자비에르의 글은 당대만이 아니라 후세에도 높은 평가를 받았습니다. 프랑스 문학의 거장 프루스트와 카뮈에게 영향을 미쳤고, 도스토옙스키의 《지하로부터의 수기》에도 영감을 주었습니다. 또 현대 미국의 비평가 수전 손택은 "문학사상 가장 독창적이면서도 거침없는 문체"라고 찬사를 보냈지요. 160쪽 안팎의 짧은 에세이치고는 놀라운 성공을 거둔 셈인데, 책을 읽으면 납득이 갑니다.

책상 하나, 탁자 둘, 의자 여섯, 침대 하나, 작은 책꽂이와 몇 점의 그림. 자비에르가 연금당한 방 안 풍경입니다. 탁자가 두 개나 되는 걸 보면 꽤 넓은 방이었던 모양이지만, 그래도 40일 넘게 갇혀 있자면 역시 답답했겠지요. 다행히 자비에르는 상상력이 풍부해서 무료함을 느낄 새가 없었던 것 같습니다. 특히나 방에 갇히고도 이참에

"돈 한 푼 들지 않는 여행"을 떠나자며 신나게 짐을 꾸리는 낙천적인 성격이 연금 생활을 견디는 데 큰 도움이 되었지요.

자비에르의 여행은 늘 제 자리를 지키는 익숙한 가구들을 돌아보는 것으로부터 시작합니다. 그가 방에서 제일 먼저 주목한 것은 침대입니다. 그는 침대에서 맞는 평화로운 아침을 떠올리며, 침대야말로 "인생의 절반 동안 안고 사는 슬픔을, 남은 인생 동안 잊게 해주는 황홀한 가구"라고 찬미합니다.

잠자는 시간조차 슬픔을 잊는 시간이라고 말하는 이런 섬세한 눈길은 거울을 볼 때도 드러납니다. 벽에 걸린 그림들을 감상하던 그는 문득 라파엘로도 감히 견줄 수 없는 최고의 작품을 발견하고 경의를 표합니다. 그 작품은 바로 거울입니다. 사람들은 거울에서 자신이 진심으로 공감하는 완벽한 작품(바로 자기 자신)을 만나기 때문이지요.

자비에르는 모든 것을 있는 그대로 비추는 거울을 바라보며 한 발 더 나아가 "도덕을 비추는 거울", "자신의 미덕과 악덕을 비춰볼 수 있는 거울"을 상상합니다. 하지만 다음 순간, 그런 거울은 아무 쓸모가 없음을 깨닫습니다.

타락한 자가 거울에 비친 자기 모습을 보고 거울을 깨버리는 경우는 극히 드물다. 빛이 우리 눈에 들어와 생긴 모습 그대로 우리의 영상을 그려낼 때, 자기애自己愛가 우리 자신과 우리의 이미지 사이에 신뢰할 수 없는 프리즘을 끼워 넣고 우리에게 신의 모습을 비춰준다.

자비에르는 자신의 모습에서 신을 발견하는 인간의 허영심을 부정하지 않습니다. 오히려 그걸 인정하기에 더욱더 스스로를 돌아보며 자신을 경계하려고 애쓰는 것이지요. 시중 드는 하인에게서도 배움을 구하고 그와 신분을 넘어 깊은 우정을 나누는 열린 마음은 바로 그런 태도에서 나옵니다.

나중에 펴낸 《밤에 떠나는 내 방 여행》에는 이렇게 정을 나눈 하인 조아네티와 헤어진 사연이 실려 있습니다. 15년을 함께한 오랜 친구 조아네티와 헤어지던 순간을 회상하며 자비에르는 말합니다.

어느 누가 사랑하는 사람과 영원히 살겠노라고 자신할 수 있을까? ……
15년 지기가 남남이 되는 데는 몇 분이면 충분했다. 음, 애달픈 운명의 인간이여, 사소한 애정일지라도 시간을 두며 흐르는 하나의 대상에 쏟아서는 결코 안 된다.

그는 조국 사르디니아가 외세인 프랑스에 패한 뒤 "세상 사람들을 피해 은둔할 수 있는 구석방"에서 이 글을 썼습니다. 그래선지 《밤에 떠나는 내 방 여행》에는 전작보다 더 짙은 우수가 배어 있으며, 시속時俗을 벗어나 드넓은 우주를 지향하는 고독하지만 성숙한 영혼을 느낄 수 있습니다.

자신과 대화를 나누기보다 바보들과 떠드는 데 시간을 허비하는 이는 불행할지어다. …… 덧없는 관객인 인간이 눈을 들어 하늘을 보는 순간은 찰나다. 하지만 중요한 것은 그 짧은 순간이나마 인간에게 허락되었다는 점이다. 우주 사방에서 인간을 위로하는 빛이 별로부터 날아와 인간의 시선에 닿는다. 그 빛은 우리에게 영원과 인간의 만남은 존재하며 인간은 영원의 한 부분임을 말해준다.

인간을 둘러보면서 나는 너무도 많은 불행이 종국엔 사람을 우스꽝스럽게 만든다는 것을 알았다. 이런 끔찍한 상황에서는 여러분이 방금 읽은 새로운 여행법 외에 더 도움이 되는 것은 없다.

　일상의 무게에 짓눌려 어느새 우스꽝스러운 짓을 태연히 하고 있는 자신을 볼 때, 우리는 여행을 꿈꿉니다. 하지만 큰돈을 들여 먼 길을 떠나야만 자유를 얻는 것은 아닙니다. 밖으로 나가서 안으로 침잠하는 게 여행이라면, 조막만 한 방 안에서도 여행은 가능합니다. 그 방에 작은 창이 있어 바깥 풍경을 안으로 들일 수 있다면 금상첨화겠지요.
　자비에르는 여행의 목적은 구경이 아니라 발견임을 일깨웁니다. 마음에 다 담을 수 없는 무수한 볼거리들이 넘쳐나고, 기막힌 절경을 앞에 두고도 눈으로 보기 전에 카메라에 담느라 분주한 세상입니다. 그런데 그 볼거리들과 숱하게 찍은 사진들에서 우리가 발견하는 것은 무엇인가요? 혹 길을 떠나서도 여전히 남의 눈에 얽매인 부자유한 영혼을 드러내는 것은 아닐까요?

삶이 무거워 길을 떠난다면 밝은 눈 하나만 가져가면 됩니다. 익숙한 것조차 새롭게 볼 줄 아는 활짝 열린 눈 하나만 있으면 작은 다락방에서도 우주를 만날 수 있으니까요. 자, 화려한 여행을 즐기고 싶다면 모두 마음의 여권을 챙기세요. 진짜 멋진 여행이 지금부터 시작됩니다!

．．．．

자비에르 드 메스트르, 장석훈 옮김
《내 방 여행》《밤에 떠나는 내 방 여행》
지호, 2001

가슴 뛰는 인생을 살고 싶다면

새해 첫날, 새 수첩 첫 장에 한 해의 계획과 다짐을 적습니다. 일상에 치여 잊기 쉬운 다짐들을 적어놓으면 마음을 다잡는 데 도움이 되기에 십 년쯤 전부터 시작한 해맞이 의식儀式입니다. 시작이 반이라고, 수첩에 첫째, 둘째, 셋째, 세 가지 계획을 딱 적어놓으니 그것만으로도 마음이 뿌듯합니다.

그런데 문득, '세 가지가 다 나 혼자 잘 살자는 거구나' 하는 생각이 들었습니다. 건강을 챙기고, 일을 열심히 하고, 인격을 성숙시키자는 다짐이야 나쁠 것이 없지요. 하지만 그 모두가 나를 위한 것일 뿐, 거기 어디에도 인간 된 책임을 지겠다는 결의는 없었습니다. 내가 이렇게 살 수 있는 것은 함께 사는 이 세상의 뭇 존재들 덕분이라고 말하면서도, 정작 그들에 대한 배려는 한 푼어치도 없는 계획이 나를 부끄럽게 합니다.

왜 그랬을까 돌아봅니다. 내가 이기적인 탓도 있지만 감히 엄두가 나지 않는 탓도 있는 것 같습니다. 세상에 책임을 진다는 게 너무 어마어마해 보이고, 나 하나가 끙끙댄다고 이 비뚤어진 세상이 바뀌겠나 싶기도 하고…… 어쩌면 그래서 다들 남의 말을 하고 세상 걱정을 하면서도 남과 더불어 잘 살 궁리는 못하는 것이겠지요.

《작은 변화를 위한 아름다운 선택》은 그렇게 막막하던 중에 눈에 든 책입니다. '작은' 변화라면 나도 감당할 수 있을지 몰라, 하는 마음이었지요. 그런데 막상 읽어보니 웬걸요. 이 책에서 소개하는 폴 파머라는 의사는 작은 변화를 꿈꾸는 사람도 아니고, 작고 사소한 일을 하는 사람도 아니었습니다. 그는 보통 사람은 감히 꿈도 꾸지 않고 엄두도 내지 못하는 일을 20년간이나 계속해온, 참으로 비범한 사람이었습니다.

그래서 처음엔 왜 제목이 '작은' 변화일까 궁금했습니다. 곰곰 생각해보니, 하버드 의대를 나오고 4, 5개 언어를 구사하는 이 천재적인 의사가 잠을 설쳐가며 수십 년간 헌신해 이룬 변화가 지구 전체로 보면 아주 '작은' 변화에 불과하기 때문인 것 같습니다.

원래 이 책의 제목은 '산 너머 산Mountains beyond Mountains'입니다. 우리나라에선 답답하고 절망적인 상황을 표현할 때 쓰는 말이지요. 하지만 파머가 활동하는 아이티에서는, 사람은 새로운 문제들을 만나고 그걸 해결하면서 계속 나아간다는 도전의 의미로 쓰인다고 합니다. 책에 그려진 파머의 삶이 보여주듯이 말이지요.

스물세 살 때 처음 아이티에 간 파머는 그곳의 참담한 현실을 보고 인생의 방향을 결정합니다. 아이티에서도 가장 열악한 캉주에서 가난과 질병에 시달리는 사람들과 함께하겠다고 결심한 것입니다. 하버드 의대에 진학해 의학과 인류학을 공부하면서도 파머는 이 목표를 잊지 않았습니다. 머릿속으로 생각만 한 것이 아니라 매주 보스턴과 캉주를 오가며 자신의 계획을 실현하기 위해 노력을 아끼지 않았지요.

그리고 마침내 1987년, 파머는 캉주의 보건 시스템을 뒷받침해 줄 재단을 미국에 설립하고, 아이티에는 자매법인 '장미 라장테'(크리올 어로 '보건을 위한 파트너들'이란 뜻입니다)를 세웁니다. 불과 스물일곱의 나이에 세계 보건 의료계를 깜짝 놀라게 할 변화의 근거지를 마련한 겁니다.

놀라운 것은, 이런 일을 하면서도 파머가 학점을 따고 레지던트 과정을 밟고 의학과 인류학에서 두 개의 박사 학위를 받았다는 사실입니다. 이 사람 천재구나! 싶은 순간 맥이 빠집니다. 워낙 뛰어난 사람이니까 이런 일도 할 수 있지, 나같이 평범한 사람은 역시 안 된다는 생각이 듭니다.

하지만 그렇게만 여기고 책장을 덮기엔 어쩐지 찜찜합니다. 하루에 백 통이 넘는 이메일에 답장을 쓰고, 일주일에 3, 4개국을 넘나들며 회의와 연설을 하고, 일곱 시간을 걸어 무보수 왕진을 가는 데 천재적인 능력과 무모한 열정 중 어느 것이 더 필요한지 자문해봅니다. 사람이 그릇된 현실과 타협할 때 그게 용기가 모자란 탓인지, 능력이 부족한 탓인지 따져도 봅니다. 아무래도 천재냐 아니냐가 결정적인 것 같지는 않습니다.

물론 모든 사람이 폴 파머처럼 살 수 있다고 주장하는 건 아닙니다. 3년 넘게 파머를 좇아서 아이티, 페루, 미국, 파리, 러시아를 오가며 480쪽에 달하는 이 방대한 기록을 쓴 논픽션 작가 트레이시 키더도 그렇게 주장하지는 않습니다.

키더는 오히려 범인凡人이 이해하기 힘든 파머의 헌신과 열정 앞에서 거리감을 느끼고 불편해합니다. 그래서 더욱 쉼 없이, 더욱 공격적으로 질문을 던집니다. 덕분에 독자는 천재도 천사도 아닌 한 인간, 아픈 사람에게는 너그럽고 남을 아프게 하는 사람에게는 분노하며 남의 아픔을 모른 척하는 사람에게는 비판적인, 천생 의사 폴 파머를 만나게 됩니다.

그리고 파머만이 아니라 오랫동안 그와 함께 이 일을 계속해온 여러 사람들이 있었다는 사실도 알게 됩니다. 그의 오랜 친구인 한국계 미국인 짐 킴, 한때 연인이기도 했던 오필리아 같은 조력자가 없었다면 아마 비범한 파머도 중간에 딴 맘을 품었을지 모릅니다.

이 책은 그들이 아이티를 비롯한 세계 곳곳의 열악한 지역들에서 결핵과 에이즈 같은 인류 최대의 전염병에 맞서 이룬 성과를 꼼꼼히 보여줍니다. 그것은 언뜻 성공의 기록으로 보입니다. 하지만 조금만 자세히 들여다보면, 그들의 성취가 얼마나 작은지 알 수 있습니다. 그들의 터전인 아이티에서조차 여전히 수많은 사람들이 처참한 환경

속에서 어이없는 죽음을 맞고 있으니까요.

그 때문에 파머와 그의 동료들은 끊임없이 선택의 기로에 놓입니다. 한 환자를 살리기 위해 얼마만큼의 돈을 쓰는 것이 옳으냐는 질문이 매 순간 그들을 괴롭힙니다. 또다시 그 질문을 받은 파머는 말합니다.

"나는 평생을 기나긴 패배와 싸웠고 다른 사람들이 이 싸움에 동참하도록 인도했어요. 이제 와서 자꾸 진다고 그만두지는 않을 겁니다. ……(우리 같은 사람들은) 승자의 팀에 속하는 데 익숙합니다. 하지만 우리가 하려는 일은 바로 패배자들과 함께하는 것입니다. 우리 모두는 이기는 편에 서고 싶어 해요. 하지만 패배하는 이들에게 등을 돌려야만 이길 수 있다면 그런 승리는 쟁취할 가치가 없습니다. 그래서 우리는 기나긴 패배와 싸우는 겁니다."

파머는 "저도 괜찮으니 옳은 일을 하려고 노력하겠다"고 다짐하면서, 고작 한두 명의 환자를 보기 위해 온종일 산을 넘고 물을 건너는 생활을 계속합니다. 어떤 이들은 그것을 쓸데없는 시간 낭비라고 비판하지요. 하지만 파머는 이들에게 말합니다.

"하찮은 잡일을 하기 싫어하는 마음 때문에 사람들은 이런 일을 오래 하지 못합니다."

그리 많지도 않은 나이를 내세워, 세월이든 세상이든 별것 아니라고 자못 초연한 척하는 이들이 많습니다. 새해가 뭐 대수냐, 내가 할 수 있는 일이 뭐가 있겠느냐 심드렁해하는 이들은 폴 파머에게 한 수 배우면 어떨까요? 이제라도 심상한 새해를 별다르게 만드는 '작은' 변화를 계획해보는 겁니다.

물론 당장 잘못된 세상의 멱살을 잡자는 건 아닙니다. 그저 하찮은 잡일이라도 기꺼이 해서, 기우뚱해진 세상을 조금이나마 반듯하게 만들어보자는 것이지요. 그래서 기나긴 패배와 싸우는 사람들을 조금 덜 외롭게 만들자는 겁니다. 그런 의미에서 내가 세운 계획 하나, '세상은 다 그래' 같은 말은 절대 안 하기! 작지만 꽤 당찬 포부 아닌가요?

트레이시 키더, 박재영 외 옮김
《작은 변화를 위한 아름다운 선택》
황금부엉이, 2005

인간적이며 과학적인 낙관주의

옛날이 좋았다고 믿는 사람을 보수주의자로, 세상이 점점 더 좋아진 다고 믿는 사람을 진보주의자로 정의할 수 있다면, 나는 분명 보수주 의자입니다. 갈수록 황폐해지는 지구 환경은 물론이요, 하다못해 TV 만 해도 얼굴의 잡티 하나까지 다 보여주는 첨단 화질이 나는 불편하 기만 합니다.

세상이 재미없어진다는 증거는 이뿐만이 아닙니다. 실내 야구장 에서 방망이 휘두르는 걸 최고의 스트레스 해소법으로 여길 만큼 야 구를 좋아하는 내가 볼 때, 야구도 전만 못한 것 같습니다. 1982년 프 로야구 원년에 4할 1푼 2리의 전무후무한 타율을 기록한 백인천 선수 나 방어율 1.84에 22연승을 기록한 박철순 투수 같은 전설적인 선수 들이 요즘은 없으니 말입니다.

그런데 한국만 그런 게 아니더군요. 미국에서도 1920년대까지 드물지 않던 4할 타자가 1941년을 마지막으로 다시는 나타나지 않는

다고 합니다. 팬들은 위대한 시절이 갔다고 아쉬워하고 전문가들은 왜 이런 일이 일어났는지 갑론을박을 벌이는데, 심지어 세계적인 과학자까지 나서서 메이저리그에서 왜 4할 타자가 사라졌을까를 고민합니다. 《판다의 엄지》로 유명한 고생물학자 스티븐 제이 굴드가 바로 그 주인공입니다.

굴드는 학문적 업적에서나 글쓰기의 내공에서 리처드 도킨스와 자웅을 겨루는 생물학자입니다. 열광적인 야구팬이었던 그는 4할 타자가 사라진 이유를 연구하다가 진화에 관한 새로운 학설을 창안했습니다. 설마 싶다면 그가 쓴 《풀하우스》를 읽어보시길. 진화생물학계의 문제적 저작으로 꼽히는 이 책의 주제가 '야구에서 4할 타자가 왜 사라졌는가?' 입니다.

의문을 풀기 위해 굴드는 수십 년간의 기록을 꼼꼼히 검토합니다. 그리고 '4할 타자가 사라졌다'는 말 자체가 평균값에 근거한 잘못된 정식화라고 비판합니다. 물론 외적인 기록만 보면 4할 타자가 사라지는 '경향'이 있음은 분명합니다. 하지만 속내를 들여다보면 그것은 단지 변이의 확장과 축소에 따른 결과일 뿐입니다. 문제는 평균값이라는 척도가 이처럼 그릇된 '경향'을 끌어내고 오류를 부추긴다는 것이지요(그래서 굴드는 '평균값'은 현실을 오도하며, 그보다는 가장 흔한 값을 구하는 '최빈값'이 좀 더 사실에 가깝다고 주장합니다).

굴드는 이 점을 분명히 하기 위해 평균값이 아니라 표준편차*를 분석합니다. 그 결과 평균 타율의 변이 정도가 감소했다는 것이 밝혀집니다. 즉, 선수들의 타격 실력은 전체적으로 높은 수준에서 평준화 되고 있고 수비력 또한 마찬가지이므로, 뛰어난 타자는 옛날보다 많지만 4할 타자는 나오지 않게 된 것이지요.

평균값에 근거한 오해는 이뿐만이 아닙니다. 마흔 살 되던 해 굴드는 복부중피종이라는 '거의 치료 불가능한' 암에 걸렸다는 진단을 받습니다. 병에 대해 자료를 찾아본 그는 깜짝 놀랐습니다. 중피종은 불치병이며, 중간값** 생존율이 8개월 이하라고 되어 있었기 때문이지요. 웬만한 사람이라면 큰 충격에 빠질 일이었지만 굴드는 달랐습니다. 평균값이나 중간값이 말하는 '불치不治의 경향'을 믿는 대신, 자신이 처한 상황을 토대로 변이의 가능성을 찾아낸 겁니다.

다시 말해, 그래프의 왼쪽 꼬리가 생존율 0의 벽이고 오른쪽 꼬리가 인간의 자연수명이라면, 자신이 얼마만큼까지 오른쪽 꼬리를 향해 갈 수 있는지 생각한 것이지요. 그 결과 굴드는 자신이 놓인 상황으로 볼 때 8개월 안에 죽을 확률보다는 자연수명을 다하고 죽을 확률이 높다는 것을 확인합니다. 이런 과학적 지식 덕분에 그는 치료를 낙관할 수 있었고, 결국 완치 판정을 받았습니다(그는 20여 년을 더

---

*통계학자들이 변이의 정도를 나타낼 때 사용하는 방법. 굴드는 이를 이용해 선수들의 타율이 평균 타율에서 얼마나 벗어나는지를 구하고, 1880년부터 1980년까지 백 년 동안 선수들의 연평균 타율의 표준편차를 그래프로 나타냈다.

**평균값과 함께 중심 경향성을 나타내는 척도로 쓰이는데, 점차적으로 변화하는 여러 값들의 중간이 되는 값을 말한다. 예를 들어 다섯 명의 아이가 1원, 10원, 25원, 100원, 1000원을 갖고 있다면 중간값은 25원, 평균값은 약 227원이 되는 셈이다.

살고 2004년 62세의 나이로 세상을 떠났습니다).

만약 굴드가 통계치를 무비판적으로 받아들여 '불치의 경향'을 믿었다면 치료를 하기도 전에 절망해서 죽음을 앞당겼을지도 모릅니다. 실제로 경향에 대한 그릇된 사고는 인간을 잘못된 길로 이끕니다. 진화론의 지난 역사가 보여주는 것처럼 말이지요.

이 책에서 굴드는 진화를 진보로 보는, 즉 생명은 더 복잡하고 정교하고 고등한 것을 향해 사다리를 올라가듯 진보해왔다는 '사다리 진화론'을 신랄하게 비판합니다. 그가 '사다리 진화론'을 한사코 거부하는 까닭은 그것이 다윈의 진화론을 왜곡했다는 과학적인 이유도 있지만, 또 한편으론 그것이 과학의 이름으로 인간의 오만을 부추기기 때문입니다.

많은 진화론자들이 진화를, "절지동물이 등장한 후에 어류에서 양서류가 진화하고, 그 뒤 육상 척추동물의 폭발적 진화로 '파충류의 시대'가 개막하고, 이어서 '포유류의 시대', 마지막으로 '인간의 시대'가 도래했다"는 식으로 설명합니다. 그러나 굴드는 자연사학자 에드워드 윌슨으로 대표되는 이 같은 인간중심적 진화론을 비판하면서 이렇게 말합니다.

전체 종의 80% 이상이 절지동물이기 때문에 어떤 이들은 현대를 '절지동물의 시대'로 부르자고 한다. 그러나 그것도 다세포생물을 더 존중하는 선입견에서 벗어나지 못한 것이다. 어떻게든 부분으로 전체를 대표하고 싶다면…… 우리는 지금 '박테리아의 시대'에 살고 있다. 우리의 행성은 35억 년 전 화석으로 보존된 최초의 생물(박테리아)이 출현한 이래 언제나 '박테리아의 시대'였다.

굴드는 35억 년이라는 시간적 지속성, 핵폭발 이후에도 살아남는 영원불멸성, 수와 장소에서의 편재성, 산소를 공급하는 유용성 등 여러 측면에서 "박테리아야말로 지구 생물체 중 가장 지배적인 형태"라고 주장합니다. 물론 이런 주장에 대해, 눈에 보이지도 않는 단세포생물이 어떻게 인간보다 우월하냐고 펄쩍 뛰는 이들도 있겠지요. 하지만 굴드는 복잡한 신경망이 없다는 이유로 박테리아를 무시하는 사람들에게 이렇게 반문합니다.

정교한 신경망이 인류를 더 '고등한' 어떤 생명체로 튀어오르게 하려다가 오히려 인류를 멸망시킬지도 모르는 상황에서, 이 신경망을 생명 진화의 가장 중요한 추진력이라고 볼 수 있을까?

다양한 자료와 연구들을 통해 굴드가 이야기하고자 하는 것은 단순합니다. 크기나 뇌 용량 같은 몇 가지 요소를 가지고 인간이 뭇 생명체의 정점에 있다고 말할 수는 없다는 것이지요. 그리고 변화의 역사, 생명의 역사는 '무엇'이 어딘가를 향해 나아가는 것이 아니라, 시스템 전체(풀하우스)에서 일어나는 변이의 확장과 위축으로 봐야 한다는 겁니다.

다윈이 《종의 기원》을 내놓은 지 150년이 넘었습니다. 이제 진화론을 부정하는 사람은 극히 드뭅니다. 하지만 굴드는 다윈혁명이 아직도 완성되지 않았다고 말합니다. 그는 "더 고등하거나 더 하등하다는 말은 있을 수 없다"고 한 다윈의 정신을 일깨우면서, 다윈혁명을 완성하기 위해서는 "생명이란 예측 불가능하고 방향이 없다"는 진화론의 참의미를 이해해야 한다고 지적합니다.

그는 또한 "과학사의 모든 혁신은 절대적 확신이라는 인간의 오만을 뒤엎은 것"이라는 프로이트의 말을 인용해, 과학을 내세워 인간의 절대성을 주장하지 말라고 경고합니다. 하기야 어디 진화론만 그런가요? 야구의 역사 역시 절대적 확신은 통하지 않습니다. 한국 야구가 통계상 진화의 사다리에서 한 계단 위에 있는 일본을 번번이 이기는 걸 보면 잘 알 수 있지요. 이런 의외성이 있기에 세상은 더 재미있고 살 만한 것이기도 하고요.

그러고 보면 변화무쌍한 생명을 두고 나빠지느니 좋아지느니 품평을 하는 게 우습기도 합니다. 생명은 살아 숨쉬는 것이고, 그러면서 제 갈 길을 열어갑니다. 더 나은 세상은 스스로 제 길을 찾는 그 생명 속에 있을 테지요. 그러니 나는, 열심히 살겠습니다!

스티븐 제이 굴드, 이명희 옮김
《풀하우스》
사이언스북스, 2002

왓 어 원더풀 월드!

7개월 무료 구독에 3만 원어치 상품권, 거기에 경제신문까지 공짜로 넣어준다는 데 혹해서 보게 된 신문. 한마디로 후회막급입니다. 아침이 편안해야 하루가 편안한데 아침마다 눈살을 찌푸리고 울화가 치미니 이래서야 어디 사람이 살겠습니까. 지치지도 않고 이어지는 나쁜 뉴스에 교묘한 눈속임으로 가득 찬 편파 보도까지, 해도 너무하는구나 싶습니다.

그런 차에 도서관 서가에서 《나쁜 뉴스에 절망한 사람들을 위한 굿뉴스》라는 책을 보니 눈이 번쩍 뜨이더군요. 600쪽에 달하는 두꺼운 책이 온통 좋은 소식만 전할 리는 없겠고, 반의 반의 반이라도 제목에 값하는 내용이 있으면 좋겠다 하고 읽었습니다. 결론부터 얘기하면 제목 그대로입니다.

과학자이자 환경운동가인 데이비드 스즈키가 방송작가인 홀리 드레슬과 함께 쓴 이 책은, 세상이 얼마나 나빠지고 있는지를 말하는 대신 세상이 얼마나 나아지고 있는지를 말합니다. 더 많은 사람이 더 많은 일자리를 얻고, 쓰레기는 줄고 꽃은 늘어나며, 사막은 초지草地가 되고 거기서 자란 소를 걱정 없이 먹을 수 있다면 정말 살 만한 세상이겠지요?

스즈키와 드레슬은 세 개의 대륙을 오가며 수백 명의 사람들을 인터뷰한 뒤에, 세상은 아주 느리지만 그 방향으로 움직이고 있다고 얘기합니다. 이 두꺼운 책은 그들의 낙관을 뒷받침하는 전 세계의 사례들로 가득합니다.

책의 첫 장은 "꽃을 해치지 않는 꿀벌처럼 돈을 버는" 착한 사업가들 이야기입니다. 인간적으로 사육된 고기만 사용하는 화이트독 카페, 벌목 회사이면서도 미국에서 제일 건강한 산업림을 가진 콜린스 파인, 친환경 화장품으로 유명한 바디숍 창립자 아니타 로딕, 폐기물 제로를 추구하는 인터페이스 카펫…… 생각보다 많은 사람들이 지속 가능성을 최우선에 놓고도 성공적인 경영을 하고 있더군요.

사실 이 책을 읽기 전에는 이익 증대를 위해 비용을 줄이고 경쟁을 부추겨야만 돈을 벌 수 있다고 믿었습니다. 환경이나 공존, 협력 같은 우아한(?) 가치를 내거는 순간 효율성이 떨어지고 비경제적일 거라는 고정관념을 갖고 있었지요. 하지만 여기 소개된 아름다운 기업들은 그런 고정관념을 여지없이 깨뜨립니다.

연간 매출액이 500만 달러에 달하는 화이트독 카페의 사장은 주방장과 똑같은 월급을 받으며 일합니다. 그의 집은 식당 위층. 삶과 사업을 분리하지 않기 위해서지요. "뭐야, 아마추어같이?" 하고 비웃는 이들도 있겠지만 그의 생각은 다릅니다.

그는 삶과 사업을 분리한 사업가들이 사업에서 성공한 뒤에는 희귀품 수집이나 자선사업에 매달린다고 꼬집습니다. 성공 뒤에 찾아오는 공허감 때문인데, 그는 기업의 사회적 책임이나 지역 공동체에 대한 책임을 생각하면서 사업을 한다면 성공한 뒤 새삼스레 인생의 허무 따위를 느낄 리는 없다고 말합니다.

물론 자선사업이라도 하는 것이 안 하는 것보다는 낫겠지요. 하지만 비리와 부정으로 사업을 일군 뒤에 자선으로 속죄하는 것보다는 처음부터 이웃과 사회, 자연과 미래를 돌보는 경영에 헌신하는 것이 좋지 않을까요?

그런데 안타깝게도 아름다운 기업이 모두 장밋빛 성공을 거두는 것은 아닙니다. 기업이 커지면서 주주의 이익과 대기업의 자본력에 뜻이 꺾인 바디숍과 벤엔 제리 아이스크림 같은 사례도 있습니다. 손익과 상관없이 매출액의 7.5%를 자선사업에 기부하고, 유전공학 물질이 들어간 우유를 쓰지 않고, 말단 직원과 최고 경영진의 임금 격차를 제한하던 벤엔 제리가 유니레버에 인수 합병된 건, 더 많은 이윤 추구를 당연시하는 사회 분위기와 무관하지 않습니다.

필자들은 이들의 실패가 기업은 물론 소비자의 책임도 일깨운다고 말합니다. 무엇을 먹고 무엇을 사며 어떻게 살 것인가에 대해 지금까지와는 다르게 생각해야 한다는 것이지요. 그리고 기업도 사회도 이윤 추구를 당연히 여기지만, 과연 그것이 누구를 위한 이윤인지 다시 생각해보자고 제안합니다. "누구를 위한 이윤인가?" 아마 우리 모두가 이 질문을 스스로에게 던진다면 세상은 좀 더 아름다워지겠지요.

이 책의 많은 부분은 환경을 지키기 위한 노력들이 전 세계에서 어떤 성과를 거두고 있는지를 보여줍니다. 흔히 환경과 조화를 이룬 생활은 도덕적으론 옳지만 경제적으로는 비효율적인 것으로 취급받습니다. 하지만 필자들은 그렇지 않다고, 오히려 그렇게 살 때 우리는 '두 배의 배당금'을 받을 수 있다고 말합니다. 다만 이 배당금을 받으려면 인내심이 있어야 하고 전체론적 관점을 가져야 합니다. 특히 사슬처럼 얽혀 있는 자연 생태계를 상대할 때는 "코요테가 풀을 기른다"는, 언뜻 이해하기 힘든 원칙을 마음에 새겨야 합니다.

오늘날 많은 나라들이 사막화와 물 부족으로 어려움을 겪고 있습니다. 특히 제3세계에서는 초지가 빠르게 사막화되는 바람에 삶이 송두리째 뿌리 뽑히는 형편입니다. 이에 대해 선진국 과학자들은 하나같이 인구 증가와 과도한 방목, 삼림 남벌, 계단식 농사 때문이라며 제3세계의 생활 방식을 질타했습니다.

짐바브웨의 생물학자인 새보리도 처음에는 지나친 방목 때문에 목초지가 사막으로 변한다고 생각했습니다. 그러나 새보리는 미국에 와서, 그와 전혀 조건이 다른 텍사스에서도 비슷한 사막화가 진행되고 있는 것을 목격합니다. 인구도 많지 않고 지나친 방목도 없고 계단식 농사 같은 건 짓지도 않는 땅에서 사막화라니!

이 뜻밖의 사태를 연구하면서 그는 풀이 자라려면 풀을 먹는 초식동물도, 초식동물을 먹는 포식동물도 필요하다는 걸 깨닫습니다(궁금하면 책을 보시길!). 생태계가 건강하게 복원되려면 전혀 무관해 보이는 생물들도 함께 사는 다양성이 확보되어야 한다는 것이지요. 새보리의 전체론적 방식은 미국의 방목지에서 큰 성공을 거두었습니다. 목축업자들은 그의 충고를 받아들여 들꽃과 늑대를 살리는 방식을 택했고, '두 배의 배당금'을 받았습니다.

하지만 이런 전체론적 방식이 성과를 거두려면 시간이 필요합니다. 자연이 제 속도로 움직이면서 스스로를 회복하기까지 기다려야만 합니다. 당장 눈앞의 성공을 보려는 사람들에게는 괴로운 일이지요. 가령 오늘날 가장 심각한 문제인 물 부족만 해도 그렇습니다. 지금까지 사람들은 물이 필요하면 더 깊이 땅을 파고, 댐을 세워 강물을 막는 식으로 대응해왔습니다. 그리고 그렇게 얻은 물을 그야말로 물 쓰듯 써왔습니다. 하지만 이제는 낭비할 물도 없습니다.

필자들은 한때 최고의 취수 정책으로 평가되었던 댐 건설이 지구에 얼마나 큰 재앙을 초래했는지 자세히 설명합니다. 지구를 살아 있는 생명체가 아닌 죽은 자원덩어리쯤으로 여긴 무지 때문에 생긴 일인데, 문제는 그런 일을 벌이는 동안 누구도 자신이 무지하다거나 틀렸다는 생각을 한 적이 없다는 것입니다.

새보리의 경영 도표에는 '계획하라'는 단어 아래 '틀렸다고 전제하라'는 문구가 써 있다고 합니다. 이런 겸손함은 이 책에 나오는 많은 사람들에게서 숱하게 발견되는 덕목입니다. 그러고 보면 우리가 꿈꾸는 '원더풀 월드'는, 나도 틀릴 수 있다는 겸손에서 출발하는지도 모릅니다.

인류의 역사는 '내가 옳다, 나를 따르라'는 사람들 때문에 수많은 사람들이 고통을 겪고 헛되이 목숨을 잃었다는 걸 보여줍니다. 역사만이 아닙니다. 일상의 사소한 다툼도 따지고 보면 '내가 틀렸다'는 한마디를 하지 않아서 생기는 일이 비일비재합니다. 서로가 서로의 말에 귀 기울이고 기꺼이 "내가 틀렸습니다"라고 겸손한 한마디를 하는 세상. 아, 얼마나 멋진 세상인지요!

데이비드 스즈키 · 홀리 드레슬, 조응주 옮김
《나쁜 뉴스에 절망한 사람들을 위한 굿뉴스》
샨티, 2006

즐거운 나의 집

어릴 적 내 소원은 내 방을 갖는 것이었습니다. 좁은 방에서 형제들과 부대끼다 보니 늘 호젓한 나만의 공간이 있었으면 하고 바랐지요. 스물이 넘어 내 방을 가진 뒤에는 독립을 꿈꿨습니다. 엄마의 잔소리를 듣지 않고 내 맘대로 살 수 있는 공간을 갖고 싶었지요. 서른이 한참 넘어 독립을 했습니다. 꿈이 이루어졌으니 행복해야 하련만, 기쁨은 오래가지 않았습니다. 저물녘 남의 집에서 새어나오는 불빛에도 눈시울이 붉어지며, 지상에 행복한 나의 집은 없는 것일까 쓸쓸해했습니다.

누구는 현재에 만족하지 못하는 내 못난 성벽을 탓하겠지요. 하지만 집을 생각하면 한없이 부풀기만 하는 게 꼭 나만의 욕심일까요? 지하방에 살 때는 햇빛 비치는 지상의 방이면 그저 행복할 것 같고, 방 두 칸이 생기면 번듯한 집 한 채가 그립고, 셋집살이를 할 때는 내 집 마련만 하면 아무 걱정이 없을 것 같지만, 내 집은 또 다른 불만을 가져옵니다. 그러니 지금도 윗집에서는 저리 망치질을 해대는 것이 겠지요.

매력적인 에세이를 쓰는 작가 알랭 드 보통은 《행복의 건축》에서 그런 우리의 마음을 이렇게 표현합니다.

어떤 장소의 전망이 우리의 전망과 부합되고 또 그것을 정당화해준다면, 우리는 그곳을 '집'이라고 부른다. 집을 사랑한다는 것은 우리의 정체성이 스스로 결정되는 것이 아님을 인정하는 것이다. 우리에게는 물리적인 집만이 아니라 심리적인 의미의 집도 필요하다. 우리의 약한 면을 보상하기 위해서다. 우리에게는 마음을 받쳐줄 피난처가 필요하다.

보통의 말처럼 집은 무엇보다 몸과 마음의 피난처입니다. 외부의 위험으로부터 우리의 몸과 마음을 보호해주는 은신처로서, 집은 우리에게 편안함과 위로와 안식을 약속합니다. 쾌적하고 안락한 집을 갖고 싶어 하는 욕심은 기실 이런 편안함과 안식을 찾는 마음의 발로겠지요. 아름다운 집을 짓고 거기 머물고 싶은 꿈, 그것은 아름다운 사람으로 살고 싶은 꿈이기도 합니다.

그러나 아름다운 사람으로 살기가 어렵듯 아름다운 집에서 살기도 쉽지 않은 것 같습니다. 가장 큰 이유는 뭐니 뭐니 해도 돈입니다. 집을 장만하는 데도, 그 집을 아름답게 유지하는 데도 돈이 필요합니다. 물론 아주 부지런하고 솜씨 좋은 이들은 큰돈 들이지 않고 멋진 집을 꾸미기도 하지만 자주 볼 수 있는 예는 아니지요.

경제적으로 여유가 있을 때 좀 더 편안하고 근사한 집에 살 수 있는 건 분명합니다. 그러나 돈이 모든 걸 약속하지는 않습니다. 스탕달의 말처럼 "행복을 바라보는 관점만큼이나 아름다움의 스타일도 다양"하기에 가끔은 웃지 못할 일들이 벌어집니다.

이 책의 48쪽과 49쪽엔 두 장의 사진이 실려 있습니다. 한쪽은 엄숙한 고전주의 스타일의 저택이고 한쪽은 옛날 이야기책에 나올 법한 고딕 스타일의 저택인데, 모양도 느낌도 전혀 다른 이 두 집이 실은 한 건물의 앞뒤랍니다. 취향이 정반대인 집주인 부부를 만족시키기 위해 건축가가 짜낸 고육지책으로 이런 이상한 집이 탄생한 것이지요. 그런데 과연 주인 부부가 이 '두 얼굴의 집'에서 행복하게 오래오래 살았을까요?

이 책에도 나오지만, 유명한 건축가가 지은 근사한 저택에 산다고 해서 그 삶이 외관만큼 멋진 것은 아닙니다. 예전에 내가 다니던 회사 건물은 국내의 저명 건축가가 지은 건축상 수상 작품이었는데, 그곳에서 1년 6개월을 보내고 깨달은 것은 작품성과 실용성은 반비례한다는 사실이었습니다. 《행복의 건축》에서 보통도 비슷한 얘기를 전합니다. 세계적인 건축가 르 코르뷔지에가 지은 빌라 사부아가 그 예입니다.

르 코르뷔지에는 시골집을 지어달라는 사부아 부부의 의뢰를 받고, 가느다란 기둥들이 떠받치고 있는 하얀 사각형 모양의 집을 지었습니다. 강철로 만든 앞문, 알전구가 달린 천장, 강철 테를 두른 너른 창문, 장식도 가구도 거의 없는 집은 단순미의 극치를 보여주었지요. "(현대인이) 원하는 것은 수도사의 방이다. 조명과 난방이 잘 되어 있고, 모퉁이에서 별을 볼 수 있으면 그만이다"라는 평소 지론대로 르코르뷔지에는 집을 지었고, 사부아 부부는 건축가의 뜻을 존중했습니다.

하지만 이 집에서 사부아 가족은 별을 보는 평화를 누리지 못했습니다. 오히려 끊임없이 새어드는 빗물 때문에 어린 아들은 폐렴에 걸려 요양원으로 가고, 류머티즘에 시달리던 부부는 "제발 이곳을 사람이 살 수 있는 곳으로 바꿔"달라고 호소했지요. 사부아 부부에게는 좀 미안한 얘기지만, 유명 건축가와 인연 맺을 일 없는 나 같은 사람에게는 꽤 위안이 되는 에피소드였습니다.

굳이 빌라 사부아를 거론하지 않더라도, 엄청난 돈을 들여 지은 첨단 건축물이 안락함은커녕 불편함과 불쾌감만 주는 일이 적지 않습니다. 한참 문제가 됐던 지자체들의 호화 청사들이 대표적인 예지요. 쓸데없이 높고 크고 위압적인 건물은 동선과 냉난방비만 늘려 사람들을 피로하게 합니다. 30층을 훌쩍 넘는 고층 아파트 역시 사람 살기 좋은 곳이란 생각은 안 듭니다.

그런데도 꾸준히 이런 거창한 건물들을 짓고 높은 아파트를 찾아가는 이유는 뭘까요? 한마디로 그것이 부와 권력을 상징하기 때문입니다. 이때 집은 안락한 주거 공간을 넘어 자신을 표현하는 상징물이 됩니다. 보통은 그 속에 담긴 심리를 이렇게 설명합니다.

건축에 나서고 싶은 가장 진정한 충동은 소통과 기념을 향한 갈망과 연결되어 있는 듯하다. 말과는 다른 기록을 통하여, 사물, 색채, 벽돌의 언어를 통하여 세상에 우리 자신을 밝히고 싶은 갈망. 다른 사람들에게 내가 누구인지 알리고 싶은, 그리고 그 과정에서 나 자신에게도 일깨우고 싶은 야망.

갈수록 높아만 가는 빌딩들, 부쩍 늘어난 통유리 건물들을 보노라면 세상에 자신을 알리고 싶은 욕망 때문에 집을 짓는다는 보통의 말이 실감납니다. 안타까운 것은 그 욕망이 너무 노골적이라는 것이지요. 크고 화려해 보이고 싶은 마음이야 옛사람이라고 다르겠습니까마는, 그 마음을 에둘러 표현하던 전과 달리 요즘은 과시욕을 있는 대로 드러냅니다. 허나 노골적으로 드러난 욕망처럼 추레한 것도 없지 않을까요?

아등바등하며 비싼 집을 장만하고도 식구들 모두 바깥으로만 도느라 얼굴도 못 보는 일이 드물지 않습니다. 집을 사람 사는 곳이 아니라 투자 대상으로만 여겨 툭하면 멀쩡한 집을 허물고 다시 짓기도 합니다. 그렇게 기를 쓰며 집을 짓고 꾸미면서 사람들은 말합니다. 행복하게 살기 위해 좋은 집이 필요하다고.

하지만 굳이 가슴에 손을 얹지 않아도 우리는 압니다. 행복하기 위해 집이 필요한 것이 아니라, 행복하게 보이기 위해 모델하우스 같은 집을 원한다는 것을. 정말 행복을 누리고 싶다면 온기와 추억이 깃든 공간만으로도 충분할 겁니다. 행복은 마음속에 집을 짓는 순간부터 이미 우리 안에 있으니까요. 그러니 오늘, 그대 마음에 작은 집 한 채 모시기를!

알랭 드 보통, 정영목 옮김
《행복의 건축》
이레, 2007

마감 직전, 원고를 넘기고 홀가분한 기분으로 영화관에 갑니다. 오늘의 영화는 다큐멘터리 〈경계도시2〉. 보고 싶다는 마음보다 봐야 한다는 책임감에 선택한 영화입니다.

혼자 극장에 가는데 비가 추적추적 내립니다. 관객은 나까지 다섯 명. 썰렁한 공기 탓인지 영화 보는 내내 몸이 으슬으슬합니다. 영화가 끝나고 공연히 싱숭생숭해서 비 오는 대학로를 헤매다가 문득 정신이 들어 도서관으로 향합니다. 서가에서 송두율이 독일로 돌아간 뒤에 펴낸 《미완의 귀향과 그 이후》를 뽑아듭니다. 책 말미에 실린 편집자들과의 대담을 읽으며, 방금 영화에서 본 2003년 사건에 대해 찬찬히 생각합니다. 영화를 볼 때도 그랬지만 새삼 내 자신의 무지와 편견이 가슴에 사무칩니다.

영화를 보고 동해서 책을 찾아 읽는 일이 드물지 않습니다. 아카데미상 수상작이라는 명성에 혹해 책을 찾기도 하고, 원작의 감동을 다시 느끼고 싶어 영화를 보기도 합니다. 하지만 영화를 보고 원작을 읽든 원작을 읽고 영화를 보든, 어느 한쪽은 실망하기 마련인 것 같습니다. 활자로 된 원작이 영화의 강렬한 인상을 감당하지 못하기도 하고, 원작이 자극한 상상력을 현실의 영상이 쫓아가지 못하기도 하지요. 특히 원작의 명성이 높을수록 영화는 졸작이 될 확률이 높아집니다. 시나리오 작가부터 감독까지 원작의 무게에 짓눌린 탓일 겁니다.

니콜라스 케이지가 1인 2역을 맡은 〈어댑테이션〉은 바로 이 각색의 어려움을 '온몸으로' 보여주는 영화입니다. 이 영화의 원작은 수잔 올린이 쓴 《난초도둑》이라는 논픽션입니다. 진귀한 난초를 수집하는 존 라로슈라는 사람의 이야기를 담은 책인데, 한국에선 재미를 못 봤지만 미국에선 비평가와 독자들의 격찬을 받은 베스트셀러입니다.

영화는 시나리오 작가 찰리가 이 책의 각색을 맡는 것에서 시작합니다. 찰리는 《난초도둑》을 읽고 또 읽으며 어떻게 영화로 만들까를 고민하는데, 고민하는 그 과정이 영화의 중심을 이룹니다. 그러니까 이 영화는 《난초도둑》이 원작이라기보다 그 원작에 대한 극작가의 독해와 각색 과정이 또 다른 원작을 이루는 아주 독특한 형식의 영화이지요.

이런 기발한 각색을 한 사람은 〈존 말코비치 되기〉, 〈시네도키, 뉴욕〉 등의 작품으로 유명한 찰리 카우프만입니다. 영화를 보면서 '역시 카우프만!'이라고 생각하기도 했지만, 사실 그보다도 마약에 살인까지 서슴지 않는 여자로 그려지는 각색을 기꺼이 받아들인 원작자 수잔 올린이 더 놀랍더군요. 발랄한 상상력의 극작가와 함께 그 상상을 부추기고 감당한 원작자가 있어서, 각색은 또 하나의 창작이라는 말이 제값을 하게 된 것 같습니다.

원작이 있는 영화가 종종 실망을 주는 데 비해 작가에 관한 영화는 재미가 쏠쏠합니다. 작가에 대해 몰랐던 사실을 알게 되는 재미도 있고, 작품을 통해 상상했던 작가의 성격이나 삶을 영상으로 확인하는 재미도 있지요. 제인 오스틴의 실패한 사랑을 그린 〈비커밍 제인〉이나 귀여운 토끼 '피터 래빗' 시리즈로 유명한 베아트리스 포터를 주인공으로 한 〈미스 포터〉는, 여성 작가가 드물던 시절 평범한 이 여성들이 어떻게 탁월한 작가로 성장할 수 있었는지를 아름답게 그린 영화들입니다.

미소를 띠고 볼 수 있는 이 영화들과 달리, 시인 실비아 플라스의 짧은 생을 담은 〈실비아〉와 영국 소설가 아이리스 머독의 말년에 초점을 맞춘 〈아이리스〉는, 찬란한 성취를 무색케 하는 비극적인 삶을 그려서 보는 이를 눈물짓게 합니다. 솔직히 〈실비아〉를 보기 전까지는 실비아 플라스에 대해 아는 것이 거의 없었는데, 영화를 보고 기네스 펠트로가 연기하는 실비아에 매혹되어 뒤늦게 《실비아 플라스의 일기》와 그녀의 남편 테드 휴즈가 죽기 전 실비아를 회상하며 쓴 시들을 모은 《생일편지》를 찾아 읽었지요. 제일 읽고 싶은 것은 실비아의 시집 《거상巨像》이었지만 오래 전에 절판되어 찾을 수가 없더군요.

〈아이리스〉는 영화를 보기 며칠 전 우연히 아이리스 머독의 소설 《잘려진 머리》를 읽은 인연이 있어서 화장지 한 통을 다 쓸 만큼 펑펑 울며 보았습니다. 치매로 육체보다 정신이 먼저 죽어가는 그녀를 보니 지성이 돋보이던 그녀의 작품이 떠올라 가슴이 아프더군요. 아이리스 머독의 소설은 대표작 《바다여 바다여》를 비롯해 《그물을 헤치고》 등이 번역되어 있는데, 나는 《잘려진 머리》가 제일 재미있었지만 독자의 정신건강을 생각하면 굳이 권하고 싶지 않습니다(번역 문장이 거의 암호 해독 수준이거든요).

그런데 쓰고 보니 이 영화들의 주인공은 하나같이 여성 작가들이네요. 문학계에서는 비주류인 여성 작가들이 영화에서는 주류인 건지, 아니면 내가 여자라 여성이 나오는 영화가 더 눈에 띈 건지…… 구색을 맞추기 위해 남성 작가가 나오는 영화를 생각합니다. 〈카포티〉가 딱 떠오릅니다. 트루먼 카포티라는 지독한 작가에 대한 지독한 영화인데, 관객을 압도하면서도 관객에게 동일시를 허용하지 않는 필립 세이모어 호프만이라는 배우 때문에 더 그런 느낌을 받은 것 같습니다. 카포티의 작품은 이 영화의 배경이 된 《인 콜드 블러드》와 단편집 《차가운 벽》이 번역되어 있습니다.

그런가 하면 어떤 영화들은 실존 작가가 아니라 작가라는 직업이나 글쓰기 자체를 소재로 하기도 합니다. 엠마 톰슨이 유명 작가로 나오는 〈스트레인저 댄 픽션〉은 말 그대로 '소설보다 더 이상한' 이야기를 통해 예술보다 무거운 삶의 무게를 돌아보게 하는 영화이지요. 또 맛있는 요리가 침샘을 자극하는 〈줄리 & 줄리아〉는 소재는 요리지만 그보다는 글을 쓰고 책을 출판하는 일의 어려움과 의미를 생각하게 합니다.

책을 주제로 한 영화들 중에는 서점이 등장하는 경우가 많습니다. 〈84번가의 극비문서〉라는 영화는 처음엔 제목 때문에 첩보영화인 줄 알았습니다. 영화를 보고 나서야 채링크로스 84번지가 영국의 유명한 서점 거리인 것도 알게 되고, 또 《채링크로스 84번지》라는 원작이 있는 것도 알게 되었지요. 덕분에 영화와는 또 다른 책의 매력을 다시 한 번 즐길 수 있었습니다. 이 영화는 나중에 〈84번가의 연인〉이라는 제목으로 다시 출시되었는데, '극비문서'라는 제목이 생뚱맞다면 '연인'은 너무 노골적인 것 같습니다.

영화에서 서점은 연인들의 만남의 장소이기도 합니다. 서점 주인과 톱스타의 사랑을 그린 〈노팅힐〉, 대형 서점과 동네 서점의 행복한 동거를 꿈꾸는 〈유브 갓 메일〉, 너무나 유명한 서점 '셰익스피어 앤 컴퍼니'가 등장하는 〈비포 선셋〉 등등이 그런 예지요. 특히 파리에 있는 셰익스피어 앤 컴퍼니는 서구 문학사에서 빼놓을 수 없는 이름입니다. 20세기 최고의 문학작품으로 꼽히는 제임스 조이스의 《율리시즈》를 처음 출판한 사람이 바로 이 서점의 주인 실비아 비치니까요. 셰익스피어 앤 컴퍼니가 궁금하다면 실비아 비치가 직접 쓴 《셰익스피어 & 컴퍼니》와 안드레아 와이스의 《파리는 여자였다》를 읽어봐도 좋겠습니다.

책도 서점도 작가도 안 나오지만 〈헤드윅〉은 작품이 하도 좋아서 원작에 영향을 준 플라톤의 책을 찾아 읽은 경우입니다. 몇 해 전 대학로 지하극장에서 뮤지컬 〈헤드윅〉을 보고 몰아지경을 헤맨 적이 있습니다. 특히 헤드윅이 '사랑의 기원The Origin of Love' 이라는 노래를 부를 때 아름다운 선율과 가사에 매료되어 눈물을 흘렸지요.

"지구가 아직 평평한 대지였을 때, 산들이 하늘까지 높이 솟아 있었을 때, 네 개의 팔과 네 개의 다리, 두 개의 얼굴을 가진 이들이 있었다. 그들은 사랑에 대해 알지 못했다. 그때 사랑은 아직 생겨나기 전, The Origin of Love……."

이 노래 덕분에 비로소 이성애에 갇혔던 사랑의 관념을 떠날 수 있었으니 노래의 힘이 참 크지요. 그 뒤 〈헤드윅〉을 만든 존 카메론 미첼이 플라톤의 《향연》에 나오는 아리스토파네스의 철학에서 영감을 얻어 이 노랫말을 썼다는 것을 알고 책을 찾아 읽었습니다.

사랑에 관한 철학을 담고 있는 《향연》에서 아리스토파네스는 사랑의 기원을 이야기하며, 원래 한 몸이었던 남녀가 제우스의 저주로 둘로 갈라지면서 사랑이 시작되었다고 말합니다. 갈라진 반쪽에 대한 갈망, 결핍과 부재가 낳는 고통, 합일을 향한 욕망이 사랑이라는 거지요. 그리고 〈헤드윅〉은 그 사랑이 이성애와 동성애라는 구별을 넘어 인간의 조건으로서 존재한다는 것을 보여줍니다.

사랑을 갈구하는 건 인간의 조건이지만, 갈라진 반쪽을 도무지 만날 수 없을 때는 영화와 책에서 위로를 찾아도 좋겠지요. 어울릴 듯한 영화랑 책이랑 짝도 지어주며 그렇게 혼자 놀다 보면 언젠가 내 사랑도 나타나지 않을까요?

II
사랑

Love

못생겨도 나는 좋아!

인터넷에 '독서처방' 연재를 시작한 뒤 제일 많이 들은 말이 "얼굴이 왜 그래요?"였습니다. 글이 어떻다는 얘기보다 사진이 이상하다, 인물이 없다는 촌평만 난무하더군요. 사진기만 들이대면 안면근육경직증에 걸리는지라 애초 사진발을 기대하진 않았지만, "인물이 없다"는 한마디엔 자신을 돌아보지 않을 수 없었습니다.

달걀보단 타조알에 가까운 얼굴형, 조화롭지 못한 이목구비의 배치, 특히 단단한 열매와 질긴 고기를 씹어온 조상의 후예답게 잘 발달된 턱과 두드러진 광대뼈가 V라인을 선호하는 시류와는 영 상극이지 싶습니다. 게다가 전엔 나이를 먹으면 미모보다 인품(이 또한 자신 있는 분야는 아니지만)을 따졌는데 요즘은 쉰, 예순이 돼도 동안이네 뭐네 하며 얼굴 타령을 합니다. 그러니 나처럼 '없는' 얼굴로 청춘을 보내고 이제야 돌아와 거울 앞에 선 누이에게 작금의 세태는 서운하기만 합니다.

그러고 보니 사랑받기보다는 사랑하는 데 익숙한 긴 짝사랑의 역사를 비롯하여, 이 나이 먹도록 무엇 하나 제대로 성취하지 못한 것도 다 못생긴 얼굴 탓만 같습니다. 스스로가 더 미워지려는 순간, 다행히 과학 저널리스트인 대니얼 맥닐이 쓴 《얼굴》이란 책을 만났습니다. 얼굴이 가진 기능 중에서 심미적인 측면은 아주 사소한 일부분일 뿐이라고 말해주는 고마운 책입니다.

이 책은 얼굴을 과학, 철학, 의학, 심리학, 문학 등등 그야말로 다방면에서 조명한 얼굴 대백과사전인데, 읽다 보면 얼굴이 가진 기능과 의미에 새삼 놀라지 않을 수 없습니다.

맥닐의 말에 따르면, 무엇보다 얼굴은 인간이 호모로퀜스, 즉 언어의 동물임을 보여주는 증거입니다. 무성한 털이 사라진 인간의 얼굴은 그대로 언어가 됩니다. 표정으로 대화를 나누는 것이지요. 인간은 그 어떤 동물보다 많은 약 22개의 근육을 갖고 있는데, 그 덕분에 우리는 조용히 염화시중의 미소를 나눌 수도 있고, 남몰래 데이트를 약속할 수도 있습니다.

마흔이 넘으면 자기 얼굴에 책임을 져야 한다는 얘기가 있지요. 그도 그럴 것이, 얼굴에는 그 동안 우리가 다른 사람들과 나눈 이야기들, 맺은 관계들이 고스란히 담겨 있기 때문입니다. 유머와 배려를 나눠온 사람과, 위협과 경멸로 대해온 사람의 얼굴은 판이하게 다릅니다.

요즘은 의술의 힘을 빌려 얼굴을 바꾸는 이들이 많아서 이런 얘기가 소용없는 듯도 합니다. 사실 이 첨단의 가면에 속거나 혹하는 경우도 있습니다. 그러나 이 가면은 수명이 짧은 데다 부작용도 만만치 않습니다. 가면을 자주 쓰다가 타고난 근육이 퇴화하여 표정을 잃어버리는 게 대표적인 부작용이지요. 말로 표현할 수 없는 기쁨을 담지 못하는 얼굴, 그 얼굴을 가진 사람과 그 얼굴을 보는 사람 중 어느 쪽이 더 비극적인지는 가늠하기 힘듭니다.

사실 얼굴이 지금처럼 칼부림의 현장이 된 데는, 내 것이되 네 것이기도 한 얼굴 고유의 이중성이 작용한 게 분명합니다. 얼굴은 '보기' 전에 '보이는' 것입니다. 나는 타인을 통해 내게는 보이지 않는 내 얼굴을 봅니다. 그 때문에 내 얼굴임에도 끊임없이 남의 눈을 의식하게 되는 것이지요.

그런데 얼굴 근육은 불수의근不隨意筋과 수의근으로 구성되어 있어서, 아무리 애를 써도 내가 원하는 표정만 보여줄 수는 없습니다. 자의적으로 움직일 수 있다고 믿었던 표정조차 내 맘대로 못하는 것이지요. 그러니 날 때부터 턱하니 박혀 있는 이목구비를 어떻게 내 맘대로 하겠습니까? 깎고 조이고 세워봐야 한계가 있을 수밖에요.

그래도 사람들은 좀 더 젊고 멋지게 보이고 싶어서 화장을 하고 성형을 합니다. 잘생긴 얼굴에 너그러운 사회를 생각하면 당연한 일이기도 하지요. 하지만 수술을 해서 완벽한 얼굴을 얻었다 해도 심리적인 문제는 해결되지 않을 수 있습니다. 사람은 "자신의 얼굴에서 정체성을 찾기" 때문입니다.

얼굴은 우리 자신을 증명하는 "자아의 상징"입니다. 문제는 우리가 그 자아를 거울을 통해서 확인할 때 "거울은 언제나 통찰력과 환각의 전쟁터"가 된다는 겁니다. 보이는 나와 생각하는 내가 다르기에 우리는 거울 속에서 자기 환멸과 자아도취의 양극을 오가며, 끊임없이 거울에 자신을 비춰봅니다. 흔들리는 자아와 함께 거울 속의 내 모습도 변합니다. 못생긴 나는 자아를 의심하고, 허물어진 자아는 비틀린 얼굴로 나타납니다. 못난 얼굴은 이렇게 못난 인간이 됩니다.

그것이 얼마나 한심한 일인지, 얼굴에 관한 이 두꺼운 책은 분명하게 보여줍니다. 맥닐은 얼굴을 구성하고 있는 눈, 코, 입, 귀, 머리카락, 수염 등 각각의 부분들이 얼마나 많은 이야기를 담고 있는지 꼼꼼하게 들여다봅니다. 일테면 얼굴에선 잘 보이지도 않는 귀 하나에서, 맥닐은 스페인과 영국의 전쟁사를 비롯해 셰익스피어와 고흐의 예술을 읽고, 나아가 사람마다 다른 귀 모양이 범죄자의 신원 확인에 쓰인다는 사실까지 짚어냅니다.

작은 얼굴에 담긴 어마어마한 이야기들을 읽다가 문득 얼굴을 들여다봅니다. 신국판 책 크기만 한 얼굴 안에 50만 년의 인류사가, 진화의 비밀이 숨어 있다고 생각하니 눈이 커집니다. 눈썹을 싹 지우고 문신을 할까 했는데, 이 눈썹이 땀이 눈으로 들어오는 걸 막아주고 한 번의 꿈틀거림으로 의사소통을 해내는 다목적 기관이랍니다. 그렇게 유용한 걸 없앨 순 없지요.

맥닐은 얼굴이 미추美醜만을 담는 그릇이 아님을 보여줍니다. 언어, 습관, 역사, 추억, 사상, 감정이 들끓는 용광로, 그게 얼굴입니다. 더구나 이 작은 얼굴에 숨은 뜻은 아직도 다 밝혀지지 않았답니다. 어디에 아틀란티스가 숨었는지 모르는 이 미지의 행성을 단지 미추로 재단하는 건 좀 염치없는 짓이지요. 무식한 짓이기도 하고요. (나한테 인물이 옳다고 하신 분들 뜨끔하시죠!)

이참에 결심했습니다. 어차피 내겐 보이지도 않는 내 얼굴, 당당히 들고 살렵니다. 성실히 진화해왔다는 점에선 누구에게도 꿇리지 않는 부지런한 얼굴이니까요. 더구나 남들 눈엔 못나 보일지 몰라도 내게는 세상에 하나뿐인, 나와 함께 이 세상을 견뎌온 가장 사랑스러운 얼굴이니까요.

대니얼 맥닐, 안정회 옮김
《얼굴》
사이언스북스, 2003

바람피우고 싶은 날

아카시아 향이 온몸을 간질이는 봄날, 꽃가루 날리는 거리를 지나 은행으로 향합니다. 어린이날, 어버이날, 스승의 날, 부부의 날, 챙겨야 할 기념일이 한 손 가득입니다. 문득, 5월에 이 모든 날들을 몰아넣은 의도가 궁금해집니다. 혹시 꽃향기 자욱한 계절에 취해 길을 잃을까 봐 일부러 아이에 부모님에 선생님과 배우자까지 두루두루 챙기게 한 건 아닌지 의심스럽습니다. 그렇게라도 하지 않으면 바람피우기 좋은 이 계절을 무사히 지내기 어려울 줄 알고 말입니다.

'이 사람이다!' 믿고 결혼했다고 해서 '이 사람인가?' 싶은 날이 없는 것은 아닙니다. 더구나 살랑살랑 봄바람은 불고 하늘하늘 치맛자락은 나풀대는데 눈길이 담 안에만 머물길 바랄 수는 없지요. 세상에서 가장 아늑한 집을 두고도 여행을 꿈꾸는 것이 사람이듯, 사람이기에 가끔은 다른 사람 다른 삶을 기웃대는 것 아니겠어요?

명문가 출신의 변호사 뉴랜드 아처가 아름답고 기품 있는 약혼녀 메이를 두고 추문의 주인공인 엘렌 올렌스카 백작부인에게 마음을 빼앗긴 것도 따지고 보면 그 '다름' 때문이었습니다. 엘렌을 만나기 전 아처는 자신이 속한 뉴욕 상류사회의 격식과 관습을 누구보다 믿고 따랐습니다. 그는 또 세련된 취향과 순수함을 지닌 메이에게 매일 아침 은방울꽃을 보내 사랑을 표현할 만큼 깊은 애정을 갖고 있었지요.

　　그랬기에 약혼녀의 사촌언니 엘렌을 처음 봤을 때 아처는 눈살을 찌푸립니다. 남편을 떠나 남편의 비서와 눈이 맞았다는 스캔들에다 자리에 어울리지 않는 드레스까지, 품행도 취향도 형편없는 그녀가 못마땅하기만 했지요. 아처는 세간의 시선에 아랑곳 않는 엘렌에게 분노하고, 사촌언니의 추문 때문에 곤란해진 메이를 안쓰러워합니다. 당초 계획보다 서둘러 약혼을 발표한 건 그 때문입니다.

　　덕분에 엘렌으로 인한 소란도 가라앉고 사랑스러운 메이와 약혼도 하였으니 모든 일이 잘된 셈인데, 이상하게 아처는 행복하지가 않습니다. 왠지 모를 불안감 속에서 아처는 결혼을 서두릅니다. 관례적인 약혼 기간을 대폭 단축해 당장이라도 결혼식을 올리자고 재촉하는 아처에게 메이는 투명한 눈으로 묻습니다.

　　"당신이 그때까지 내게 애정을 품고 있을 자신이 없어서인가요?"

　　다른 여자를 사랑한다면 "세상의 의견을 거스르고라도" 그녀와의 사랑을 지키라고 말하는 메이에게 아처는 감동을 받습니다. 인습에 길들여진 나약한 여자인 줄 알았던 메이가 세상의 시선을 두려워 않는 용기 있는 여자라는 데 그는 경외심을 느낍니다. 자기가 알던 모습과는 '다른' 메이가 새삼스럽게 다가옵니다.

하지만 놀람은 오래가지 않습니다. 아처는 메이에게서 엘렌과 같은 자유로운 영혼을 보고 싶어 하지만, 메이는 메이일 뿐 엘렌이 아닙니다. 예전엔 메이의 우아하고 품위 있는 모습에 반했지만 이제는 틀에 박힌 그 모습에 싫증이 납니다. 과거의 사랑에 대한 불만이 커질수록 미래의 사랑에 대한 갈망도 커집니다. 익숙해서 안전한 메이와 낯설기에 매혹적인 엘렌 사이에서 아처는 흔들립니다.

이디스 워튼(1862~1937)은 퓰리처상 수상작 《순수의 시대》에서 아처를 흔든 바람의 정체를 섬세하게 파헤칩니다. 이 작품이 세 차례에 걸쳐 영화화될 만큼 연애소설의 고전으로 꼽히는 이유는 무엇보다 아처, 메이, 엘렌 세 사람의 다른 듯 닮은 삶을 세밀하게 그려내 독자의 공감을 끌어냈기 때문입니다.

아처는 인습에 사로잡힌 현실에 염증을 느끼고 탈출을 꿈꾸지만 막상 현실적 책임에서 자유롭지 못합니다. 반면, 현실 너머를 상상한 적이 없는 메이는 흔들리는 남편을 보며 괴로워하면서도 자신의 방식대로 자신의 현실을 지킵니다. 그리고 불행한 결혼생활을 통해 현실을 깨달은 엘렌은 인습에서 비껴나 있지만 인습의 힘을 무시하지도 저항하지도 않습니다.

연애소설의 외피를 쓰고 있지만 이디스 워튼이 이 소설에서 말하는 것은, 사랑의 힘이 아니라 사랑으로도 어쩌지 못하는 현실의 힘입니다. 냉엄한 리얼리스트인 워튼은 사랑조차 현실을 부인할 만큼 강력하지는 않으며, 불같은 사랑이란 것도 실은 잠깐의 현실 도피일지 모른다고 말합니다. 아름다운 사랑을 믿는 이들에겐 좀 가혹한 이야기지만 그게 또한 사실이 아닌지요?

정신분석학자 레나타 세나클은 《사랑과 증오의 도착倒錯들》이란 책에서 이 소설의 애정관계를 분석하며 흥미로운 지적을 합니다. 많은 사람이 그렇듯 아처 역시 금지된 사랑에 끌리면서도 막상 사랑이 실현되려 하면 그 직전에 발을 뺀다는 것이지요.

물론 두려움이나 죄책감 때문일 수도 있습니다. 하지만 아처가 결정적 순간마다 자신의 의지보다 상황을 핑계 삼아 엘렌을 포기하는 것은 세상의 눈이 두렵기 때문만은 아닙니다. 그가 정말 두려워하는 것은 사랑이 실현되는 것입니다. '바람'이 현실이 되는 거지요.

손에 잡힐 듯 말 듯 가물가물할 때는 간절하다가 막상 곁에 있으면 심드렁해지는 게 사랑이라고들 합니다. 페로몬의 효능이 다한 탓도 있지만 꼭 그 때문만은 아닙니다. 더 이상 안달하고 갈망하지 않아도 될 때 왜 우리는 평온한 기쁨을 느끼는 대신 권태와 실망을 느끼는 걸까요? 우리가 원한 게 그이라면 그이를 얻는 순간 행복하기만 해야 할 텐데 왜 묘한 허탈감을 느끼는 걸까요?

그건 우리가 사랑하는 것이 그이만이 아니기 때문입니다. 우리는 그이를 사랑하면서 그 사람을 사랑하는 자신을 느끼고 사랑합니다. 아처가 사랑하는 것은 엘렌이 아니라 엘렌이라는 금지를 사랑하는 자신입니다. 아처가 엘렌을 통해 자기 안에 숨은 또 다른 자기를 발견하고 감동하듯이, 우리는 사랑을 하면서 자신의 새로운 모습에 놀라고 그런 자신을 사랑하게 됩니다. 모든 사랑은 그래서 자기애의 표현입니다.

간절히 사랑한 사람을 가졌는데도 지금 불행하다면 그건 그 사람이 변해서가 아니라 내가 변해서입니다. 그 사랑을 통해 발견했던 내 모습을 잃었기 때문입니다. 그리하여 모든 사랑의 바탕에 자기애가 있다는 걸 깨달으면 섣부른 바람은 사절하게 됩니다.

바람에 몸을 맡기고 싶은 날, 가만히 자신에게 물어봅니다. 정말 내가 원하는 삶을 살고 있냐고, 그 삶을 위해 최선을 다하고 있냐고, 내 사랑에 부끄럽지 않을 만큼 나를 사랑하고 있냐고. 그런 뒤에도 바람이 피우고 싶다면 눈 딱 감고 바람 한번 피우지요, 뭐!

이디스 워튼, 송은주 옮김
《순수의 시대》
민음사, 2008

권태기에 대처하는 법

긴 병에 효자 없다는 말이 있습니다. 긴 시간 앞에선 애초의 효성도 바닥이 난다는 얘긴데, 이건 남녀 사이에도 해당됩니다. 연애도 오래 하면 설렘은 사라지고 의무만 남기 마련인데, 하물며 결혼은 더 말할 것이 없지요.

서로의 페로몬이 구석구석 깃든 한 집 안에 동거하면서 시종 처음 같은 흥분과 자극을 느낀다면 피곤해서 못살 일. 부부가 서로를 이성이 아닌 근친으로 받아들이는 것은 따라서 생존을 위한 자구책이라고도 할 수 있습니다. 문제는 이 생존이 참기 힘든 권태를 동반한다는 것인데, 결혼은 사랑의 무덤이란 말은 이래서 나옵니다.

함께 밥상에 앉아 밥을 먹지만 눈을 마주치는 일은 거의 없습니다. 그들의 눈은 나란히 하나의 방향을, 툭하면 출생의 비밀이 연인들의 발목을 잡는 그 지긋지긋한 파란 화면을 봅니다. 화면 속 세상은 지루하지만 화면 밖의 세상은 더 지루합니다. 아무 비밀도 없이 방귀를 뿡뿡대고, 목젖이 다 보이게 찢어져라 하품을 하고, 발가락을 더듬던 손이 콧구멍을 쑤시지만 피차 태연합니다.

내일도 오늘의 태양이 뜨고 오늘은 어제의 태양이 뜨는 하루하루가 지납니다. 아침저녁 마주치는 얼굴은 바나나보다 길고 기차보다 지루합니다. 언젠가부터 '저 얼굴' 없는 세상을 꿈꿉니다. 저 얼굴만 없으면 내 삶이 달라질 것 같습니다. 저 얼굴을 만나기 전의 환하고 파릇파릇하던 시절이 떠오릅니다. 모든 게 저 얼굴을 만난 탓이란 생각을 지울 수가 없습니다.

그리하여 린은 이혼을 결심합니다. 직장 사람들에겐 보여주기도 민망한 아내, 구시대의 유물인 전족을 한 무식하고 늙은 아내와 헤어지고 자신에게 어울리는 젊고 똑똑한 간호사 만나와 결혼하기로 마음먹습니다. 부모의 뜻에 따라 한 애정 없는 결혼생활을 끝내고 린은 자신의 의지대로 살기를 꿈꿉니다. 그로부터 17년, 긴 기다림의 세월이 흐르고 린은 비로소 이혼에 성공합니다. 그리고 함께 그 세월을 기다려온 만나와 결혼도 합니다. 오랜 기다림은 그렇게 결실을 맺습니다.

허나 기다림의 끝에서 린을 기다리는 건 행복도 만족감도 아닌 근원 모를 회의입니다. 간절히 원하던 삶을 얻은 순간, 린은 자신이 무엇을 기다렸는지 생각합니다. 무엇을 꿈꾸었었는지, 자신의 삶에 깃들었던 권태가 어디서 연유했는지, 오리무중의 막막함 속에서 린은 눈물을 흘립니다. 더 이상 권태롭지 않은 삶이 왜 이리 낯설고 힘겨운지 자문하면서.

미국에서 영어로 소설을 쓰는 중국 작가 하진의 장편 《기다림》은 한 남자가 조강지처와 이혼하고 젊은 애인과 결혼하기 위해 오래 기다리는 이야기입니다. 400쪽이 넘는 장편소설의 줄거리치곤 기막힐 만큼 단순한 얘기인데, 놀라운 건 줄거리를 다 알아도 책을 손에서 놓을 수 없다는 겁니다. 그러니까 이 소설의 매력은 파란만장한 줄거리도 꽉 짜인 플롯도 아닌, 아주 단순한 문장이, 아주 단순하고 뻔한 이야기가, 아주 단순하고 뻔해서 가슴이 메는 삶의 통속성을 보여준다는 데 있습니다.

하지만 설익은 경구로 섣부른 위로를 시도하는 통속소설과 달리 하진은 끝까지 냉정을 잃지 않습니다. 그 스스로 많은 영향을 받았다고 고백한 안톤 체호프와 닮은 대목입니다. 그러고 보니 체호프 역시 중편 〈결혼 3년〉(소설집 《산다는 것은》에 수록)에서 속절없이 권태에 빠져드는 기혼 남자의 쓸쓸함을 그린 적이 있군요.

《기다림》의 린은 부모 때문에 결혼했다고 변명할 수 있지만, 〈결혼 3년〉의 라프쩨프는 사랑하는 여인과 결혼했기에 애초부터 그런 변명은 불가능합니다. 어쩌면 그 때문에 라프쩨프는 린보다도 더 빨리 처음의 열망과 꿈을 잃고 일상의 타성에 몸을 맡기고 마는지도 모릅니다.

라프쩨프는 스스로를 추하고 불행한 인간이라고 여기는 비관주의자였습니다. 그는 아름다운 율리야에게 반해 청혼하지만, 그녀가 자신을 사랑하지 않으며 당연히 청혼을 거절할 거라고 생각합니다. 그러나 그의 비관적 기대와 달리 율리야는 그의 청혼을 받아들입니다. 비록 그를 사랑하진 않지만, 누구보다 학식 있고 선량하며 자신을 사랑해주는 라프쩨프와 결혼하면 우울하고 공허한 삶에서 벗어날 수 있으리라고 믿었기 때문이지요.

그렇게 서로 다른 기대로 시작된 결혼생활은 처음부터 삐걱거립니다. 불과 3년 만에 라프쩨프는 자신의 사랑을 회의하며, 체념 속에서 그토록 증오하던 가업을 잇기로 합니다. 더 이상 사랑을 믿지 않는 그에겐 자신이 꿈꿨던 모든 것들이 다 부질없고 어리석게만 여겨지지요.

그러나 율리야는 다릅니다. 남편의 비관을 진심으로 이해하고 연민하게 된 그녀는 고백합니다. 당신을 사랑한다고, 당신과 함께 있어 행복하다고. 허나 긴 짝사랑 끝에 간절히 원했던 마음을 얻었건만 라프쩨프의 권태는 사라지지 않습니다. '미래에 무엇이 기다리고 있을까?' 스스로 물어보지만 맥 빠진 대답만이 돌아옵니다. '살다 보면 알겠지.'

설렘으로 시작한 관계가 피로만을 부르는 의무로 변하는 것은, 그 관계에 담아 키우던 미래가 사라졌기 때문입니다. 관계가 하품을 부를 때 우리는 상대를 탓합니다. 게으르고 무능한 당신 때문에, 젊음도 매력도 사라진 당신 때문에 내 인생이 이렇게 무미건조해졌다고 원망하지요.

그러나 하진과 체호프는 그게 아니라고 말합니다. 설렘이 권태로 변한 것은 '당신' 때문이 아니라 미래를 잃은 '나' 때문이라고, 그러니 나 자신을 돌아보라고 말합니다. 결혼과 권태에 관한 소설이 미래를 잃은 사람의 허무에 관한 이야기로 귀결되는 것은 그래서입니다.

책장을 덮고, 내 앞에 있는 익숙하다 못해 지루하기만 한 얼굴을 바라봅니다. 그 익숙한 얼굴에 또 하나의 익숙한 얼굴, 나 자신의 얼굴이 겹쳐지며 묵직한 통증이 느껴집니다. 오리무중의 생을 헤쳐가기 위해 나만큼이나 안간힘을 쓰는 한 인간을 보면서 권태를 느끼기는 힘듭니다.

앞으로의 세월은, 우리 둘 다 툭하면 삶의 허방을 짚는 똑같은 존재라는 동지애가 페로몬이 뿜어내는 열정을 대신할 겁니다. 그리고 3년, 13년, 30년, 쓸쓸하지만 따뜻한 시간을 함께하게 되겠지요. 소설은 그 시간을 기다리라고, 어쩌면 사랑도 인생도 지루한 기다림을 기다리는 것일지 모른다고 담담하게 말합니다.

갈수록 늘어나는 이혼율 감소를 위해 이 두 권의 소설을 가정법원 대기실에 갖다놓아도 좋을 것 같습니다. 적어도 지금 내가 느끼는 피로가 내 앞의 얼굴 탓이 아니라 내 탓이며, 다른 사람을 만나도 권 태는 찾아오리란 사실은 알게 될 테니까요.

. . . . .

하진, 김연수 옮김
《기다림》
시공사, 2007

안톤 체호프, 남혜현 옮김
〈결혼 3년〉, 《산다는 것은》
작가정신, 2003

다른 사람을 만나면 달라질까

대단한 꿈이 있어서가 아니라, 가끔은 그냥 다 그만두고 싶고, 좀 다르게 살고 싶고, 다른 사람도 만나고 싶고, 어디론가 떠나고 싶은 그런 맘이 간절히 들 때가 있습니다. 지나간 젊은 날은 멀고, 다가올 세월은 오기도 전에 낡아서 지레 마음이 지치는 그런 때. 얼룩진 벽 위로 먼지 같은 그리마가 숨 가쁘게 달아나는 것을 보다가 문득 숨이 막힐 때. 그래요, 그럴 때 책은 별반 위로가 되지 않습니다.

그래도 별 수 없이 책으로 숨어야만 한다면, 책밖에는 마음을 다독일 다른 도리를 모른다면, 《니체가 눈물을 흘릴 때》라는 소설을 권합니다. 무엇보다도 철학과 정신분석학이 한데 어우러져서 뇌를 자극하는 통에 딴 생각이 안 들고요, 더불어 다른 사람을 만나면 달라질까 하는 고민을 정색하고 파고들 수 있어서 도움이 됩니다.

이 소설을 쓴 어빈 얄롬은 스탠퍼드대학교 정신의학과 교수로, 세계적으로 유명한 심리치료의 권위자랍니다. 전문가가 쓴 팩션답게 이 작품은 정신분석학에 대한 일종의 입문서이자 니체 철학에 대한 친절한 해설서로 손색이 없습니다. 대단한 사건 사고는 없지만, 무엇보다 세기의 철학자 프리드리히 니체와 정신분석학의 아버지 요제프 브로이어가 만났다는 설정 자체가 호기심을 자극해서 자못 흥미진진하게 읽힙니다.

프로이트의 스승인 브로이어는 어느 날 여행지에서 루 살로메의 기습적인 방문을 받습니다. 마흔을 목전에 둔 브로이어는 빈에서 가장 아름다운 여자와 살고 있었지만 미인에 대한 내성은 아직 생기지 않은 상태였지요. 이미 베르타('안나 O'라는 이름으로 정신분석학의 역사에 기록된 유명한 여성입니다)라는 여자 환자와 심각한 문제를 겪었음에도 말이지요. 아무튼 브로이어는 아름답고 도발적인 루 살로메에게 매료되어 얼떨결에 니체라는 들도 보도 못한 철학자의 치료를 맡기로 약속합니다.

그리고 오래지 않아 브로이어는 자신이 여자의 미모 때문에 또 한 번 실수를 했다는 걸 깨닫습니다. 니체라는 이 무명의 철학자는 결코 만만한 상대가 아니었지요. 그는 겸손한 태도로 치료에 협조했지만, 막상 브로이어가 그의 심리적 불안을 치료하려고 하면 강력한 철학적 주장들로 모든 걸 무화無化시키곤 합니다.

예를 들어, 브로이어는 니체를 괴롭히는 지독한 통증이 단순히 육체적인 것이 아니라 정신적인 고통의 표현이라고 믿고, 그 통증으로 어떤 이익을 봤느냐고 물으며 대화치료를 시도합니다. 니체는 반발하거나 변명하거나 부인하는 대신 진지하게 대답합니다. 편두통은 철학 작업을 계속하도록 해주었고, 나빠진 시력은 다른 철학자들로부터의 자유를 주었으며, 질병은 죽음의 현실성과 대면하도록 해주었다고 말이지요.

"나를 죽이지 못한 것은 무엇이든지 결국 나를 강하게 만든다"고 선언하는 니체 앞에서 브로이어는 말을 잊습니다. 지독한 편두통과 발작으로 고통 받으면서도 자신의 정신엔 손도 못 대게 하는 환자 니체를 보며 브로이어는 의사로서의 무력감에 시달립니다. 그리고 결국 치료를 포기하기로 마음먹지요.

하지만 이때 니체가 무의식 속에서 그에게 손을 내밉니다. 도와달라고, 자기를 도와달라고 애원하는 니체 안의 또 다른 니체를 보며 브로이어는 모험을 결심합니다. 전대미문의 이 까다로운 환자를 치료하기 위해 그는 스스로 환자가 되어 철학자 니체에게 자신의 심리 치료를 맡깁니다. 일종의 역할 바꾸기를 통해 니체로 하여금 스스로를 객관적으로 분석하도록 한 겁니다. 즉, 니체에게 브로이어 자신의 절망과 불안을 드러내 치료하게 함으로써 역으로 니체 자신을 치유한다는 전략이었지요.

이리하여 브로이어는 니체의 몸을 치료하고 니체는 브로이어의 정신을 치유하는 이상한 거래가 시작됩니다. 환자 역을 맡은 브로이어는 똑똑한 니체에게 어설픈 환자 노릇은 통하지 않는다는 것을 압니다. 그래서 자신의 진짜 고민을 숨김없이 드러냅니다. 물론 모든 것은 계산된 것이었죠, 처음에는.

그러나 대화치료가 진행되면서 상황은 바뀝니다. 니체를 끌어들이기 위해 과장했다고 믿었던 고민들이 어느 사이 실제로 브로이어를 사로잡은 겁니다. 의사 니체에게 환자 브로이어는 고백합니다.

"마흔 살이 되자 나에게 가능하리라고 여겼던 모든 것들이 산산조각 났어요. 갑자기 내 인생에서 가장 분명한 사실을 이해하게 되었지요. 시간은 돌이킬 수 없고, 내 인생이 마냥 흘러가 버리고 있다는 걸 말입니다."

젊은 날의 가능성을 잃고 이제는 다른 사람들처럼 죽음을 향해 걸어갈 뿐이라고 탄식하는 브로이어에게 니체는 어떤 위로도 해주지 않습니다. 오히려 자기 자신이 되라고, 더 근본적인 통찰로 자신의 삶을 살라고 다그칠 뿐입니다.

"내가 말하고자 하는 건 올바른 때에 죽으라는 것이오! …… 살아 있을 때 살아라. 삶을 최대한 누릴 때 죽는다면 죽음이 두렵지 않다. 올바른 때에 살지 못하면 올바른 때 죽지도 못한다……."

하지만 브로이어는 그런 철학적 통찰이 자신의 실제 삶을 바꾸지는 못한다고 비판합니다. 시도 때도 없이 찾아오는 베르타의 성적 환상에 온 몸과 마음이 흔들리지만 신성한 결혼의 의무를 저버릴 수는 없다고, 그런 의무와 책임감으로 지금껏 살아왔노라고 반박합니다.

그러나 니체는 단호합니다. "당신 자신에 도달하지 못했다면 그때 '의무'란 자신이 거대해지기 위해 타인을 이용하는 것에 불과"하며, 결혼의 신성함이 결혼생활에 의해 파괴된다면 차라리 그 결혼을 깨는 게 낫다고 단언합니다.

브로이어는 니체와의 대화를 통해 자신의 인생을 근본적으로 되돌아봅니다. 그리고 다른 사람을 꿈꾸던 자신의 욕망을 투명한 눈으로 바라봅니다. 게임처럼 시작했던 역할 바꾸기는 이제 그의 답답한 현실을 구원할 수 있는 유일한 치료제로 뒤바뀝니다. 더 이상 브로이어에게 환자 니체는 없습니다. 그에게 니체는 치료자, 환자 브로이어가 신뢰하는 유일한 의사일 뿐입니다.

그런데 여기서 또다시 전도가 일어납니다. 브로이어가 의사이기를 포기한 그 순간부터 니체는 그를 통해 자신을 분석하고 자신의 문제를 인정하기 시작합니다. 서로가 서로의 의사이기를 그만두었을 때, 상대를 환자가 아닌 친구로 보게 되었을 때 진짜 치료가 시작된 것이지요. 그들은 서로의 고통에서 자신의 고통을 보고, 서로의 상처를 가슴 아파하며, 서로의 치유를 진심으로 바랍니다.

최근 들어 많은 이들이 심리적인 문제로 전문가를 찾거나 심리학

책을 읽습니다. 자신을 객관적으로 이해하고 상처를 치료하기 위해 전문가의 도움을 받는 건 좋은 일입니다. 하지만 이 소설이 보여주듯이, 내 삶을 투명하게 비춰줄 벗이 있다면 그게 더 좋은 일일 겁니다. 정신의학자인 작가 얄롬조차 사람을 치유하는 데는 의학보다 우정이 한 수 위라고 인정하니 말입니다.

인생이 흔들릴 때 모든 걸 털어놓고 이야기할 수 있는 한 사람이 있다면 그 인생은 지킬 만한 가치가 있다고 생각합니다. 어떤 길을 가든, 가지 않은 길에 대한 회한은 남겠지요. 하지만 참된 벗이 있어 함께 길을 간다면 가끔씩 흔들린다고 대순가요? 그런 사람이 없는데도 인생이 흔들리지 않는다면 그게 정말 큰일이지요. 대화치료가 필요할 만큼 말이죠.

어빈 얄롬, 임옥희 옮김
《니체가 눈물을 흘릴 때》
리더스북, 2006

사랑을 잃었을 때

전화 한 통 없이 잠적했던 후배가 꺼칠한 얼굴로 나타난 순간, 저간의 사정이 짐작되었습니다. 동시에 '오기만 해봐라' 벼르던 마음은 사라지고 걱정이 앞섰습니다.

"괜찮아?"

"예…… 죄송해요."

금세 눈시울이 붉어진 후배는 나와 눈이 마주치자 피식 웃었습니다.

"그렇게 걱정되면 실연당했을 때 읽을 책이나 한 권 주세요."

평소에도 불시에 처방용 책을 물어서 나를 놀리곤 하던 그였지만, 이날은 웃어 넘길 수만은 없는 무거운 책임감이 느껴졌습니다. 다행히 여느 때와는 달리 그 말을 듣자마자 떠오르는 책이 있었습니다. 프랑스의 소설가 앙드레 모로아가 쓴 《사랑의 풍토》입니다.

하도 오래 전에 나온 책이라 서점이나 도서관에는 없었지만 인터넷 헌책방이 있어서 그래도 쉽게 구할 수 있었습니다. 책값 500원에

배송비 2,500원을 주고 주문했더니 이틀 뒤 1977년에 나온 문고판 한 권이 도착했습니다. 책장이 바스러질 만큼 낡은 데다 예스러운 문장 탓에 페이지가 쉬 넘어가지 않더군요. 그래도 20여 년 만에 다시 읽은 책은 역시나 내 기억을 배반하지 않았습니다.

《사랑의 풍토》는 두 편의 고백으로 이루어진 소설입니다. 1부는 필립 마르스나가 결혼을 앞두고 연인 이자벨르에게 쓴 고백이고, 2부는 결혼 이후 이자벨르가 남편 필립에게 쓴 것입니다. 두 사람은 편지 형식으로 쓴 수기에서 각자 자신이 온 마음을 바친 사랑에 대해 고백합니다. 그 사랑은 안타까울 만큼 어긋나 있지만, 또한 그만큼 서로 닮아 있기도 합니다.

필립이 쓴 1부의 제목은 '오딜르'. 그가 목숨처럼 사랑했던 여인의 이름입니다. 진지하고 절도 있는 집안에서 성장한 필립은 자신과는 정반대의 환경에서 자란 오딜르를 만나 사랑에 빠집니다. 오딜르의 빼어난 아름다움과 자유로운 영혼에 반한 필립은 그녀와의 완전한 결합을 꿈꿉니다.

그는 오딜르를 "신화적이고 완전한 여신"처럼 숭배하면서도 자신과 다른 생각, 자신과 다른 취미는 인정하지 않습니다. 오딜르가 "지껄이는" 말을 혐오하고 그녀의 처신을 "경박"하다고 생각하는 그에게, 그녀가 가장 사랑스러울 때는 지치고 쇠약해져서 자기 옆에 가만히 있을 때입니다. 그녀가 기운을 차리고 바깥으로 돌기 시작하면 그는 공연한 불안감으로 캐묻습니다.

"오딜르, 두 시와 세 시 사이에 뭘 했소?"

필립의 사랑을 잘 아는 오딜르는 말합니다.

"저는 당신을 퍽 사랑해요. 하지만 조심하세요. 저는 자존심이 강하니까요. …… 제가 잘못일지도 몰라요. 그렇지만 있는 그대로의 저를 받아줘야 해요."

사랑에 빠진 사람이 연인을 위해 할 수 없는 한 가지가 있다면, 그건 바로 '있는 그대로 사랑하기'일 겁니다. 특히나 필립처럼 상대를 더 많이 사랑하는 사람에게 그것은 불가능한 숙제이지요. 금방이라도 날아가 버릴 것 같은 여신 오딜르를 잡기 위해 매달리는 사이, 그의 사랑은 집착이 되고 맙니다.

세상 많은 일이 그렇듯 사랑도 불공평합니다. 사랑하는 두 사람 사이에도 더 많이 사랑하는 쪽과 사랑받는 쪽이 있어서, 한쪽은 늘 애가 타고 한쪽은 늘 숨이 막힙니다. 사랑하는데도, 아니 사랑하기 때문에 불행한 역설은 그렇게 시작됩니다. 하지만 더 많이 사랑하는 쪽이 더 많이 불행한 것은 아닙니다. 오딜르를 사랑하여 기꺼이 그녀의 노예이기를 자처한 필립은, 자신의 헌신적인 사랑이 사실은 이기적인 만족감임을 확인합니다.

오딜르 앞에서가 아니라, 더 정확히 말하면 오딜르에 대한 내 사랑 앞에서, 내 자존심을 이겨내고 나 자신을 낮추었을 때 나는 더욱 자신에게 만족을 느꼈던 것이다.

　필립은 오딜르를 향한 열망이 사실은 "오딜르의 마음을 지배하고픈" 은밀한 자만심의 발로였음을 고백합니다. 그리고 오딜르를 잃은 뒤 깊은 절망에 빠진 자신을 돌아보며, "나는 내 슬픔을 사랑했던 것"이라고 회억回憶합니다. 헌신이라고 믿었던 사랑이 어쩌면 상대를 지우고 자신을 세우는 과정이었을지도 모른다는 걸 확인하면서 필립은 절망합니다. 사랑이 대체 무엇인지, 자신이 참된 사랑을 할 수 있을지, 그는 자신이 없습니다.

　아이러니하게도 필립의 갈망과 절망은 그의 두 번째 아내 이자벨르에게서 고스란히 되풀이됩니다. 마치 역할 바꾸기 놀이처럼 이번엔 오딜르 역을 필립이, 필립 역을 이자벨르가 맡습니다. 필립 자신도 역할이 바뀌었음을, 자신이 사랑받는 쪽이 되었음을 압니다.

　하지만 자신이 예전에 했던 역할을 그대로 재현하는 이자벨르를 그는 보듬어주지 못합니다. 그녀가 느낄 슬픔과 참담함을 누구보다 잘 알면서도 그는 그녀를 위로하지도, 안심시키지도 못합니다. 오히려 예전 오딜르가 했던 대사를 되풀이할 뿐이지요. 있는 그대로의 나를 사랑하라고.

　언뜻 똑같아 보이는 사랑을 변주해서 새로운 사랑을 찾는 것은 이자벨르입니다. 남편의 다른 사랑을 인정할 만큼 남편을 사랑하는 이자벨르는, 그를 향한 사랑이 벽에 부딪힐 때마다 그의 지난 사랑에서 위로를 얻습니다. 자신과 똑같이 절망적인 사랑에 괴로워했던 남편을 떠올리며 그를 이해하고 공감하는 사이, 이자벨르는 자기만의 완전한 사랑에 도달합니다.

"제 자신을 이겨냈다는 크나큰 승리란 제가 (당신의) 다른 여자를 받아들였다는 거예요. 체념과 즐거움마저 지니고서 받아들였다는 거지요. 만일 정말로 사랑한다면 사랑하는 사람의 행동에 지나친 중요성을 줘서는 안 돼요. 우리는 사랑하는 사람들을 필요로 하고 있어요. …… 그 사람을 지키고 내 것으로 간직할 수 있다면 그 외의 일은 어찌 되든 무슨 상관이에요? 인생이란 너무나 짧고 너무나 고돼요. …… 전 질투 같은 건 하지 않아요. 이젠 괴로워하지도 않아요."

있는 그대로의 필립을 인정한다는 이자벨르의 사랑이 참사랑인지는 알 수 없습니다. 아니, 사랑을 두고 참이니 거짓이니 하는 게 소용없는 일인지도 모릅니다. 사랑이 무엇인지 누가 알겠습니까? 불같은 열정이 사랑인가 싶을 때가 있는가 하면, 그이를 위해 모든 걸 감수하는 게 사랑이다 싶을 때도 있고, 오직 참고 견디는 게 사랑의 이름으로 할 수 있는 전부일 때도 있는 것이지요. 어쩌면 사랑이란 그 모든 걸 따지고 가리는 대신 덮어주고 보듬어주는 마음, 그뿐인지도 모릅니다.

더 많이 사랑해서 애달팠던 후배의 사랑도 얼마 뒤에는 가슴 뜨거운 추억이 될 겁니다. 그러기까지 또 오랜 시간 그 사랑을 돌아보며 복기復棋하고 원망하고 탄식도 하겠지요. 그러면서 그 사랑이 아니었으면 몰랐을 스스로를 만나겠지요. 아, 그리고 보면 사랑이란 나를 만나는 것인가 봅니다. 모두가 떠난 뒤에도 남는 한 사람, 죽는 날까지 사랑해야 할 사람, 바로 나 자신을 만나는 것, 그게 바로 사랑이라면 너무 쓸쓸할까요?

앙드레 모로아, 원윤수 옮김
《사랑의 풍토》
서문당, 1977

가깝고도 먼 이름, 가족

지난겨울 부모님의 회혼례를 치렀습니다. 두 분은 알콩달콩이나 오순도순과는 거리가 먼 결혼생활을 해오셨기에, 두 분의 결혼 60주년은 함께한 우리 자식들에게도 놀라운 일로 받아들여졌습니다. 그날 가까운 친지들을 초대해 조촐한 잔치를 열었는데, 그 자리에서도 부모님은 티격태격하며 평소 모습을 보여주셨습니다. "우리가 이렇게 살았습니다" 하는 아버지 말씀에 하객들은 모두 웃음을 터뜨리며 박수로 환호했습니다. 아마 싸우면서도 백년해로 할 수 있다는 산 증거를 본 기쁨에 모두 손뼉을 치며 즐거워한 게 아닐까 싶습니다.

이제는 나이가 들어 그 모습을 웃으면서 지켜보았지만, 어린 시절엔 다투는 부모님이 참 싫었습니다. 드라마나 영화를 보면 다른 집은 다 오순도순 화목한 것 같은데 왜 우리 집은 이럴까, 불만도 많았지요. 그런 불만으로부터 자유로워진 것은 다른 집도 별반 다르지 않다는 것을 알게 된 뒤입니다.

'가족' 하면 으레 가장 살갑고 평화로운 관계인 듯 얘기하지만, 사실은 가족처럼 상처를 주고 애증이 뒤얽힌 관계도 없을 겁니다. 친구나 동료들이야 싫으면 피하고 안 만나면 그만이지만, 가족은 끊으려야 끊을 수도 없으니 더 괴롭습니다. 그러기에 독일작가 에리히 케스트너는 "가족이란 고를 수가 없다. 그들은 그냥 집으로 배달된다. 수취인 부담으로 배달되고, 돌려보낼 수도 없다"고 했겠지요.

특히 온 가족이 모이는 명절 같은 날은 그 천륜의 짐이 한층 무겁게 다가옵니다. 할아버지, 할머니, 아들, 손자, 며느리, 삼대가 모인 집 안엔 서먹한 공기만 가득합니다. 십대 아이들은 컴퓨터와 휴대전화에 매달리고, 팔순의 부모님들은 멀뚱히 앉아 있거나 아예 방문을 닫고 누우십니다. 대화는 한참 경제활동 중인 중년 남자들을 중심으로 이루어지고, 그 시간 부엌에서는 아이들 교육을 둘러싼 정보 교환이 한창입니다. 삼대가 다 모였지만 다함께 이야기를 하는 일은 거의 없습니다. 끼리끼리 모여 끼리끼리의 언어를 주고받을 뿐입니다.

사정이 이러니 삼대가 한자리에 모여 도란도란 이야기하는 것이야말로 해리포터보다 더한 판타지가 아닌가 싶습니다. 하지만 그 판타지가 현실이 될 수도 있음을, 젊은 만화가 최규석은 《대한민국 원주민》에서 보여줍니다.

이 책은 1977년 진주에서 태어난 최규석이 자신의 집안 이야기를 그린 사실적인 만화책입니다. 어르신 중에는 만화책이 무슨 책이냐고 낯을 찡그릴 분들도 있겠지만, 이 또한 삼대의 의사소통을 가로 막는 선입견일 뿐임을 이 책을 통해 확인할 수 있습니다. 이 만화책의 가장 큰 장점은 웃음과 눈물의 적절한 조화 속에서 남녀노소 모두의 공감을 자아낸다는 점입니다. 특히 어른들이 하는 말은 무조건 '구리다'고 생각하는 십대 아이들을 대화의 장으로 끌어내는 데는 이만한 책이 없을 듯합니다.

사실 나는 처음에 저자 소개글과 머리말을 제쳐두고 본문부터 읽기 시작했는데, 그 바람에 몇 쪽을 읽고선 좀 당혹스러웠습니다. 당연히 요즘 이야기려니 하고 읽었다가, 배경이며 에피소드가 하도 예스럽고 시대물을 보는 듯하여 도무지 감을 잡을 수가 없었습니다. 그래서 뒤늦게 머리말을 찾아 읽었는데 가슴이 뜨끔했습니다. 나보다도 젊은 77년생 작가가 어려서 직접 겪은 일을, 나는 아득한 옛날이야기쯤으로 치부해버렸던 것입니다.

나를 더욱 부끄럽게 한 것은, 작가가 안타까움으로 그려낸 네 누나들의 삶이었습니다. 살얼음을 밟듯 조마조마한 가운데 간신히 진학을 하고, 열여섯 열일곱부터 공장에 다니며 벌이를 해야 했던 그의 누나들은 짐작건대 나와 같은 세대일 듯싶었습니다. 그런데 나는 그이들의 이야기를 읽으며 내 어머니 세대를 떠올렸으니, 민망하고 미안한 일이었지요.

그런데 더 미안스러운 것은, 그런 무거운 마음으로 책장을 넘기다가도 어느새 비어져 나오는 웃음을 참지 못하고 킬킬대게 되는 것이었습니다. 일테면 이런 대목.

아　들 : 아부지, 미술학원을 가야 되겠심더.

아버지 : 가라.

아　들 : 학원비가 한 달에 20만 원 정도 합니더.

아버지 : 그거는 내가 모리겠고, 갈라모 가라.

작가 아버지의 당당한 무책임이 웃음을 자아내지 않나요? 그런
가 하면, 식민 시대를 살았던 아버지의 어린 날에 관한 에피소드는 미
소와 함께 그 시대를 보는 관성적인 시선을 돌아보게 합니다.

(어린 시절을 회상하던 아버지, 일본 선생의 명을 받아 아침마다 절을 시
키는 조장에게 반항한 이야기를 한다.)

어린 아버지 : 울 아버지가 절은 조상한테만 하는 거라 카더라.

조장 : 너그 아버지가 선생님보다 높나?!

(결국 아버지와 조장이 육탄전을 벌였다는 이야기를 듣고 아들이 감동하
여 묻는다.)

아들 : 천황한테 절하기가 그렇게 싫었어요?

(아버지가 무슨 뜬금없는 얘기냐는 듯 쳐다본다.)

아버지 : 그런 거 아이다. 내가 공부도 잘하고 쌈도 더 잘하는데 선생님
이 저 새까한테 조장 시킨께 썽이 나서 그랬다.

이런 얘길 듣고서 아버지는 왜 그리 무책임하냐거나 민족의식도

없었냐고 따지기 시작하면 삼대의 대화는 거기서 끝입니다. 하지만 이 젊은 작가처럼, 툭하면 어머니를 패고 노름으로 전답을 날린 아버지는 아버지대로, 젊어선 무당에 혹하고 늙어선 신부님을 신처럼 받드는 어머니는 어머니대로 받아들이면 이야기는 밤이 깊도록 계속되겠지요.

그렇다고 최규석이 끔찍한 현실을 무조건 포장하거나 '옛날이 좋았어' 하고 뭉뚱그리는 것은 아닙니다. 그는 가난과 무지로 점철된 부모님의 삶, 장남의 무게에 짓눌린 형의 삶, 빈곤에 남녀차별까지 겪었던 누나들의 삶을 하나하나 인터뷰하고, 있는 그대로 드러냅니다. 그러면서 가족들이 지나온 삶의 무게에 새삼 놀라고 가슴 아파합니다.

또한 이 책에는 같은 시간을 서로 다르게 기억하는 식구들 이야기가 나옵니다. 아마 어느 집이나 마찬가지일 겁니다. 함께 긴 세월을 보낸 가족이지만, 그래서 서로 잘 안다고 생각하지만, 막상 기억의 갈피갈피를 풀어내면 서로 얼마나 다른 생각을 하며 다른 세월을 살아왔는지 깜짝 놀라게 되지요.

무릇 대화라는 게 다 그렇지만, 특히나 삼대가 대화하려면 '모른다'는 그 마음이 꼭 필요합니다. 첫 만남 같은 설렘을 품고 서로의 이야기에 귀를 기울이는 거지요. 판단하고 채근하기 전에, 단정 짓고 짐작하기 전에, 아버지 어머니 형님 아우 사위 며느리 손녀 손자가 어떻게 살아왔는지, 어떤 마음으로 살고 있는지 가만히 들어주는 겁니다. 결론을 내겠다는 마음은 버리고, 오로지 모른다는 마음 하나만 갖고서 말입니다. 그러다 보면 도란도란 꿈같은 시간이 흐르고, 멀게만 느껴지던 가족도 조금은 가까워져 있지 않을까요.

최규석
《대한민국 원주민》
창비, 2008

아이를 정말 사랑한다면

초등학교 5학년 아들이 책과는 담을 쌓았다고 엄마는 울상입니다. 그 말을 듣고, 큰아이는 서울대에, 둘째는 외고에 보낸 엄마가 한마디 합니다.

"부모가 먼저 모범을 보여야지요."

이제 모임은 자식 가진 부모들 모인 자리가 늘 그렇듯 자녀교육 비법 전수장으로 바뀝니다.

언젠가부터 아이들 성적이 아이 자신은 물론 부모의 인생을 평가하는 시대가 되었습니다. 아이가 공부를 못하니까 인생을 잘못 살았다는 생각이 들더라고 고백하는 이들이 한둘이 아닙니다. 나름대로 원칙과 소신을 갖고 자식 교육을 했지만, 막상 아이가 대학 입시에서 고배를 마시니 소신도 원칙도 소용없더라고 허탈해하는 모습도 봤습니다.

그래선지 아이가 말을 떼기가 무섭게 영어를 가르치고, 글을 깨치자마자 독서교육에 나서는 일이 드물지 않습니다. 서너 살 때부터 그 야단을 겪는 아이들을 불쌍해했더니, 이러지 않으면 나중에 오히려 부모를 원망할 것이며 결국 다 저를 위한 일임을 깨달을 것이라고 단언합니다.

사랑하니까 아이를 닦달하는 것이라는 부모들의 말을 의심할 수는 없습니다. 하지만 아이들 교육을 위한다며 온 가족이 뿔뿔이 흩어져 살고, 입시를 위해 온갖 편법을 마다 않는 부모 노릇이 과연 제대로 된 사랑인지는 의문입니다. 아이들 하나하나가 다 다른데 아이를 사랑하는 법은 이토록 천편일률인 현실을 보면서 문득 요로 다케시가 말한 '바보의 벽'이 떠올랐습니다.

일본의 해부학자이며 도쿄대학교 명예교수인 요로 다케시는 자신의 책 《바보의 벽》에서, 사람은 누구나 '바보의 벽'을 가지고 있다고 말합니다. '사람은 자기가 아는 것만 안다, 그런데도 자기가 다 아는 줄 아는 바보다'라는 거지요.

갑자기 이 말이 떠오른 이유는, 우리가 사랑이라고 생각하는 것, 우리가 아이를 위한 일이라고 믿는 것이 어쩌면 우리가 아는 게 그것뿐이어서, 오직 그게 전부라고 여겨서인지도 모른다는 생각이 들었기 때문입니다. 일류 대학을 나와 높은 연봉을 받고 남을 호령하는 인생이 행복하다고 믿기에 아이들을 새벽부터 밤늦도록 책상 앞에 붙잡아 두는 것이지만, 실제로 이렇게 사는 사람이 행복할까요? 질문을 던지는 순간 우리의 믿음은 흔들립니다.

《바보의 벽》은 요로 다케시가 대담하고 강연한 내용을 정리한 책입니다. 그래서 좀 두서가 없다는 느낌이 들기도 하지만 일본에선 '신드롬'이라 할 만한 대단한 반향을 불러일으킨 책입니다. 무엇이 그렇게 독자들을 매료시켰을까요? 그것은 우리가 흔히 알고 있던 상식을 뒤흔들기 때문입니다.

다케시는 지식이 오히려 바보를 만들 수도 있다고 말합니다. 일례로, 대학교 약학부 학생들에게 임신과 출산을 다룬 다큐멘터리를 보여줬더니 여학생들은 대부분 새로운 걸 알았다고 좋아한 반면, 남학생들은 이미 보건 수업에서 배웠던 것이라며 심드렁해하더랍니다. 왜 이런 차이가 생기는지에 대해 필자는 정보를 대하는 자세가 다르기 때문이라고 답합니다.

남자란 출산에 대해 아무런 실감을 갖지 못합니다. 그래서 같은 비디오테이프를 보고도 여학생처럼 새로운 발견을 하지 못한 것입니다. 아니, 적극적으로 발견하려고도 하지 않았습니다. 즉, 자신이 알고 싶지 않은 것에 대해서는 적극적으로 정보를 차단해버리고 마는 겁니다. 여기에 벽이 있습니다. 일종의 '바보의 벽'입니다.

그러면 이 바보의 벽을 어떻게 뛰어넘을 수 있을까요? 공부를 해야 합니다. 물론 책도 읽어야 하지요. 문제는 어떻게 읽고 어떻게 공부하느냐입니다. 다케시는 "아침에 도를 들으면 저녁에 죽어도 좋다

朝聞道夕死可矣"는 공자님 말씀을 인용합니다. 그런 마음으로 하는 공부여야 바보의 벽을 넘어설 수 있다는 거지요. 참 무서운 말입니다.

그는 뭔가를 '안다'는 건 지식을 많이 갖는 것이 아니라 "근본적으로 암 선고와도 같은 것"이라고 말합니다. 암 선고를 받은 다음 세상이 전과 달라 보이듯, "안다는 것은 자신이 완전히 바뀐다는 것"을 뜻하며 세계가 완전히 달라지고 사물을 바라보는 관점이 바뀌는 것을 의미합니다. 공부를 한다는 것, 배운다는 것은 바로 그런 것입니다.

자신을 일신一新하겠다는 각오 없이 그저 정보만 잔뜩 채우는 것은 자기 안에 바보의 벽을 잔뜩 세우는 짓입니다. 아무리 책을 많이 읽고 아는 것이 많아도 정작 자신이 무얼 모르는지 모르는 사람은 바보입니다. 세상에서 제일 어려운 것은 자신이 뭘 모르는지를 아는 것입니다. 오죽하면 소크라테스가 "내가 아는 것은 아무것도 모른다는 사실뿐이다"라고 했겠습니까?

책을 읽고 공부를 하는 이유는 여러 가지가 있겠으나, 가장 큰 이유는 내가 모르기 때문입니다. 그런데 우리는 종종 자신이 아는 것을 확인하기 위해 책을 읽습니다. 자기가 모르는 이야기가 많이 나오면 골치 아파하고 읽기 싫어합니다. 자기의 믿음을 배반하는 책은 아예 펼쳐보지도 않습니다. 그리고 익숙한 이야기, 받아들이기 쉬운 책만을 읽고 또 읽습니다.

공부도 독서도 모두 문제의 답을 찾는 과정인데 정작 자신의 문제가 무엇인지, 내 인생이 어떤 질문을 던지는지는 고민도 하지 않고 무작정 책을 읽고 공부를 하는 경우가 많습니다. 모두 바보의 벽을 쌓는 일입니다. 자신의 지식에 안주하여 타인의 마음을 배려할 줄 모르는 반편이만 낳는 공부입니다.

다케시는 만물이 유전하듯 사람은 늘 변하며, 변하지 않는 것은 정보라고 말합니다. 그는 이것이 뒤바뀌어, 인간은 불변하고 정보는 급변하는 것으로 생각하면서 교육에서도 정보 획득만 강조하고 인간 이해는 뒷전이 되었다고 개탄합니다. 그 결과 교육이, 변화하는 인간을 이해하지 못하는 바보들만 키우고 있다고 비판합니다.

그러면서 다케시는 "아무것도 모르면서 '알고 있다'고 생각하는 것은 무서운 일"이라고 말합니다. 바보의 벽이 높으면 나만 생각하는 마음, 내가 모든 것을 다 안다는 믿음으로 이어집니다. 이런 일원론이 얼마나 위험한지는 매일 매일 뉴스 시간에 확인할 수 있습니다.

전두환 사령관에게 "당신은 '나'를 아시오? 자기도 모르면서 어떻게 나라를 다스리겠소"라고 일갈했던 숭산 스님이 생전에 늘 말하기를, "오직 모를 뿐"이라 했습니다. 모른다는 마음은 남을 해치지도, 남을 업신여기지도, 나를 자랑하지도 않습니다. 큰 죄를 지을 일은 없는 것이지요.

아이에게 책을 읽어라, 공부를 해라 하면서도 정작 그 독서와 공부가 무엇을 위한 것인지는 생각도 안 하는 어른들이 많습니다. 물론 책에서 얻은 지식은 세상을 보는 너른 시야를 만들고 문제 해결 능력을 키우는 데 도움이 됩니다. 하지만 다른 방법, 더 좋은 방법도 있을 겁니다. 그걸 찾아내는 건 아이들 몫입니다. 아이들이 질문하고 궁리하고 답을 찾아 나서는 걸 지켜보는 것, 그것이 어른들 몫이지요.

조바심이 나고 훈수가 두고 싶어도, 걱정이 되고 닦달을 하고 싶어도 묵묵히 참고 기다리는 사랑이야말로 우리 아이들에게 베풀 수 있는 가장 큰 사랑일 겁니다.

. . . . .

요로 다케시, 양억관 옮김
《바보의 벽》
재인, 2003

떠날 때를 아는 사랑

추석 연휴가 무사히 끝났습니다. 하기 싫은 숙제를 해치운 아이처럼 마음이 홀가분합니다. 심보 고약한 나만이 아니라 형제들도, 주위의 친구, 선후배, 이웃집 부부들도 다 그런 얼굴입니다. 그깟 전 좀 부치고 뭐 그리 유세냐고 눈을 흘기는 어머니나, 이래야 형제간에 얼굴이라도 보지 않느냐고 혀를 차는 아버지에게는 딱한 세태이지요.

차례상을 물리기 무섭게 일어설 채비를 하는 자식들을 보며 부모는 입이 씁니다. 힘들여 먹이고 입히고 가르쳐놓으니 다들 제가 잘나 큰 줄만 알고, 툭하면 부모 탓이나 합니다. 서운함이 목까지 치밀고 인생이 허무합니다.

'차라리 저 하늘의 새처럼 훨훨 날아갔으면…….'

혹 그런 맘이 드신다면 《큰오색딱따구리의 육아일기》를 읽어보십시오. 저 하늘의 새도 천륜의 짐에서 온전히 자유롭지는 않음을 알게 될 겁니다.

4월 어느 날, 생명과학자 김성호는 청보리 넘실대는 지리산 기슭을 더듬다 우연히 한 나무에 눈길이 머뭅니다. 요즘은 보기 힘든 큰오색딱따구리가, 윗부분이 부러지고 군데군데 껍질이 벗겨진 "죽어가는" 나무에 구멍을 파고 있습니다. 그 모습을 본 순간 김성호는, 큰오색딱따구리가 둥지를 짓고 알을 품고 새끼를 키우는 앞으로의 날들을 함께하기로 결심합니다.

이 책은 그렇게 해서 탄생한 50일간의 관찰기입니다. 새벽 너덧 시부터 해질녘까지 카메라와 수첩을 들고 1.5미터 미루나무 꼭대기의 작은 새 둥지를 바라보는 생활이 계속되는데, 어지간한 사람은 일주일도 버티기 힘든 무미건조한 나날입니다. 관찰 3일째의 일기를 볼까요?

새벽 05:20_ 둥지를 튼 나무에 도착합니다. …… 둥지는 비어 있고 계
　　　　곡을 떠나 흐르는 물소리가 지리산 자락을 채웁니다.
06:15_ 암컷이 먼저 둥지를 찾아옵니다. …… 힘이 드는지 나무 부스
　　　　러기를 던지고 나서는 고개를 내밀고 잠시 쉬기도 합니다.
07:20_ 수컷이 날아와 교대합니다. …… 이제 본격적으로 내부 공사가
　　　　이루어지고 있습니다.
오늘 아침에 관찰한 바로는 해 뜰 무렵 암컷이 먼저 둥지를 찾는 것을 알 수 있으나 한 번의 관찰로 단정할 수는 없습니다. 새벽에 나와 계속 관찰하려면 무척 부지런해야겠습니다.

15:30 _ 강의가 끝나고 다시 둥지를 튼 나무에 도착합니다. 수컷이 고개를 내밀어 나무 부스러기를 던집니다.

16:10 _ 암컷이 와서 교대를 합니다.

16:55 _ 수컷이 날아와 암컷과 교대를 합니다.

17:35 _ 수컷이 오늘의 일정을 마무리하는 듯합니다.

19:35 _ 둥지를 떠난 수컷과 암컷이 다시 오지 않습니다. ……

거의 300쪽에 걸쳐 이런 식의 관찰일기가 계속됩니다. 10여 일은 새끼를 키울 집을 짓고, 10여 일은 알을 품고, 또 한 달은 태어난 새끼에게 부지런히 먹이를 나르는, 매일 매일이 어슷비슷한 나날입니다. 특별할 것도 드라마틱할 것도 없는 일상인데, 필자는 좀스럽다 싶을 만큼 꼼꼼하게 기록합니다. 그래서 지루할 것 같지만 이상하게 지루하지가 않습니다.

하기야 지루함은 반복이 아니라 반복을 대하는 마음에서 나오는지도 모릅니다. 일상의 반복을 의미 있다고 믿는 마음에는 아무래도 지루함이 깃들 틈이 없겠지요. 큰오색딱따구리 부부는 자신들이 하는 일이 어떤 의미를 갖는지 잘 아는 모양입니다. 매일 똑같은 일을 반복하면서도 꾀부리지 않고 성심을 다합니다.

그리고 성심은 때로 논리를 뛰어넘는 놀라운 성취를 이루기도 합니다. 새끼를 낳기 위해 미리 마련한 둥지가 바로 그런 예입니다. 큰오색딱따구리는 부러진 줄기의 밑동 바로 아래에 구멍을 뚫어 집을 지었는데, 놀랍게도 비가 오자 부러진 줄기가 처마 역할을 해서 비를 막아줍니다. 게다가 옆 가지에서 잎이 자라면서 둥지를 완벽히 가려주는 가림막이 됩니다. 미리 계산을 했다고 해도 이렇게 맞춤할 수가 없을 만큼 기막힌 집이지요.

그렇게 머리가 울리도록 나무를 쪼아대고, 까치의 눈을 피해 알을 품고, 온 산을 돌며 먹이를 구하는 하루하루를 묵묵히 견디면서 큰오색딱따구리는 부모가 됩니다. 온몸을 바치는 헌신이지요. 하지만 큰오색딱따구리가 보여주는 부모 노릇은 그것만이 아닙니다.

산란한 지 33일째, 밤이 깊어도 아빠 새가 둥지를 찾지 않습니다. 그 동안 단 하루도 거르지 않고 밤마다 새끼들을 돌봐온 아빠입니다. 웬일일까? 뒤늦게 필자는 아빠 새의 마음을 깨닫습니다. 새끼들을 더 넓은 세상으로 보내기 위해 홀로서기를 가르치기 시작한 거지요. 이제 새끼들은 아빠의 체온 없이 긴 밤을 견뎌야 합니다.

그뿐이 아닙니다. 엄마와 아빠는 먹이를 먹여주는 대신 눈앞에 들고 와 약만 올립니다. 새끼들이 배가 고파 울어도 끄떡하지 않습니다. 이 점에선 어미 새가 더욱 엄격합니다. 하루가 다르게 개체수가 줄어드는 엄혹한 환경에서 생명을 부지하려면 이런 담금질이 필수임을 알기 때문입니다.

그리고 마침내 이별의 날이 옵니다. 한번 헤어지면 한가위 보름달이 떠도, 새해가 밝아도 다시는 만날 수 없는 영이별입니다.

관찰 50일째. 12:55_ 아빠 새는 일곱 번째 미루나무 전체를 돌아다니며 둘째를 찾고 있습니다. 벌써 네 시간째입니다. 아빠 새가 첫째와 둘째를 키운 정성을 잘 아는 나는 아빠 새가 더 이상 오지 않을 때까지 미루나무 곁에 함께 있어주기로 합니다. …… 부리에는 네 시간 전에 물고 왔던 먹이가 그대로 있습니다. 이제는 포기하는 모양입니다. 주위를 한번 찬찬히 둘러보더니 그렇게 홀연히 먼 북쪽 산을 향해 날아갑니다.

한참 뒤에 돌아날 나뭇잎 모양까지 미리 염두에 두고 둥지를 마련해 새끼를 키운 아빠입니다. 그리 애지중지하던 새끼의 홀로서기를 배웅조차 못한 심정이 오죽하겠습니까마는, 부모 노릇이 거기까지인 줄을 알고 돌아설 뿐이지요. 사랑이 다해서가 아니라 더 넓게 사랑하기 위해 돌아서는 마음. 떠날 때를 아는 것도 사랑임을 큰오색딱따구리에게서 배웁니다.

김성호
《큰오색딱따구리의 육아일기》
웅진지식하우스, 2008

초등학교 3학년 때 처음으로 아버지께 회초리를 맞았습니다. 친구와 몰래 만화방에 갔던 게 들통 나 종아리가 벌겋게 부어오를 만큼 맞았지요. 그 뒤에도 가끔 만화방을 드나들긴 했지만 사주경계를 하느라 재미가 덜했습니다. 만화책을 볼 수 없을 때는 대신 만화를 그렸습니다. 부모님 눈을 피해 주로 학교나 친구들 집에서 그렸는데, 솜씨가 좋아서 아이들에게 인기가 있었습니다.

쉬는 시간이면 친구들이 도화지를 들고 와서, 눈이 얼굴의 반 이상을 차지하는 순정만화의 여주인공들을 그려달라고 졸랐지요. 단체로 영화 〈바람과 함께 사라지다〉를 보고 온 뒤에는 영화 속에서 스칼렛이 입었던 드레스 차림의 여자들을 그려주느라 한동안 팔이 아플 지경이었습니다. 하지만 만화가가 될 엄두는 내지 못했습니다. 만화책을 보는 것만으로도 종아리가 터질 정도로 맞는데 만화가라니, 상상만 해도 온몸이 쑤셨습니다.

학창시절 친구들 중에는 《캔디》나 《베르사유의 장미》 같은 여러 권짜리 장편 만화들을 사서 읽는 애들이 있었는데, 그게 내 눈엔 정말 이상했습니다. 만화를 사서 보다니! 만화를 좋아하면서도 만화책은 책이 아니라는 생각에 사로잡혀 있던 나는, 만화책을 사서 읽는 애도 그걸 사주는 부모도 이해할 수가 없었지요. 김혜린의 《북해의 별》을 읽으면서 만화책도 책이란 생각이 조금씩 들기 시작했지만, 돈 주고 살 생각은 전혀 안 했습니다.

그러던 내가 몇 년 전 처음으로 만화책을 샀습니다. 이란 출신의 만화가 마르잔 사트라피가 그린 《페르세폴리스》를 도서관에서 다 읽은 다음 서점에 가서 샀습니다. 이 책을 읽고 내가 얼마나 무식하며 내가 사는 나라가 얼마나 좁은 시야에 갇혀 있는지 깨달았는데, 그걸 잊으면 안되겠기에 소장하기로 했지요. 그리고 이 자유롭고 당찬 이란 여자에게서 감화를 받았으면 하고 조카애에게 책을 선물했지만, 입시가 코앞인 아이는 만화책 읽을 시간도 없는 것 같더군요.

《십시일反》은 내가 두 번째로 산 만화책입니다. 국가인권위원회가 기획한 이 책은 유명 작가 열 명이 이런저런 차별을 주제로 그린 만화들을 모은 것입니다. 울다가 웃다가 가슴이 먹먹해지는 책입니다. 무식한 나는 인권위원회의 존재를 이 책 덕분에 알게 되었지요. 하지만 요즘 인권위원회는 이런 일은 안 한다고 합니다.

이 책과 비슷한 듯 다른 책이 《뚝딱뚝딱 인권짓기》입니다. 인권운동사랑방이 어린이를 대상으로 해서 만든 일종의 인권 교과서인데, 읽으면서 내가 어릴 때 이런 책이 있었다면 얼마나 좋았을까 하고 여러 번 감탄했습니다. 일러스트레이터 윤정주의 씩씩한 그림으로 자유와 평등, 환경과 복지 등을 이야기한 착한 만화책입니다.

만화 저널리스트 조 사코의 《팔레스타인》은 사회의 실상을 전하는 르포만화의 진수를 느낄 수 있는 빼어난 작품입니다. 이스라엘과 팔레스타인의 분쟁은 뉴스의 단골 메뉴라 많은 이들이 잘 안다고 생각합니다. 하지만 《팔레스타인》은 분쟁의 실상에 대해 국외자인 우리는 아는 것이 전혀 없으며, 현실은 상상 이상으로 참혹하다는 것을 보여줍니다.

이 책에서 사코는 치밀한 현장 취재를 바탕으로 최대한 감정을 절제한 채 복잡한 현실을 묘사합니다. 그는 눈물을 흘리지도 요구하지도 않습니다. 하지만 그의 펜이 그려낸 팔레스타인의 현실은 오랫동안 가슴에 남아 잊히지 않습니다. 이런 점은 그가 보스니아 내전을 취재하고 펴낸 《안전지대 고라즈데》에서도 잘 드러납니다. 자기 자신에 대해서도 비판의 시선을 놓치지 않는 사코의 책들은, 만화가 이 세계의 감춰진 실상을 드러내는 데 효과적인 매체임을 잘 보여줍니다.

또한 이들 만화책은 이란, 팔레스타인, 보스니아 등 우리에게 낯선 지역들을 새로운 눈으로 볼 수 있게 해줍니다. 캐나다 만화가 기 들릴의 《굿모닝 버마》도 그런 책으로, 독재의 장막에 가려진 버마(미얀마)의 현재를 스케치한 보기 드문 책입니다. 국경없는의사회에서 일하는 아내를 따라 버마에 간 들릴은, 그곳에서 1년여를 보내며 겪은 일상의 이야기를 담담하게 전합니다. 그는 섣부른 비판이나 계몽 대신 독재 정권 아래서도 품위를 지키며 살아가는 버마인의 일상을 전하는 데 초점을 맞춥니다. 무지막지하고 부패한 독재를 조롱할 수는 있지만 바꿀 수는 없는, 국외자인 자신의 한계를 알기 때문이지요.

장막 뒤에서 소문만 무성하기로는 북한도 빼놓을 수 없습니다. 불과 몇 년 전만 해도 휴전선을 넘어 개성과 평양과 금강산을 오갔지만 이제는 먼 얘기가 되고 말았지요. 그래서인지 '보통사람 오씨의 548일 북한 체류기'라는 부제가 붙은 만화가 오영진의 《남쪽손님》과 《빗장열기》

가 고맙게 느껴집니다. 갈수록 삭막해지는 남북관계에서 이 책들을 비롯해 《평양 프로젝트》 같은 그의 책들은 북한의 실상을 유머로 전하는 단비 같은 존재입니다.

아직도 만화는 애들이나 보는 것이라고 생각하는 이들이 있습니다. 지하철에서 진지하게 만화책을 탐독하는 일본과 달리, 한국에서 어른이 만화책을 읽는 것은 남세스러운 일로 여겨집니다. 하지만 사람들이 북적이는 지하철에서 반라의 여인들이 속살을 드러낸 스포츠신문을 볼 정도의 배짱이라면 만화책도 얼마든지 읽을 수 있습니다. 단, 내릴 역을 지나치는 부작용이 있다는 것은 잊지 마세요!

이 내 가슴에 근심도 많아라

되는 일이 하나도 없을 때

제발 오해하지 마세요!

세상에 딴지 걸고 싶은 날

사표 쓰고 싶을 때

뒷담화가 하고 싶을 때

사람이 싫어질 때

가출하고 싶은 날

낙방생을 위하여

앞날이 캄캄할 때

지구가 망할까봐 겁이 날 때

Ⅲ

치
유

Cure

이 내 가슴에 근심도 많아라

소심한 사람이 대개 그렇듯 나는 걱정이 많은 편입니다. 출판 일을 할 때는 책이 나올 때까지 편한 잠을 자지 못했습니다. 기획을 하면 누가 금방 똑같은 기획을 해서 책을 내놓을 것 같고, 교정을 보고 나면 오자誤字들이 천장을 오락가락하는 바람에 밤잠을 설치곤 했지요. 일을 그만둔 뒤에도 걱정거리는 끝이 없어서, 집을 나서면 가스불이 불안하고, 바람이 심하면 머리 위에 매달린 간판이 걱정이고, 높은 빌딩에 올라가면 9·11 테러가 떠오르고, 거리를 걸을 때는 누가 황산이라도 퍼부을까봐 종종걸음을 칩니다.

타고난 성격 탓도 있지만 세상이 걱정을 부추기는 것도 사실입니다. 밥 한 끼 물 한 모금도 맘 편히 먹기가 힘드니 말이지요. 몸은 편하지만 마음은 점점 불편해지는 세상을 살자니, 몸은 좀 고단해도 마음은 편한 세상에서 살았으면 싶습니다. 시베리아의 숲에서 평생을 보낸 자연인, 데르수 우잘라처럼 단순하게 사는 거지요.

《데르수 우잘라》는 러시아의 탐험가이자 지리학자인 블라디미르 클라우디에비치 아르세니예프(1872~1930)가 1923년에 펴낸 시베리아 탐사 기록입니다. 아르세니예프는 1902년부터 20여 년간 수차례에 걸쳐서, 지도에도 드러나 있지 않은 우수리 지방과 시호테 알린 산맥 일대를 탐사하고 그 기록을 여러 권의 책으로 펴냈습니다. 《데르수 우잘라》는 그것들 중 하나입니다.

아르세니예프가 1907년 시호테 알린 산맥의 중부 지대를 탐사하고 쓴 이 책은, 출간과 동시에 작가 막심 고리키를 비롯해 노르웨이 탐험가 프리티요프 난센 등의 찬사를 받으며 세계적인 베스트셀러가 되었습니다. 1975년에는 일본의 유명한 영화감독 구로사와 아키라가 영화로 만들어 아카데미 외국어영화상과 모스크바 국제영화제 그랑프리를 수상하기도 했고요.

언뜻 건조해 보이는 탐사 기록이 책으로 영화로 이렇게 사랑을 받은 것은 저자 아르세니예프의 담백하면서도 깊이 있는 글쓰기 덕분이기도 하지만, 무엇보다 '데르수 우잘라'라는 인간 자체가 주는 감동이 남다르기 때문입니다. 탐사대의 길잡이로 참여한 데르수 우잘라는 현대인이 도저히 상상할 수 없는 인간성의 한 진경眞境을 보여주는데, 그 울림이 참으로 오래 마음에 남습니다.

1907년 4월 아르세니예프는 탐사대가 얼추 꾸려지자마자 예전의 동료 데르수 우잘라를 찾습니다. 러시아어도 서툴고 나이도 예순에 가까운 노인이지만 이 고리드 족* 원주민만큼 원시림에 익숙하고 믿음직한 길잡이를 본 적이 없기 때문이지요.

병사와 학자들로 이루어진 10여 명의 대원들은 문무를 겸비한 탐사대장 아르세니예프를 믿고 따르지만, 정작 그가 마음속으로 믿고 의지한 것은 그들 눈에는 어리석게만 보이는 원주민 데르수였습니다. 그는 데르수가 있으니 이번 모험도 성공할 거라고 믿고 편한 잠을 잡니다. 자연에서는 자신의 지식보다도 자연과 하나가 되는 데르수의 능력이 더 큰 힘이 된다는 걸 알고 있었기 때문이지요.

자연에서 태어나 자연과 함께 사는 데르수에게는 자연의 모든 것이 인간과 똑같은 존재입니다. 호랑이도 벌레도 물고기도, 심지어는 하늘의 별과 안개까지도 그에게는 말이 통하고 감정이 통하는 '사람'입니다. 아니, 자연만이 아닙니다. 탐사대가 탄 수뢰정이 거센 파도를 헤치고 온 날, 데르수는 "그거(수뢰정) 오늘 힘들었어" 하고 이 무생물의 수고를 새깁니다.

자신과 관계된 모든 것들을 산 것처럼 여기는 이런 애니미즘을 현대인들은 원시적 믿음이라고 일축합니다만, 책을 읽다 보면 과연 문명인의 종교가 원시 신앙보다 나은 점이 있는지 의심스러워집니다. 데르수처럼 주위의 사물들을 나와 같은 존재로 받아들여 삼가고 연민할 줄 안다면 종교를 필요로 하는 많은 일들이 애당초 일어나지

---

*북만주에서 동시베리아 일대에 살던 남방 퉁구스 일족

도 않을 테니까 말입니다.

한 가지 오해하지 말아야 할 것은, 데르수가 뭇 사물들을 사람처럼 여긴다 해서 자연 현상에 특별한 의미를 부여하거나 종교적인 해석을 가하는 건 아니라는 사실입니다. 아르세니예프는 자연 현상으로 행불행을 점치는 것은 원주민 데르수가 아니라 오히려 문명인을 자처하는 자신들임을 깨닫습니다.

수평선에서 혜성이 긴 꼬리를 늘어뜨린 채 바다 속으로 떨어지고 있었다. 병사들은 텐트 밖으로 나와 이 천체의 방랑자가 무엇을 예언하는지에 대해 이야기했다. 데르수가 아무 말도 하지 않자 병사들이 그의 생각을 물었다. "저건 언제나 하늘을 간다. 사람들, 방해하지 않는다." 데르수는 아무것도 아니라는 듯 심드렁하게 중얼거렸다. 자연을 인격으로 보는 데르수가 이해되지 않을 때도 많지만 그의 말이 논리적으로 오류인 적도 없었다. 그는 사물을 있는 그대로 판단했고, 또 인정할 줄 알았다. …… 무한에 대한 공포나 완전한 허무의식, 이것은 어쩌면 문명인만이 품고 있는 것인지도 모르겠다.

쓸데없는 의미 부여로 마음을 어지럽히는 대신 데르수는 있는 그대로의 현실을 봅니다. 자연에서 살아남기 위해선 정확히 보는 것이 무엇보다 중요하니까요. 땅 위의 발자국만 보고도 앞서 간 사람이 한 명인지 두 명인지, 젊은지 늙은지, 성한지 아픈지를 단번에 아는 그를 두고 병사들은 마법사라며 호들갑을 떨지만, 오히려 그는 눈앞의 흔적조차 놓치는 문명인들이 답답할 뿐입니다.

자연을 읽는 데르수의 섬세한 관찰력은 사람의 마음을 읽을 때도 드러납니다. 어느 날 탐사대는 숲에서 홀로 30여 년을 살아온 중국인 노인을 만납니다. 오랜만에 사람을 만난 노인은 자신의 고독한 삶을 이야기하다가 회한에 젖습니다. 아르세니예프는 쓸쓸한 그 모습에 마음이 쓰여 노인을 오두막으로 부르려고 합니다. 하지만 데르수는 단호하게 고개를 젓습니다. 사람이 자기 생애를 되돌아보는 것은 아무 때나 할 수 있는 게 아니니 방해하지 말라는 것이었지요.

이번에도 고리드의 말을 따르기로 했다. 진정한 고독은 자신의 삶을 되짚어보는 순간에야 가장 절절한 것 같다. 누구나 고독한 때에야 지나온 모든 일들이 천천히 떠오르기 시작한다. 오래도록 팽개쳐둔 자신의 실체가 기억 저편에서 가만히 다가오는 것이다.

야만인 데르수 덕분에 문명인 아르세니예프는 자신의 삶과 자신이 살아온 세계를 되돌아보고, 문명이 잃어버린 지혜를 새삼 깨닫게 됩니다. 먹다 남은 고기 조각을 불에 던져버린 아르세니예프에게 데르수는 아까운 고기를 버렸다고 나무랍니다. 아르세니예프는 올 사람도 없는데 왜 그러냐고 투덜대지요. 그러자 데르수가 깜짝 놀라며 말합니다.

"누구 오는지 모르나, 대장?"

"너구리 와, 오소리 와. 까마귀도 와. 까마귀 없으면 쥐 와. 쥐 없으면 개미 와. 타이가엔 '사람' 많이 산다."

나는 그가 무슨 말을 하려는지 잘 알았다. 데르수는 개미 같은 작은 곤충도 늘 염려했다. 그는 타이가와 그 안에서 살아가는 주민들을 친구로서 사랑했다.

모든 존재가 하나로 연결되어 있다는 믿음은 데르수에게는 추상적인 철학이 아니라 숲이 가르쳐준 경험의 지식이었습니다. 지구가 근대 과학의 기계론적 사고에 의해 피폐해진 뒤에야 문명인들이 깨닫기 시작한 지식을 그는 이미 알고 있었던 겁니다.

하지만 데르수에게도 숲을 떠날 때가 다가옵니다. 눈이 어두워져 더 이상은 사냥을 할 수 없게 된 것이지요. 아르세니예프는 갈 곳 없는 데르수를 염려해 도시의 자기 집으로 데려옵니다. 오랜 친구에 대한 배려였지요. 그러나 도시에서의 삶은 오히려 데르수를 위협하고, 선의의 우정은 끔찍한 비극으로 끝나고 맙니다.

지금으로부터 백 년 전, 시베리아 숲에서 숲이 되어 살았던 한 남자가 있었습니다. 그는 쓸데없는 근심으로 잠을 설치지도 않았고, 앞날을 걱정하며 미리 곳간을 채우지도 않았습니다. 대신, 오래 전 홧김에 죽인 호랑이 때문에 마음 아파하고, 가난한 이웃을 위해 고기를 나눠주었지요.

　오로지 숲에 사는 모든 존재만을 염려했던 사람, 데르수 우잘라.
그가 묻습니다. 무슨 걱정이 그리 많으냐고, 정말 걱정해야 할 것을
걱정하고 있느냐고, 네 이웃들은 다 잘 살고 있느냐……고.

블라디미르 K. 아르세니예프, 김욱 옮김
《데르수 우잘라》
갈라파고스, 2005

되는 일이 하나도 없을 때

새해 첫날이면 수첩에 한 해의 다짐과 함께 해야 할 일들을 적습니다. 남달리 계획적인 인간은 아니지만 계획을 정해놓고 스스로를 강제해야 조금은 부지런해지지 않을까 하여 시작한 일입니다. 그리고 일상에 치여 목표를 잃을 때면 가끔 수첩을 펼쳐 보며 처음의 다짐을 되살리곤 합니다. 그렇게 자신을 채근하며 하나씩 목표를 성취하면 뿌듯함이 가슴을 채웁니다. 기쁜 순간이지요.

그러나 기쁨은 오래가지 않습니다. 해냈다는 뿌듯함이 무색할 만큼 차디찬 세상의 평가 때문입니다. 스스로 계획을 세우고 데드라인을 정해 아등바등하며 이룬 일들에 대해 세상의 시선은 냉정하기만 합니다. 설레며 시작했던 도전이 실패하고 거절이 거듭됩니다. 아는 이들의 격려와 위로에 기대던 마음에도 구멍이 뚫립니다. 상처엔 딱지가 앉건만 거절엔 왜 면역이 안 생기는지…….

어느덧 모든 게 다 의심스러워집니다. 할 수 있다고 믿었던 자신도, 자신의 능력도, 오랜 궁리 끝에 세운 그럴싸한 계획도, 커다란 포부도 믿을 수가 없습니다. 회의는 커지고 커져서 격려해준 사람들도, 그들과 함께 꾸려온 내 삶도 온통 못 미덥기만 합니다.

"난 안 돼." 자포자기의 한마디가 터져 나오려는 순간, 어금니를 꽉 깨물고 책을 펼칩니다. 포기를 모르는 사람의 이야기 《돈끼호떼》입니다.

깡마르고 샛노란 안색의 돈끼호떼가 비루먹은 농삿말 로신안떼를 타고 고향을 떠난 것은 쉰을 코앞에 둔 어느 해 여름이었습니다. 방랑 기사가 되어 거룩한 이름을 세상에 남기겠다는 푸른 꿈을 안고 떠난 길. 허나 그의 꿈을 믿고 지지한 이는 착하고 먹성 좋은 하인, 산초 빤사뿐입니다. 다른 이들은 모두―심지어 함께 사는 조카딸조차도―기사소설에 넋이 나간 이 미친 노인네를 비웃고 동정할 따름이었지요.

그러나 바로 이 대목에서 돈끼호떼의 위대함이 드러납니다. 남들이 무어라든 자신의 꿈을 절대 포기하지 않는 불굴의 의지력, 남의 눈이 아니라 자신의 눈으로 보고 판단하는 강한 독립성이 그것입니다. 물론 이로 인해 풍차를 거인으로, 양떼를 군대로 오인하는 판단착오도 종종 일으키지만, 이 점에 대해서도 그는 분명한 입장을 갖고 있습니다.

"사람이 겁에 질리면 결과적으로 감각이 흐려지고 사물들이 있는 그대로 보이지 않는 법"이며, "(이상한) 사건은 모두 마법의 마력으로 벌어진 일들"이기 때문이란 거지요. 돈끼호떼는 우리가 보는 것이 눈에 보이는 그대로가 아닐 수 있다고 의심합니다. 또 음흉한 마법사들이 둔갑술을 써서 우리 눈을 속이고 있으니 거기에 속아 넘어가지 말라고 경고합니다.

엉뚱해 보이지만 가만 생각하면 영 틀린 말도 아닙니다. 물건 자르는 칼이 사람 쑤시는 무기가 되고, 세계를 잇는 인터넷이 가까운 관계를 단절시키고, 평화를 노래하는 종교가 전쟁의 도화선이 되는 마당에 양떼가 군대가 되지 말란 법도 없지요.

신부와 이발사의 꾐에 빠져 닭장에 갇힌 돈끼호떼에게 산초는 아무래도 마법이 아닌 것 같다고 의심합니다. 그러자 돈끼호떼는 "내가 알기로 확실한 건 내가 마법에 걸렸다는 걸세. 생각을 이렇게 하면 내 마음이 편하고 좋네" 하고 점잖게 산초를 타이릅니다.

늘 사물의 진실을 보기 위해 경계를 늦추지 않던 그이지만, 이렇게 가끔은 의심스런 현실에 한 눈을 감아버리기도 합니다. 현실은 때로 현실을 넘어선 믿음을 필요로 한다는 걸 알기 때문이지요.

사실 돈끼호떼는 누구보다 철저한 현실주의자입니다. 영원한 연인 둘시네아에게 온갖 찬사를 바친다 해서 그가 그녀의 실체를 모르는 것은 아닙니다. 둘시네아는 너무 볼품없지 않느냐는 산초의 물음에 돈끼호떼는 말합니다.

"나는 그 알량한 여자가 어떠하든 그저 아름답고 정숙하다고 믿으면 되는 일이야."

시인들에게 사랑의 영감을 주는 가상의 여인이 필요하듯 자신에게도 용기와 덕을 일깨워줄 뮤즈가 필요할 뿐, 그녀가 실제 아름다운지 고귀한지는 중요한 게 아니라는 것이지요.

흔히들 돈끼호떼를 두고 물정 모르고 덤비는 인간, 과대망상에 빠져 좌충우돌하는 인간의 대명사처럼 이야기합니다. 하지만 그는 현실의 환상성을 꿰뚫어볼 만큼 현실적인 사람입니다. 다만 그가 남과 다른 것은, 세상이 녹록지 않음을 알면서도 세상을 향해 도전했다는 점입니다. 안타깝게도 결과는 신통치 않았습니다. 싸움은 대부분 처참한 패배로 끝나고, 툭하면 이 사람 저 사람의 놀림감이 되기 일쑤였지요. 세르반떼스가 서술한 대로라면, 그의 갈비뼈는 다 부러져서 성한 게 없을 지경입니다. 그러나 그는 좌절을 모릅니다. 짐 보따리를 잃고 절망한 산초에게 그는 말합니다.

"자네가 알아야 할 것은, 사람이란 다른 사람보다 더 노력하지 않으면 다른 사람보다 뛰어난 사람이 될 수 없다는 것이네. 우리에게 일어난 이 모든 폭풍우 또한 날씨가 잠잠해지고 일이 잘 풀릴 거라는 징후이기도 한 걸세. 행운도 불행도 마냥 오래갈 수는 없어."

지금의 불행이 다가올 행운의 전조라는 믿음. 어쩌면 그건 각박한 현실을 살아가는 데 필요한 환상일지도 모릅니다. 허나 현실에 두

눈을 다 감지만 않는다면, 이 정도 환상을 품고 세상에 도전한다 해서
뭐 그리 허물이 되겠습니까? 하는 일마다 실패는 했지만 아직 갈비뼈
도 튼튼하고, 절망하긴 이르지요.

　나이 오십에 읽던 책을 덮고 세상을 바꾸겠다고 나선 시골 양반
이 있습니다. 불운에 덜미를 잡힌 것 같은 날, 나는 그가 부른 노래를
부릅니다. 부디 그 노래가 당신의 한숨도 날려주기를 …….

　　이룰 수 없는 꿈을 꾸고

　　이길 수 없는 적과 싸우고

　　참을 수 없는 슬픔을 견디고

　　바로잡을 수 없는 불의를 바로잡으려 하고

　　두 팔의 힘이 다 빠질 때까지

　　닿을 수 없는 별을 향해 나아가는 것

　　아무리 멀고 희망이 없어 보여도

　　그 별을 찾아가는 것, 그것이 바로 나의 길이라오……

　　조롱과 상처로 가득한 한 인간이

　　마지막 남은 힘까지 짜내어

　　닿을 수 없는 저 별에 이르려 애쓴다면

　　세상은 그만큼 밝아지리라. *

* 돈끼호떼를 모델로 한 영화 〈라만차의 사나이〉의 주제가 'The Impossible Dream' 의 가사 중 일부이다.

:

미겔 데 세르반떼스, 민용태 옮김
《돈끼호떼 1, 2》
창비, 2005

제발 오해하지 마세요!

열너덧 살 무렵, 법정 스님의 《무소유》를 퍽 좋아했습니다. 그 책 덕분에 아끼던 손목시계를 잃어버리고도 본래 내 것이 아니라 새기며 자못 의연할 수 있었지요. 그런데 그 책에서 나를 당혹스럽게 한 대목이 있었습니다. 요약하자면, 사람들은 흔히 당신을 이해한다고 말하지만 사람이 사람을 이해하기는 쉽지 않으니 실제 그 말은 당신을 오해한다는 뜻을 담고 있다는 것이었습니다.

말 자체는 금방 이해가 되었는데 문제는 그 다음이었습니다. 그럼 이 문장을 이해한다는 내 생각도 오해일까, 글을 쓴 이는 이해가 안 될 걸 알면서 글은 왜 쓸까, 의문이 꼬리를 물었습니다. 어린 내가 그 문제를 어떻게 해결했는지는 기억나지 않습니다. 아마 다른 사람은 몰라도 나는 이해한다며, 은밀한 자부심을 키우지 않았을까 싶습니다.

이즈음 글을 쓰면서 그때 생각을 자주 합니다. 이해를 바라고 쓰지만 오해는 피할 수 없는 것 같습니다. 모든 독서는 나름의 오독誤讀이란 생각까지 듭니다. 글만이 아닙니다. 내 맘에 없는 것을 오해하고 너는 이런 사람이라고 재단하는 주위 사람들 때문에 속상할 때는 또 얼마나 많은지요.

똑같은 한국어로 말하는데 왜 이리 말귀가 안 통하나 답답할 때, 소현세자(1612~1645)를 떠올립니다. 부왕父王의 오해로 인해 자신은 물론 아내와 아이들까지 떼죽음을 당한 그 사람을 생각하면 이 정도는 아무것도 아니다 싶습니다.

조선왕조 최고의 비극적 인물이라 해도 좋은 소현세자이지만 그에 대한 기록은 많지 않습니다. 똑같이 아버지에게 버림받은 사도세자의 경우 아내인 혜경궁 홍씨가 《한중록》을 쓰고 그 아들 정조가 아비의 복권을 꾀하며 이런저런 소회를 밝힌 것이 있지만, 소현세자는 자신도 아내도 아들들도 아무 말을 남기지 못했습니다. 역적으로 몰려 처가는 풍비박산이 나고 세 아들 중 둘은 먼 제주 땅에서 어린 나이에 죽었으니, 그를 위해 말해줄 사람은 아무도 없었지요.

근년에 완역본이 나온 《심양장계瀋陽狀啓》는 그런 점에서 주목을 끕니다. 침묵에 가려진 소현세자의 육성을 들을 수 있는 몇 안 되는 기록 중 하나이기 때문이지요. 더욱이 《심양장계》는 인질로 끌려가던 날부터 8년간의 억류 생활을 낱낱이 기록하여, 17세기 조선과 청의 생활상은 물론 한양과 심양 사이의 물리적·심리적 거리를 확인할 수 있는 보기 드문 자료이기도 합니다.

천 쪽이 넘는 《심양장계》는 소현세자를 수행한 세자 시강원侍講院 관리들이 청국의 수도 심양에서 조선의 왕에게 보낸 장계狀啓*, 즉 보고서를 모은 책입니다. 때론 하루에도 3, 4통씩 써 보낸 장계에는 세자 일행의 일거수일투족이 상세히 기록되어 있는데, 그 내용이 어찌나 꼼꼼한지 입이 딱 벌어집니다. 그처럼 상세한 보고서를 거의 매일같이, 그것도 청국의 검열과 본국의 사정까지 헤아리며 썼을 사람들을 생각하면 새삼 그 노고에 고개가 숙여집니다.

하지만 그들이 아무리 수고롭다 한들 소현세자에 비할 수는 없을 겁니다. 《심양장계》를 보면, 심양에서의 소현세자는 단순한 인질이 아니라 조선 정부를 대표한 외교사절이었음을 알 수 있습니다. 그는 청나라에 끌려온 조선 백성들의 유일한 버팀목이자 대변자였고, 조·청 간의 크고 작은 분쟁을 해결하는 외교관이었습니다.

전쟁은 끝났지만 청과의 관계는 그때부터 시작이라 해도 과언이 아니었던 만큼, 심양의 세자가 처리해야 할 일은 한둘이 아니었습니다. 무엇보다 큰일은 파병 요청이었습니다. 요동 일대를 장악한 청은 명나라 본토를 공격하면서 조선에 파병을 요구했는데, 여전히 숭명파崇明派가 세력을 떨치는 조선 조정이 이에 쉬 응할 리 없었습니다. 그 와중에 괴로움을 겪는 것은 심양의 세자였습니다. 일례로, 하루에

*장계란 지방에 파견 간 신하가 임금에게 올리는 보고서를 뜻하는데, '심양장계'의 수신인은 왕의 비서실이라 할 수 있는 '승정원'으로 되어 있다.

세 차례나 올린 1638년 8월 6일자 장계는 청나라의 파병 요구 때문에 세자가 얼마나 곤욕을 치렀는지 잘 보여줍니다.

요사이 제가 길에서 하는 말을 들으니, 황제께서 징병을 거스른 데 대해 화를 내어 군대 출행에 세자를 데리고 가려 한다고 했습니다. 앞으로의 일에 대한 근심은 이루 말할 수 없습니다. (첫 번째 장계)

일의 형편이 망극하여 할 수 없이 감사와 병사에게, 한편으로는 국왕께 아뢰고 한편으로는 급히 행군하라는 공문을 보냈습니다. 조정으로 하여금 속히 잘 처리하도록 명하시길 바랍니다. (세 번째 장계)

그런데 이틀 뒤인 8일자 장계에는 "한편으로는 장계를 올리고 한편으로는 공문을 보냈으나 어떻게 할 것인지 아직 모르니 애가 타고 망극합니다"라는 하소연이 나옵니다.

쌍방 소통의 편지와 달리 보고서란 것은 일방통행의 형식입니다. 그러기에 보고를 올릴 뿐인 심양의 세자 일행은 본국의 대답을 받지 못한 채 불안과 초조에 시달립니다. 물리적 거리는 이렇게 심리적 거리로 변해갑니다.

그러나 이런 막막함 속에서도 소현세자는 그때그때 본국의 처사를 변호하고 사태를 진정시켜야 했습니다. 심지어 명나라와 내통한 임경업을 비롯하여 김상헌 등 반청파로 인해 갖은 고초를 겪으면서도, 그는 그들의 명분을 살려주고 목숨을 보호하기 위해 최선을 다합니다. 신하를 거두는 것은 군주의 책무이며, 외교란 강온 양 극단을 조율하는 과정에서 최선의 성과를 거둘 수 있다는 것을 알았기 때문이지요.

《심양장계》의 상당 부분은 청나라의 요구를 전하고 그 처리 과정을 보고하는 내용이지만, 그에 못지않게 많은 부분을 차지하는 것이 청국 내부의 사정입니다. 청 황제의 병치레부터 후계 구도를 둘러싼 내부 권력 투쟁까지, 장계는 최대한 자세히 청국의 사정을 전하고 그에 대비하도록 하고 있습니다. 이는 청국을 정탐하고 인맥을 쌓으면서 후일을 도모한 소현세자의 정략가적 면모를 보여주는 실례입니다.

하지만 시대의 변화에 불안을 느낀 인조에게 아들 소현세자는 자랑이기보다 위협이었습니다. 세자가 심양에서 능력을 발휘하여 청나라는 물론 조선의 신하와 백성들에게 인정을 받는 것도 그는 마땅치 않았습니다. 실록에 따르면, 1644년 소현세자가 잠시 귀국하자 "도성 안의 벼슬아치와 유생, 군민들이 모두 나와 마중하는데, 길거리를 메워 앞뒤가 완전히 닿았으며 절을 하고 눈물을 흘리는 자들도 많았다"고 합니다. 이미 소현세자를 아들이 아닌 경쟁자로 여기던 인조에게는 견딜 수 없는 일이었겠지요.

더구나 예전부터 세자에게 호감을 갖고 친밀하게 지낸 예친왕 다이곤이 새로 즉위한 순치제順治帝의 섭정이 되자 인조의 불안감은 더욱 커졌습니다. 1645년 청은 소현세자에게 귀국을 허락합니다. 그러나 8년간의 긴 억류 생활에서 풀려난 아들을 아버지는 반기지 않습니다. 오히려 자신을 쫓아내고 소현세자를 왕으로 올리기 위한 청의 계략이라 의심하며 세자를 철저히 정무에서 배제합니다.

귀국한 지 두 달 만인 1645년 4월 23일, 갑자기 병석에 누운 소현세자는 사흘 뒤 세상을 뜨고 말았습니다. 공식적인 병명은 학질(말라리아)이었지만, 온몸이 검게 변하고 이목구비의 일곱 구멍에서 피가 흘러나오는 세자의 시신을 보고 그 말을 믿는 사람은 아무도 없었습니다.

그러나 인조는 소현세자의 죽음에 의혹을 제기한 세자빈과 그 친정 식구들을 철저히 탄압했으며, 어의御醫를 심문하자는 사간원의 요청도 묵살했습니다. 그리고 멀쩡히 세손(세자의 맏아들)이 있었음에도 그를 폐하고, 소현의 동생인 봉림대군을 세자로 봉했습니다. 정통성에 목숨을 거는 조선왕조에서는 있을 수 없는 일이었지요.

비극은 여기서 끝나지 않았습니다. 소현세자가 죽은 다음 해, 인조는 자신이 먹는 전복구이에 독을 넣었다며 세자빈 강씨에게 사약을 내리고, 그 친정어머니와 남자 형제들 넷을 모두 죽입니다. 또 겨우 열세 살, 아홉 살, 네 살 난 손자 셋을 제주도로 유배 보내, 결국 그 중 둘이 의문의 죽음을 당하고 맙니다. 아들에 대한 질투와 의심이 부른 끔찍한 비극이었지요.

아들, 손자, 며느리까지 죽음으로 내몬 인조도 할 말은 있을 겁니다. 오해하지 말라고 화를 낼지도 모르지요. 하지만 남들이 오해한다고 원망하는 사람들이 사실은 다른 사람들을 오해하는 경우가 참 많습니다. 두려운 일이지요. 어쩌면 사람의 이해는 한계가 있고 오해는 피할 수 없는 것인지도 모릅니다. 그러니 어차피 그럴 수밖에 없다면, 그게 사람의 일이라면, 사람인 내가 할 수 있는 것은 그 사실을 인정하는 것뿐일 듯합니다. 내가 당신을 오해할 수 있다고 인정하는 것, 그래서 언제든 미안하다고 말할 수 있는 것, 그것만으로도 더 큰 오해는 피할 수 있지 않을까요?

소현세자 시강원, 정하영 옮김
《심양장계》
창비, 2008

세상에 딴지 걸고 싶은 날

기상 관측 사상 최대의 폭설이 서울에 내린 날, 펑펑 쏟아지는 함박눈을 보다가 그예 집을 나섰습니다. 목적지는 도서관이었지만 사실 천지를 뒤덮은 눈 세례를 즐기고 싶은 마음이 더 컸지요. 차들이 뚝 끊긴 거리는 적막하고 조용했습니다. 한껏 몸을 낮추고 슬금슬금 걷는 사람들, 부지런히 가게 앞을 치우는 상인들, 세상이 참 평화롭게 보이더군요.

하지만 지하철역은 사정이 달라서 평소보다 더 많은 사람들로 소란했습니다. 바닥은 눈 녹은 물로 흥건해서 방심했다간 낭패를 보기 십상이었지요. 다른 사람들처럼 나 역시 발밑에 온 신경을 쏟으며 천천히 계단을 올랐습니다. 그때 한 남자가 빠른 속도로 내려오며 내 몸을 치고 지나갔습니다. 순간 몸이 휘청하며 뒤로 넘어갔습니다. 다행히 튼실한 다리 덕분에 간신히 위기를 넘길 수 있었지요.

나는 미안하다는 말을 기대했습니다. 그런데 눈이 마주친 남자가 나를 째려보며 한마디 했습니다.

"눈깔을 어디다 두고 다니는 거야?"

삼십대로 보이는 남자는 몹시 화가 나 있었습니다. 상투적인 수사修辭긴 해도 '희망찬 새해'가 시작된 첫 월요일인데, 그 사람은 무엇 때문인지 잔뜩 성이 나서 금방이라도 폭발할 것 같았습니다.

새하얀 눈길을 걸으며 나는 그의 노여움에 대해 생각했습니다. 낯선 사람에게 가눌 수 없는 적의를 드러낼 만큼 그를 성나게 한 것이 무엇인지 나는 모릅니다. 어쩌면 그도 자신의 적의가 어디서 근원하는지 모를지도 모릅니다. 다만 한 가지 분명한 것은, 그 사람이 불행하다는 겁니다. 그리고 성난 그의 마음이 그의 불행을 더 부추길 거란 사실이지요. 어쩌면 좋을까, 막막한 심정에 시가 들어옵니다.

누구도 핍박해본 적 없는 자의
빈 호주머니여

언제나 우리는 고향에 돌아가
그간의 일들을
울며 아버님께 여쭐 것인가 (〈코스모스〉 전문)

낯선 이에게 살기등등한 눈길을 보내던 남자도 처음부터 그렇게 날이 서 있지는 않았을 겁니다. 누구도 핍박하지 않았는데 왜 나만 괴롭히느냐는 억울함이 쌓여서 그리 되었을지도 모릅니다. 어쩌면 그이도 나처럼 울며 하소연하고 싶은 마음을 감추고 살아가겠지요. 아니, 아귀다툼을 하며 사는 세상 모든 사람이 다 비슷한 심정이겠지요. 아, 눈앞이 흐려집니다.

이 시를 쓴 김사인은 25년 동안 단 두 권의 시집을 펴낸 시인입니다. 요즘처럼 말과 글이 넘쳐나는 시대에는 거의 게으름으로 여겨질 만큼, 참으로 보기 드문 과묵함이지요. 하지만 19년 만에 나온 김사인의 두 번째 시집 《가만히 좋아하는》을 읽으며 나는 그의 게으름이, 그 지독한 과묵함이 참 고마웠습니다.

모두들 바쁘게 사는 세상에서, 그래서 "다리 사이 호두 두 알이 영문도 모르고 시달리는" 세상에서 느린 걸음으로 세상 그늘을 찬찬히 살피는 시인이 아니었다면, 읽기만 해도 목이 메는 저런 위로가 어찌 가능했겠습니까.

말이고 감정이고 모든 걸 주절주절 늘어놓아야 성이 풀리는 세태 탓인지 시도 생략과 암시의 묘妙를 잊은 지 오래입니다. 하지만 김사인의 시는 눈 내린 아침처럼 조용하고 텅 빈 여백으로 가득합니다.

이도 저도 마땅치 않은 저녁
철이른 낙엽 하나 슬며시 곁에 내린다

그냥 있어볼 길밖에 없는 내 곁에

저도 말없이 그냥 있는다

고맙다

실은 이런 것이 고마운 일이다 (〈조용한 일〉 전문)

밤은 어둡고, 겨울은 추우며, 눈이 쌓이면 걸음이 느려지는 건 당
연한 일입니다. 그러기에 더욱 골목 한 귀퉁이를 밝히는 가로등이 반
갑고, 따끈한 아랫목이 그립고, 부지런히 눈을 치우는 손길이 고마운
것이지요. 그런데 요즘은 불만이 자꾸 커져서 왜 밤에 어둡냐고, 왜
겨울에 이리 춥냐고, 왜 눈을 쌓이게 두느냐고 탓하는 소리들로 시끄
럽습니다.

물론 불만이 문명을 일으킨 것도 사실입니다. 하지만 그 문명이
인간을 포함한 뭇 생명들을 위협하는 지금, 우리에게 필요한 것은 불
만이 아니라 겸손일 듯합니다. 정처 잃은 마음을 낙엽에 의지해 그 낙
엽 하나에도 고마워하는 마음, 그 마음이 소란한 이 세상을 조금은 살
맛나게 하지 않을까요?

비 오는 늦가을, 한가한 풍경을 즐기던 시인은 문득 "그런데 귀뚜
라미들은 대체 어디서 이 비를 긋겠나"고 자문합니다. 사람만이 아니
라 벌레까지 돌아보는 따스한 오지랖입니다. 덕분에 시집을 덮을 즈
음엔, 흔들리는 것은 나만이 아니요 작은 벌레에게도 삶은 참으로 무
거움을 새삼 깨닫게 됩니다.

시인은 그러나 시가 그 무거움을 덜어줄 수 있다고 말하지 않습

니다. 많은 시인들이 그러하듯 서정에 기대어 그 삶을 견디라고 가르치지도 않습니다. 오히려 시는 현실의 고통 앞에 무력한 것이 아닌가 의심하고 회의합니다.

김사인의 서정시가 빛나는 것은 바로 이 대목입니다. 그는 시로도 어쩔 수 없는 게 생활의 엄중함이며, 자신은 다만 그 슬픔에 가까워지려 할 뿐이라고 말합니다. 슬픔을 위로하는 방법은 오직 같이 슬퍼하는 것뿐이니까요.

홀로 세상의 변방으로 쫓겨난 듯 서럽고 억울한 날을 살고 있는 당신에게, 그래서 세상에 딴지를 걸고 싶고 모두에게 삿대질하고픈 당신에게, 시 한 편 드립니다.

헌 신문지 같은 옷가지들 벗기고

눅눅한 요 위에 너를 날것으로 뉘고 내려다본다

생기 잃고 옹이진 손과 발이며

가는 팔다리 갈비뼈 자리들이 지쳐 보이는구나

미안하다

너를 부려 먹이를 얻고

여자를 안아 집을 이루었으나

남은 것은 진땀과 악몽의 길뿐이다

또다시 낯선 땅 후미진 구석에

순한 너를 뉘였으니

어찌하랴

좋던 날도 아주 없지는 않았다만

네 노고의 헐한 삯마저 치를 길 아득하다

차라리 이대로 너를 재워둔 채

가만히 떠날까도 싶어 묻는다

어떤가 몸이여 (〈노숙〉 전문)

어떤가요, 당신 곁의 다른 설움이 보이시나요? 설운 것들끼리 보
듬고 살기에도 빠듯한 세상이 보이신다면, 부디 우리 잘 살아봐요.

김사인
《가만히 좋아하는》
창비, 2006

마녀의 독서처방

사표 쓰고 싶을 때

한 달 전 새 회사에 들어간 후배가 그새 사표를 쓰고 다른 회사를 알아본답니다. 비슷한 또래인 다른 친구도 2년간 다니던 회사를 나와 직장을 옮겼다고 전해왔습니다. 삼십대 중반이니 이제는 어디서든 자리를 단단히 잡고 경력을 쌓을 때인데 자꾸 직장을 옮기는 게 인생 선배로서 마음이 쓰입니다. 사람을 뽑는 입장에서는 이직이 잦은 친구는 아무래도 못 미더울 테니 말이지요.

이래저래 잘 관뒀다고도 못하고 무조건 버티라고도 못하고 싱숭생숭한 가운데 오래 전에 읽었던 책의 한 대목이 떠오릅니다.

"나는 사람들과 어울리기를 꺼렸다네. …… 나의 겁 많은 자존심과 존대한 수치심 때문이라고 할 수 있을 걸세. 내가 구슬이 아님을 두려워했기 때문에 애써 노력해 닦으려고도 하지 않았고, 또 내가 구슬임을 어느 정도 믿었기 때문에 평범한 사람들과 어울리지도 못했던 것이라네."

나카지마 아츠시(1909~1942)의 《역사 속에서 걸어나온 사람들》이라는 소설집에 실린 〈산월기山月記〉라는 단편의 한 구절입니다. 여러 해 전 우연히 도서관에서 이 글을 읽다가 "겁 많은 자존심과 존대한 수치심"이란 구절에 한동안 아득해했습니다. 무언가를 하려니 자존심을 잃을까 겁이 나고, 독야청청하자니 세상이 알아주지 않음에 성이 나고…… 딱 내 마음을 들킨 것 같아 뜨끔했지요.

그리고 어린애 같은 그 마음 때문에 호랑이가 된 소설 속 시인처럼 나 또한 질투와 원망으로 세월을 보내고 있다는 걸 깨달았습니다. 그 깨달음 덕에 뒤늦게 취직해서 착실하게 직장생활하며 목돈도 모았습니다만, 나카지마의 책이 없었더라면 진즉에 사표를 던졌을지도 모르겠습니다.

사실 월급쟁이치고 사표 쓸 생각을 한 번도 해보지 않은 사람은 없을 겁니다. 봉급이 적어서, 상사가 싫어서, 일이 적성에 맞지 않아서 등 이유는 제각각이지만 그 속에 담긴 마음은 하나지 싶습니다. '내가 여기서 이러고 있을 사람이 아니다, 우습게 보지 마라'는 마음 말입니다.

근거가 있든 없든 그런 자부심 없이 어떻게 그 많은 일을 하고 그 많은 사람을 만나며, 숱한 밤을 지새우고 쓴 소주를 마시겠습니까. 문제는 그 자부심을 흔드는 눈과 입이 너무 많다는 거지요. 그리하여 버티기가 힘들어지고 그냥 확 사표를 내던지게 되는 것이지요.

그러나 때론 버티는 데 온 생애를 걸어야 할 때도 있는 듯합니다. 나카지마의 책에는 〈이능李陵〉이라는 중편이 있습니다. 서른셋에 요절한 나카지마가 마지막까지 퇴고를 거듭했던 유작인데, 내게는 스스로를 버티기 힘든 이들에게 남긴 유언처럼 여겨집니다. 좀 쓸쓸하지만 가만 곱씹으면 위로도 되고 힘도 주는 유언 말이지요.

이능은 명장 이광의 손자로 한 무제漢武帝의 신임을 받던 장수였습니다. 그러나 흉노와의 전투에서 패하고 포로가 되면서 그의 삶은 나락으로 떨어지지요. 억울한 사연이 있긴 했으나 한 나라의 장수로서 오랑캐의 포로가 된 그를 조국은 잔인하게 벌합니다. 사마천이 그를 변호하다 궁형을 당한 것이 바로 이때입니다.

이능과 개인적인 인연은 없었으나 이 일로 사마천 또한 치욕에 빠집니다. 그는 죽음을 생각합니다. 하지만 선대로부터 내려온 수사修史의 사명이 그를 붙잡습니다. 스스로에 대한 모든 자부를 잃었으나 그럼에도 삶을 이어갈 수밖에 없는 그는, 인간 사마천은 죽고 남은 것은 단지 "의식도 자각도 없이 역사를 베껴 쓰는 기계" 사마천뿐이라고 자신을 받아들입니다. 이능과는 또 다른 방식으로, 견딜 수 없는 상황을 견뎌간 것이지요.

그리고 또 한 사람, 사신으로 왔다가 흉노에 억류된 뒤 19년간 굶주림과 고독 속에서 지조를 지킨 소무란 사내가 있습니다. 사마천이 역사에 남은 생을 걸고 치욕을 견뎠다면, 소무는 조국에 충절을 다하면서 "어쩔 수 없다"는 변명 자체를 용납하지 않습니다. 똑같이 흉노의 포로가 되었으나 이능과는 너무도 다른 선택을 한 소무. 그를 보는 이능의 심경은 복잡하기만 합니다.

이능도 흉노에 항복한 것을 잘했다고 생각하지는 않지만 고국에 바친 충성과 그에 대한 고국의 보답을 생각하면 아무리 무정한 비판자라도 '어쩔 수 없었던' 것을 인정하리라 믿고 있었다. 그런데 여기 한 남자가 '어쩔 수 없는' 상황을 앞에 두고도 결코 자신에게 그것은 '어쩔 수 없다'고 여기는 것을 허락하려 하지 않는 것이다. 소무의 존재는 그에게 숭고한 훈계이기도 하고 마음 졸이는 악몽이기도 했다.

그러나 다른 선택을 하려 해도 이능에게는 사마천이 받아들인 "숙명적 인연"도, 소무가 간직한 "순수한 조국애"도 없습니다. 그는 흉노인의 소박하고 진실된 삶을 부정하지 못하며, 자신의 가족을 죽인 조국의 매정함에 분노를 느낍니다. 하지만 자신의 선택을 변호하지도 못합니다. 말해보아야 푸념이 되어버릴 걸 알기 때문이지요.

그리고 마침내 소무는 고국으로 금의환향하게 됩니다. 이능의 마음은 동요합니다. "보고 있지 않은 듯하면서도 역시 하늘은 보고 있었다"는 두려움과 자괴감이 가슴을 칩니다. 하지만 그는 후회도 변명도 항변도 모두 침묵 속에 담아두고, 떠나는 소무 앞에서 그저 춤을 춥니다. 하염없이 눈물을 흘리면서 말이지요.

나카지마는 "어쩔 수 없는 상황" 속에서 서로 다른 길을 가는 세 사람의 인생을 담담히 그려갑니다. 누구의 편도 들지 않는 것이, 웬

만한 역사서보다 더 '술이부작述而不作(서술하되 꾸미지 않는다)'의 정
신에 충실합니다.

그럼에도 이능의 이야기가 중심에 놓인 걸 보면 작가는 이능의
삶에 좀 더 관심이 있었던 듯합니다. 왜 그랬을까요? 패자에 대한 단
순한 연민일까요? 혹 세상의 눈을 의식하면서도 세상의 기준을 선뜻
따를 수 없는 사람들, 평범한 사람들의 고뇌에 마음이 쓰인 탓은 아닐
까요? 어쩐지 나는 그런 생각이 듭니다.

큰 포부가 있는 인생은 행복합니다. 하지만 때론 초라한 현실과
암암한 미래를 견뎌야 할 때도 있습니다. 불행은, 견뎌야 한다는 사
실이 아니라 견딜 수 없다는 절망에 있습니다. 그러니 "겁 많은 자존
심과 존대한 수치심" 때문에 섣불리 절망을 말한 것은 아닌지, 견딜
수 없다고 소리치면서 정작 다른 이를 견딜 수 없게 만들고 있지는 않
은지, 사표를 쓰기 전에 묵묵히 돌아볼 일입니다. 그리고서 새 출발
을 결심했다면 누가 무어라든 자신의 길을 가기 바랍니다. 삶에 정답
은 없으니까요.

나카지마 아츠시, 명진숙 옮김
《역사 속에서 걸어나온 사람들》
다섯수레, 1998

뒷담화가 하고 싶을 때

모처럼 언니와 만나 수다를 떨었습니다. 입이 무거운 데다 영원한 아군이라 밖으로 말이 샐 걱정이 없지요. 그래선지 잠깐이다 싶었는데 어느새 세 시간이 훌쩍 넘었습니다. 버스 안에서 수다를 복기해보니 그 세 시간 중 두 시간은 남의 뒷담화를 한 것 같습니다.

세상에 제일 재밌는 게 불구경이라지만 뒷담화의 재미 또한 만만치가 않습니다. 다만 뒤끝이 씁쓸해지는 후유증이 문제입니다. 과연, 집에 와서도 두고두고 떨떠름합니다. 내 무능을 인정하고 싶지 않아 남의 탓을 하고, 나를 괜찮은 인간으로 생각하고 싶어 남의 허물을 뒤진 일이 개운할 리는 없지요. 문득 옛글 한 대목이 떠오릅니다.

남의 잘못을 낱낱이 파헤치는 것은 피를 머금었다가 뿜는 것과 같아서 먼저 자신의 입을 더럽히기 마련이다.

조선의 대표 책벌레 이덕무(1741~1793)가 한 말입니다. 규장각 검서관으로 정조대 문예부흥의 한 축을 담당한 이덕무의 별명은 '간서치看書痴'. 책만 읽는 바보라는 뜻입니다. 그의 문집 《이목구심서耳目口心書》를 번역한 산문집 《키 큰 소나무에게 길을 묻다》를 펼치면, 책벌레 이덕무의 일상이 고스란히 드러납니다.

지난겨울 내 초가의 방안이 너무 추워서 입김조차 얼어붙고 이불깃에서는 바삭바삭 소리가 났다. 나는 한밤중에 일어나서 《한서》 한 질을 이불 위에 죽 덮어 조금 추위를 막았다. 이렇게 하지 않았다면 얼어 죽었을 것이다. 어젯밤엔 매서운 바람에 등불이 애처롭게 흔들렸다. 한참 생각하다가 《논어》 한 권을 빼서 바람을 막아놓고는 재빨리 대처하는 수완에 스스로 기뻐하였다.

등잔불 하나 넉넉히 켤 수 없는 가난한 살림에 종일 햇살을 따라가며 책을 읽고, 한겨울 매서운 추위를 책을 이불 삼아 견뎠노라고 좋아하는 사람이니 책만 보는 바보가 틀림없는 듯합니다. 그런데 그 바보 선비가 남긴 글을 읽으면 왜 약디약은 내 자신이 바보처럼 느껴지는 걸까요.

서른아홉에 정조의 부름을 받고 관직에 나아가기까지 이덕무는 서출庶出의 가난한 서생으로 기약 없는 날을 살았습니다. 과거를 볼 수도 없는 반쪽짜리 선비 노릇을 하면서도 그는 공부를 게을리 하지 않았고, 학문은 세상에 쓸모가 있어야 한다는 소신을 버리지 않았습니다. 세상에 언제 쓰일지 모를 처지에도 독서는 실천되어야 제값을 한다고 믿었으니, 그 믿음이 스스로를 얼마나 괴롭혔겠습니까?

그래서일까요, 그의 글에는 너그럽지 못하고 화를 잘 낸다고 자기 자신을 책망하는 대목이 자주 눈에 띕니다. 아마도 세상의 기준을 무조건 따를 수 없는 처지에서 자신이 생각한 원칙을 지키다 보니, 속좁단 얘기도 듣고 까칠한 사람이란 욕도 먹은 모양입니다. 그래서 자기반성을 하며 좀 너그러워져야겠다고 여러 번 다짐도 합니다. 허나 책만 보는 바보라 하여 이덕무가 남이 권하는 대로 "응응" 하는 무골호인인 줄 알면 오산입니다.

너그러운 사람이 되기로 결심한 그는 그런데 과연 너그러움이란, 관용이란 무엇인가 하고 묻습니다. 그는 "옳고 그름을 분간하지 않고 그릇됨을 바로잡지 못하는 관대함"은 참된 너그러움이 아니라고 봅니다. 참으로 너그럽기 위해서는 공정하게 옳고 그름을 분별할 줄 알아야 한다는 것이지요. 그러나 이런 경지에 오르기가 어디 쉽겠습니까? 그는 그 어려움을 토로하면서 일단 남의 말부터 하지 말자고 다짐, 또 다짐합니다.

내가 하고 싶은 것은 근거 없는 비방이나 밝지 못한 판단으로 멋대로 남을 평하지 않는 것뿐인데 어찌 하면 그렇게 될까?……
다른 사람의 착한 점을 드러내는 일은 한없이 좋다. 그렇게 선을 행한 사람은 이름이 소멸되지 않고 더욱 힘쓰게 되며, 듣는 사람은 그런 일을 본보기로 하여 자기 행동의 준거로 삼으며, 그 일을 말하는 나 자신역시 그를 본받게 되는 것이다.……

나쁜 소문은 두 배로 퍼지고 좋은 소문은 반으로 줄어든다. 덕망 있는선비는 반대가 되도록 힘써야 한다.……

남과 이야기하면서 그의 작은 허물을 자세히 살폈다가 그가 가기를 기다려 곧 비웃는 자들을 물여우의 무리라 한다.……

도저히 견딜 수 없는 곳으로 남을 이끌지 마라.……

《키 큰 소나무에게 길을 묻다》의 상당 부분은 자연현상과 동식물을 관찰한 세밀한 기록들입니다. 사실에 근거하여 기술하고 비평하는 실학정신의 발로인데, 이는 사람관계에도 적용됩니다.

이덕무는 칭찬도 비방도 다 사실을 넘어선 것이라고 경계합니다. 사랑이 지나쳐 단점을 못 보는 것이나 미움이 지나쳐 장점을 놓치는것이나 다 잘못이라는 거지요. 오직 사실에 입각하여 공정하게 판단하는 것, 그리하여 남을 견딜 수 없는 곳으로 몰아세우지 않는 것, 그것이 공부하는 사람의 태도가 되어야 한다고 거듭 새깁니다.

지독하리만큼 스스로를 경계하는 태도는 학문을 하는 데도 마찬가지여서, 그는 자료에 기초하지 않는 자의적인 해석을 배제하고 문헌 고증에 최선을 다했습니다. 그 자신 독서광이었던 정조가 그를 왕실도서관의 검서관으로 임명하고 각종 책의 편찬과 교정을 일임한 것은, 그의 폭넓은 지식과 함께 그 철저한 학문적 태도를 높이 샀기 때문입니다.

이덕무가 죽고 이태가 지난 뒤 정조는 탄식합니다.

"지금 책들을 펴내는 것을 보니 검서관 이덕무의 학식과 능력이 잊히지 않는구나."

말 한마디, 글자 한 자의 무서움을 알았던 사람은 그렇게 큰 그림자를 남깁니다.

가슴 답답한 날, 세상을 탓하는 대신 말없이 글을 읽었던 책벌레에게 길을 물었습니다. 가슴에 원망이 쌓일수록 말을 멈추고 책을 펼치랍니다. 고칠 수 없는 남의 허물을 들추기보다 고쳐야 하는 제 허물에 마음을 쓰라고 합니다. 그것만이 부끄러움을 더는 길이라고요. 더는 부끄럽지 않기 위해 이제는 입을 닫아야겠습니다.

이덕무, 이화형 옮김
《키 큰 소나무에게 길을 묻다》
국학자료원, 2003

사람이 싫어질 때

도무지 싫은 소리를 할 줄 모르는 K가 머뭇머뭇 조그맣게 말합니다.

"우울증인지, 아무도 만나기 싫고 사람이 무섭고 혼자 집에만 있어요."

나도 그렇다고 했더니 설마 하는 표정입니다. 처음 본 사람과도 쉬 말문을 트고 한두 시간은 끄떡없이 떠들 만큼 수다스런 내가 맞장구를 치니 영 미심쩍은 거지요. 별 수 없이 "20여 년 학교생활에 친구가 하나"라고 했더니 깜짝 놀라다 고개를 끄덕입니다. 같은 직장에 다닐 때 내 쓸쓸한 인간관계를 어렴풋이 짐작은 했지만 그 정도인 줄은 몰랐다며 웃습니다.

그때부터 K와 나는 관계의 덧없음에 대해, 만남의 피로와 참된 우정의 불가능에 대해 공감 어린 대화를 나눴습니다. 그런데 헤어져 돌아오는 길, 못난 짓을 했다는 생각이 듭니다. 한창 젊은 친구에게 사람에 대한 회의나 부추긴 꼴이니 말입니다. 그래서 좀 늦었지만,

사람과의 만남에 멀미를 느끼는 K에게 처방전을 보내려고 합니다. 서경식과 김상봉의 《만남》입니다.

　서경식의 글을 읽으면 발이 차가워지고 가슴이 서늘해져서 이불을 뒤집어쓰게 됩니다. 베갯잇을 적시는 것이야 말할 것도 없고요. 누구는 그를 두고 "면도날 같은 글"을 쓴다고 하던데, 나는 "이불을 덮고 읽어야 하는 글"을 쓴다고 말하고 싶습니다. 허나 무어라 말하든 서경식의 글이 가진 힘에 대해선 이론異論이 없을 겁니다. 그에 비하면 김상봉에 대해선 그저 고적할 뿐이라 해도 틀리지 않을 것 같습니다.

　내가 김상봉을 처음 만난 건 그가 대학교수를 그만두고 문예아카데미에서 철학 강의를 할 때였습니다. 오비디우스의 《변신 이야기》 중 나르시스 신화를 함께 읽었는데, 그 짧은 이야기에서 타자를 수용한 적 없는 서구철학의 '홀로주체성'을 끌어내는 열강이 오래 기억에 남았습니다.

　그 뒤 그가 쓴 《나르시스의 꿈》을 읽으며 다시 감동했습니다. 역사가 조금이라도 진보한다면 그건 슬픔의 힘 때문이라고 믿고 있던 내게, 김상봉이 천착하는 슬픔의 철학은 깊은 공감을 주었습니다. 하지만 아쉽게도 한국 학계에서 그는 외로워 보였습니다. 서구의 철학과 개념들을 수입하는 데 부지런한 이론 풍토에서 김상봉은 섬처럼 홀로 떠 있는 듯했습니다.

그런데 눈 밝은 편집자 덕분에 그와 서경식이 드디어 만났으니 참으로 다행한 일입니다. 서경식, 김상봉 두 사람에게도 다행이고, 남의 개념이나 읊조리는 한국 학계에도 다행이고, 사상과 문화의 중요성을 다 잊은 듯한 부박한 세태에도 다행이고, 그리고 사람과의 만남이 왜 어떻게 이루어져야 하는지 이제는 묻지도 않는 외곬의 영혼들에게도 다행입니다.

2007년 봄부터 아홉 차례에 걸쳐 이루어진 《만남》은, 기질도 환경도 전혀 다른 두 사람의 엇갈림과 부딪침을 담은 대담집입니다. 엇갈림은 첫 만남부터 드러납니다. 일본어와 한국어라는 서로 다른 모어母語를 가진 두 사람 사이에 소통은 쉽지 않습니다. 비록 똑같은 한국어로 대화를 나눈다 해도 그 말에 담긴 의미가 서로 다른 상황에서, 소통은 언제든 일방통행이 될 수 있었지요.

그래서 재일조선인 서경식은 김상봉이 쓰는 언어가 결국 내부인을 전제한 내부인의 언어가 아니냐고 비판합니다. 김상봉에게 그것은 새로운 문제제기였지요.

서경식 : '뜻' 이라는 말의 뜻, '서로' 라는 말의 뜻을 다르게 이해하는 사람들, 그러니까 선생님과 저와의 만남에서 '서로주체성' 을 어떻게 구축해 나가야 하는가 하는 문제입니다. 선생님은 내부만 바라보고 있는 것이 아닌가 하는 의문이 듭니다. ……
김상봉 : 제가 이분법적으로 사유했던 것 같습니다. 이제 순수하고 고

유한 한국어의 언어적 전통 같은 것을 고집하기보다는, 뒤섞인 채로 더 확장된, 적어도 코리안 디아스포라 공동체 사이에서 소통할 수 있는 언어를 찾아야겠어요.

긴 토론 끝에 두 사람은 그렇게 서서히 소통의 끈을 맺어갑니다. "공통의 언어가 있고 그 바탕에서 소통"하는 것이 아니라 "소통의 필요가 있고 그로부터 공통의 언어가 만들어"지는 것이지요. 결국 중요한 것은 언어의 차이가 아니라 "차이로부터 배우며 만들어지는 공동체"라는 것을 두 사람은 확인합니다.

사실 나이를 먹고 세상살이에 익숙해지면 자꾸 비슷한 사람만 만나고 싶고, 비슷한 사람들끼리만 만나게 됩니다. 어쩔 수 없이 '다른' 사람을 만나게 되면 그저 조용히 넘기고 피할 생각만 하지요. 그게 '다름'을 인정하는 것인 양 합리화도 하면서.

하지만 '다름'을 인정하려면 먼저 '다름'을 확인하는 불편을 감수해야 합니다. 그리고 김상봉과 서경식의 만남이 보여주듯이, 사람과 사람의 '만남'은 그런 불편을 감수할 만한 가치가 있습니다.

아홉 차례를 만나면서 나는 누구인가, 우리는 누구인가, 역사는 어떻게 기억되어야 하는가, 타자와의 만남은 가능한가, 어떤 주체를 어떻게 구성할 것인가 등 녹록지 않은 주제들에 대한 질문과 대답이 이어지는 가운데 서경식은 병이 납니다. 그만큼 쉽지 않은 만남이고, 읽는 이에게도 공력이 필요한 만남입니다. 그리고 그 공력이 조금도 아깝지 않은 참 좋은 만남입니다.

K가 이 처방전을 읽고도 책이고 사람이고 만나기 싫달 수도 있기에 책 속의 한마디를 덧붙입니다.

"학자란, 시인이란, 우는 사람이다. 울고 싶어도 울 수 없는 씨올들을 위해 대신 우는 사람이다."

김상봉이 전하는 함석헌의 말입니다.

그렇습니다. 나와 함께 울어줄 사람이 없음을 한탄하기 전에 남을 위해 울 마음을 먹어야 할 겁니다. 남보다 먼저 울고 남보다 오래운 뒤에 그때서야 외로워도 좋을 겁니다. 하지만 지금은, 나를 위해 우는 사람이 있어서 내가 살 수 있다는 걸 고맙게 받아들일 때입니다. 고맙습니다.

서경식 · 김상봉
《만남》
돌베개, 2007

가출하고 싶은 날

엄마의 잔소리가 싫다고 집을 나간 아이가 하루 만에 돌아왔답니다. 뒤늦게 기운을 차린 엄마, "지가 갈 데가 어디 있어?" 기세등등해서 큰소리를 칩니다. 그 엄마가 얼마 전, 부부싸움하고 집을 나왔는데 갈 데가 없더라고 하소연하던 것이 떠올라 웃음이 납니다. 구경꾼 입장에선 두 사람이 서로의 경험을 나누기만 해도 아이가 다시 가출을 꿈꿀 일은 없을 것 같습니다.

　어른은 아이의 가출에 기겁을 하고 아이는 어른의 가출을 상상도 못하지만, 솔직히 애나 어른이나 살다 보면 도망가고 싶을 때가 왜 없겠습니까! 집은 안식처입니다. 하지만 안식을 위해선 때로 자유를 저당 잡히는 희생도 치러야 하지요.

　안식의 달콤함보다 희생의 쓸쓸함이 커지는 이즈음, 나무 위 까치둥지로라도 가출하고 싶어집니다. 코지모 피오바스코 디 론도 남작처럼 말이지요.

나무 위로 올라간 코지모 남작 이야기는, 환상문학의 거장 이탈로 칼비노(1923~1985)가 쓴 '우리의 선조들' 3부작 중 두 번째 작품입니다. 흔히 칼비노의 문학을 '환상적 리얼리즘'이라고 하는데, 그가 현대인의 족보로 제시한 이 3부작을 보면 이 말을 실감할 수 있습니다.

무엇보다 3부작의 주인공인 우리 조상들이 희한하기 짝이 없습니다. 몸이 반으로 뚝 잘라진 '반쪼가리 자작', 갑옷만 살아 돌아다니는 '존재하지 않는 기사', 그리고 열두 살 때 나무 위로 올라가서 절대 내려오지 않는 '나무 위의 남작'까지, 그야말로 환상적인 존재들이지요. 칼비노는 이 환상의 존재들을 사실적인 묘사로 그려낼 뿐 아니라, 날카로운 현실 감각으로 그들의 현재성을 드러냅니다. 바로 그런 점 때문에 그의 문학을 환상적 리얼리즘이라고 하는 것이지요.

그 중에서 1957년에 발표한 《나무 위의 남작》은 프랑스혁명이 일어났던 18세기 말에서 19세기 초를 배경으로 한 작품인데, 칼비노는 여기서 주인공 코지모 남작을 통해 역사의 격동기를 살아간 지식인의 삶을 유머와 풍자로 그리고 있습니다.

코지모 남작이 가출을 결행한 것은 그가 열두 살 때인 1767년 6월 15일 점심 식탁에서였습니다. 표면적인 이유는 '메뉴의 자유'였지만, 그 근원에는 완고하고 시대착오적인 집안 전통에 대한 저항심이 자리 잡고 있었지요.

남작은 달팽이를 먹으라는 아버지의 명령을 거역하고 나무 위로 올라갑니다. 어른들은 이 어린 반항아가 하루도 못 가서 내려올 거라고 생각하지요. 하지만 남작은 자신이 맹세한 대로, 그날 이후 다시는 땅을 밟지 않습니다. 범인凡人들은 상상도 할 수 없는 의지력으로 남작은 그의 가출을 출가出家로 전화轉化시킵니다.

물론 출가라 하여 남작이 나무 위에 가부좌를 틀고 앉아 도나 닦으며 세월을 보냈단 얘기는 아닙니다. 오히려 그는 나무 위에서 누구보다 뜨겁고 열정적인 삶을 삽니다. 사냥을 하고, 집을 짓고, 과학을 연구하고, 사랑을 하고, 해적을 몰아내고, 혁명을 전하고, 전쟁에 가담하고…… 일일이 열거하기가 숨찰 지경이지요.

나무 위에서 어떻게 그럴 수가 있냐고요? 말이 안 된다고요? 칼비노 소설의 놀라운 점은, 도저히 불가능할 것 같은 환상을 현실보다 더 현실적으로 그려낸다는 것입니다. 그는 남작이 나무 위에서 어떻게 밥을 먹고 잠을 자고 용변을 보고 사랑을 나누었는지, 아주 생생하게 묘사합니다. 하긴 세상에 뜻을 전하기 위해 수십 미터 철탑 위에서 밤을 새우는 이들도 있는데, 마음만 먹으면 나무 위든 지붕 위든 어디서는 못 살겠습니까.

그렇지만 코지모 남작이라 하여 나무 위의 삶이 땅의 삶보다 편안한 것은 아닙니다. 지식과 상상을 동원해 끊임없이 시설물을 고안하고 개량하지만, 아무리 그래도 불편하고 불안한 생활인 건 분명합니다. 더욱 괴로운 건 외로움입니다. 나무와 땅 사이의 거리가 빚어내는 쓸쓸함 말이지요.

코지모 남작의 삶을 지켜보고 기록한 동생은 누나의 약혼 파티 날, 어느 나무에선가 가족들을 지켜보았을 형을 떠올리며 술회합니다.

"형은 어떤 생각을 했을까? 우리들의 생활을 잠깐이라도 그리워했을까? 불과 몇 걸음으로 인해, 그렇게도 짧고 그리도 쉽게 떼어놓았던 단 몇 걸음으로 인해 우리들의 세상으로 돌아올 수 없게 되었다는 생각을 했을까? 난 형이 거기서 무슨 생각을 했고 무엇을 바랐는지 알 수 없다. 다만 형이…… 촛불이 하나하나 꺼지고 모든 창문의 불이 다 꺼질 때까지 거기 있었다는 것만 알고 있을 뿐이다."

스스로 떠난 집이지만 그를 향한 그리움마저 없는 것은 아닙니다. 그럼에도 남작은 이 그리움 앞에 무릎 꿇지 않습니다. 땅에서는 보지 못했던 땅의 부조리와 땅의 아름다움이 그를 나무 위에 머물게 한 것입니다. 나무 위의 남작에 대해 묻는 볼테르에게 남작의 동생은 이렇게 대답합니다.

"당신 형은 왜 하늘 가까이, 그 위에서 사는 건가요?"
"우리 형은 땅을 제대로 보고 싶은 사람은 적당한 거리를 유지해야만 한다고 주장합니다."

땅과 나무 사이의 거리를 통해 남작은 세상을 새롭게 보게 됩니다. 그리고 낯가림 심하던 소년은 어느새 먼저 나서서 사람들의 일손을 거들고 땅의 삶을 좀 더 풍요롭게 하기 위해 궁리를 거듭하는 지식인으로 변합니다. '거리距離'가 주는 자유와 함께 책임도 받아들이면서, 그는 그렇게 "사람을 피하지 않는 은자"로서의 삶을 완성해갑니다.

익숙한 인연이 무거워 가출하고 싶은 날, 나무 위로 올라간 우리들의 선조 코지모 남작을 생각합니다. "나무 위에서 살고 땅을 사랑하며 하늘로 올라간" 그 삶의 치열함을 되새깁니다. 땅에 뿌리내리고 하늘을 우러르는 나무들. 눈을 드니 탐스러운 열매가 주렁주렁 열렸습니다. 참 아름다운 계절입니다.

이탈로 칼비노, 이현경 옮김
《나무 위의 남작》
민음사, 2004

마녀의 독서처방

낙방생을 위하여

동갑내기 조카 둘이 고등학교를 졸업했습니다. 어릴 때부터 같은 동네에 살며 같은 초·중·고를 다닌 둘은 학과 공부에 열의가 없는 것도 비슷해서 이번 입시에서 둘 다 원하는 대학에 가지 못했습니다. 낙방 소식을 듣고 눈이 팅팅 붓도록 울며 슬퍼했다기에 걱정했는데, 졸업식에 온 둘은 언제 그랬냐는 듯 밝은 표정이었습니다. 그 모습을 보니 은근히 배신감이 들더군요. 실패를 했으면 실망도 하고 반성도 하다가 심기일전하는 모습을 보여줘야지 싶었거든요.

그런데 나중에 들으니 시험에 떨어진 조카가 제 엄마에게 아무것도 못할 것 같다고, 자신이 없다고 했다는군요. 겉모습만 보고서 속없다고 흉본 것이나, 눈앞의 성패만 따지느라 그 마음을 모른 것이 참 미안했습니다.

무슨 말로 위로를 할까 하던 차에 우연히 필리프 프티의 이야기를 담은 다큐멘터리 영화 〈맨 온 와이어〉를 봤습니다. 인간이 얼마나 놀랍고 아름다운 존재인지 실감케 하더군요. 내친김에 영화의 바탕이 된 책 《나는 구름 위를 걷는다》를 찾아 읽었는데, 영화와는 또 다른 감동이 느껴져 주저 없이 선택했습니다. 땅 위에서 걷고 구름 위에서 춤추었으되 그 어디서도 승패를 묻지 않은 사람의 이야기이기 때문입니다.

이 책의 부제는 '줄타기꾼 필리프 프티의 세계무역센터 횡단기'입니다. 부제 그대로 이 책은 줄타기 곡예사 프티가 지금은 사라진 뉴욕의 110층짜리 쌍둥이 빌딩을 외줄 하나에 의지해 여덟 번이나 왔다 갔다 한 이야기를—다른 인생담은 거의 없고 오로지 그 이야기만— 담고 있습니다. 412미터 높이의 허공을 걸은 것도 처음 있는 일이고, 그 이야기로만 300쪽이 넘는 책 한 권을 엮은 것도 처음 보았는데, 둘 다 상상 이상입니다.

네 살 때부터 뭐든 타고 오르기를 좋아했던 프티가 줄을 타고 쌍둥이 빌딩을 건너겠다고 맘먹은 것은 열여덟 살 때 일입니다. 치과에 갔다가 우연히 신문에서 세계무역센터가 지어지고 있다는 소식을 접한 그 순간, 쌍둥이 빌딩은 프티의 마음을 사로잡았고 그의 인생이 되었습니다.

그 뒤 6년 동안 프티는 지상 최고의 마천루에 올라 "구름을 잡기" 위해서 한 발 한 발 착실히 나아갑니다. 1971년 6월 26일 파리에서 노트르담 성당의 하늘을 걸은 것을 시작으로, 2년 뒤에는 호주로 날아가 망망대해 위에 우뚝 솟은 시드니항의 철교를 가로질렀습니다.

천사의 머리 위를 날고 푸른 바다 위를 걸었으니 이제 그가 갈 곳은 쌍둥이 빌딩뿐이었지요.

1974년 1월 뉴욕에 도착한 프티는 마지막 마무리 공사가 한창인 세계무역센터로 달려갑니다. 그리고 마침내 거대한 빌딩 앞에 섰을 때, 프티의 귀에 외마디 외침이 들려옵니다.

"불가능해!"

마음속에서 울려나온 외침은 그의 몸속 깊숙이 파고듭니다.

불가능해! 불가능해! 더는 숨을 쉴 수 없다. 어림을 하려는 어떠한 시도도, 결코 실현되지 않을 어처구니없는 꿈처럼 느껴질 뿐이다. …… 헛수고라고.

절망에 빠진 그는 자석에 끌리듯 빌딩 옥상으로 올라갑니다. 그리고 거기서, 한 점 기댈 데 없는 두 개의 옥상과 두 옥상 사이의 텅 빈 공간을 확인하고 생각합니다.

이를 악물고, 눈은 반쯤 감고, 공포와 기쁨에 젖어, 방금 떠오른 생각을 가까스로 속삭인다. '불가능하다는 것을 안다. 그러나 나는 할 것이다!' 그 순간, 그 빌딩들이 '나의 탑'이 된다.

어쩌면 세상을 놀랜 성취의 대부분은 '불가능하니까 한다'는 이런 무모함에서 비롯하는 것 같습니다. 할 수 있느냐 없느냐를 묻고 그 승산에 따라 도전하는 것이 아니라, 하고 싶으냐 아니냐를 묻고 제 마음을 좇아 도전하는 것이지요. 물론 말처럼 쉬운 일은 아닙니다.

도전 상대를 본 순간 프티는 자신의 도전이 불가능함을 압니다. 하지만 그의 머리는 불가능하다고 말해도 그의 가슴은 가능을 꿈꿉니다. 그 꿈을 이루기 위해, 불가능을 가능으로 바꾸기 위해 그는 집요할 정도의 조사와 연구와 수많은 시행착오를 겪습니다. 책의 거의 대부분이 바로 그 내용으로 채워질 만큼 지독히 길고 힘든 과정이었지요.

때문에 책을 읽다 보면 처음엔 그렇게 높은 데서 줄타기를 한다는 사실에 놀라지만, 나중엔 성패를 알 수도 없는데 그 힘든 과정을 견뎠다는 것, 그리고 그 무모한 도전을 몇 년씩이나 함께한 친구들이 있었다는 사실에 더 놀라게 됩니다.

책에는 1974년 8월 6일 아침 프티가 세계무역센터의 남쪽 빌딩에서 북쪽 빌딩을 향해 걸어가는 사진이 실려 있습니다. 부연 창공을 가로지르는 하나의 직선과 그 선을 버티는 두 개의 고정 줄, 그리고 장대를 손에 들고 줄 위를 걷는 한 사람이 보입니다. 사진 속의 남자는 허공에서 웃고, 허공에서 놀고, 허공을 달립니다. 그는 혼자입니다.

하지만 좀 더 꼼꼼히 사진을 들여다보면 저쪽 줄 끝에서 남자를 향해 환호하는 한 사람이 보입니다. 그리고 시선을 돌리면 다른 쪽 건물에서 이 사진들을 찍고 있는 또 다른 한 사람이 떠오릅니다. 프티와 함께 그날 그 자리에 있었던 사람들, 그와 함께 몰래 줄을 옮기고, 밤을 새워 줄을 매고, 그를 격려하고, 그의 모습을 기록하고, 그와 경찰서까지 함께 끌려간 친구들입니다. 그들이 있었기에 프티는 하늘을 걷는 꿈을 이룰 수 있었습니다.

돈도 명예도, 어떤 보답도 없는 일에 친구들이 발 벗고 나선 이유는 단순합니다. 자신들의 친구가 공중을 걸을 수 있는 사람이었고, 그가 구름 위에 서겠다고 나섰기 때문입니다. 친구들은 공중을 걷는 프티의 남다른 재능을 소중히 여겼으며, 자신의 꿈을 위해 죽음도 두려워하지 않는 그 열정을 사랑했습니다. 그래서 그를 도왔습니다. 그리고 그들 덕분에 프티는 계속 나아갈 수 있었습니다.

인생의 첫 관문에서 고배를 마시고 시름에 잠긴 조카들에게는 어떤 말도 위로가 되지 못할 것입니다. 그걸 알면서도 그 애들에게 말해 주고 싶습니다. 과감히 꿈꾸고 힘껏 도전하되, 남을 위해 함께 꿈꾸는 사람이 되라고요.

원아, 희야! 너희들이 감히 구름 위를 걷겠다고 나서도 좋고 누군가 구름 위를 걷도록 도와줘도 좋겠구나. 어느 쪽이든 너희 덕분에 세상은 좀 더 풍요로워지고 아름다워질 테니, 나는 언제나 너희를 응원할게!

필리프 프티, 이민아 옮김
《나는 구름 위를 걷는다》
이레, 2008

앞날이 캄캄할 때

홀쩍 줄어든 낮, 짧은 해日 안에 할 일을 마치려고 종종거리는 사이 어느덧 한 해年가 저물고 있습니다. 한때는 잊지 않겠다고, 가슴에 품겠다고 기약했던 사연과 인연들이 어느새 가물가물하기만 합니다. 낯 뜨거운 기억력입니다.

허나 부끄러운 것은 누추한 기억만이 아닙니다. 새해가 코앞인데 희망은커녕 걱정만 가득하여 앞날이 캄캄합니다. 역사를 운운하는 거창한 포부는 몰라도 생활을 일신하겠다는 다짐쯤은 있어도 좋으련만, 왜 이리 깜깜절벽인지 모르겠습니다.

쓸데없는 삽질로 세월을 보내는 내 자신도 이 세상도 답이 안 나옵니다. 만약 이 책《잠들면 안 돼, 거기 뱀이 있어》를 만나지 않았다면 한 해 내내 "인생, 어두워~"를 외쳤을지도 모릅니다. 기묘한 제목에 홀려 고른 책인데 덕분에 정신이 번쩍 들었습니다.

가난한 노동자 집안에서 태어나 술과 약물에 빠져 살던 다니엘 에버렛은 열일곱 살 때 기독교인으로서 새로운 삶을 시작합니다. 선교사가 되기로 맘먹은 그는 몇 년 동안 포르투갈어를 배우고 혹독한 밀림 적응 훈련을 받습니다. 그리고 스물여섯 되던 1978년 아마존 정글로 들어갑니다. 여러 선교사들이 도전했지만 번번이 실패했던 피다한 부족에게 하느님의 말씀을 전하기 위해서였지요.

그렇게 시작한 아마존 생활은 30년 동안 이어지며 많은 것을 바꿔놓았습니다. 성경밖에 모르던 외곬의 청년은 세계 언어학계를 깜짝 놀라게 한 중견 언어학자이자 인류학자가 되었고, 신을 부정하는 무신론자가 되었습니다. 그 모든 변화는 그가 반평생을 보낸 피다한 마을에서 이루어졌습니다. 한국인처럼 "곧은 머리"를 가진 피다한 사람들이 "굽은 머리"인 그를 바꿔놓은 것입니다.

피다한 마을에 들어간 에버렛이 처음 한 일은 말을 배우는 것이었습니다. 그에게는 이들의 말로 성경을 번역해 전도해야 하는 사명이 있었으니까요. 하지만 그것은 결코 쉬운 일이 아니었지요.

피다한 마을을 방문한 언어학자, 인류학자, 선교사들은 많았지만 그들 중 누구도 그 말을 제대로 배우지 못했습니다. 인간의 말이라곤 생각되지 않는, 마치 동물의 울음소리와도 같은 피다한 말은 모든 점에서 기존의 언어와 달랐습니다.

11개에 불과한 음소(한국어는 약 29개, 영어는 약 40개 음소가 있습니다), 독특하고 복잡한 음조, 단수·복수나 접두사·접미사 따위가 없는 단순한 명사, 무려 6만 가지에 이르는 동사 변이 등등 피다한 말은 발음도 문법도 색다른 말이었습니다.

　다른 것은 그뿐만이 아닙니다. 피다한 말에는 숫자나 색깔을 나타내는 말이 없으며, '고마워' '미안해' 같은 친교를 위한 말도, '신'이니 '미래'니 '걱정'이니 하는 말들도 없었습니다.

　에버렛은 오랜 연구 끝에 피다한 말의 이런 특징이 '경험의 직접성 원칙'에서 나온다는 것을 깨닫습니다. 자신이 직접 보고 겪은 것만을 믿고 말하는 원칙이지요. 인류의 원형이라고 여겨지는 창조신화가 없는 것도 이 때문인데, 더 원시적인 부족에게도 창조신화가 있는 걸 떠올리면 참으로 믿기 힘든 사실이지요.

　책에는 이와 관련된 재미있는 에피소드가 나옵니다. 브라질의 한 대학원생이 피다한 문화를 연구하겠다고 나서자 에버렛은 피다한 말을 못하는 그를 위해 그를 소개하는 말을 녹음해줍니다. 마을에 들어간 학생은 녹음된 소개말을 들려준 다음 바로 질문을 던집니다. (대화는 아주 간단한 포르투갈어로 진행됩니다.)

학생 : 이 세상은 어떻게 만들어졌지? 세상 말이야.

피다한 남자 : 세상 말이야…… (끝말을 그대로 따라한다)

학생 : 세상을 누가 만들었어?

피다한 남자 : 만들었어……

학생 : 처음에 뭐가 있었지?

……긴 침묵. 뒤에서 누군가 말하자 남자가 그 말을 따라한다. "바나나."

학생 : 그런 다음에?

뒤에서 다시 "빠빠야." 마이크 앞의 남자 "빠빠야."

이어서 피다한 사람들은 너도 나도 에버렛에게 물건을 부탁하고 안부를 전합니다. 녹음기에서 에버렛의 목소리가 나오니까 그가 듣는다고 생각한 거지요. 한편 피다한 말을 모르는 학생은 사람들이 신나서 떠들자 창조신화를 얘기하는 거라고 믿고 의기양양해서 에버렛에게 선생님이 틀렸다고, 창조신화를 찾았다고 말합니다. 오해가 낳은 이 웃지 못할 해프닝을 통해 에버렛은 새삼 소통의 어려움을 느낍니다.

그가 겪은 문제는 '굽은 머리＝포르투갈어'로 '곧은 머리＝피다한 말'과 소통하려 했기 때문이다. 하지만 이런 상황은 우리가 소통을 하면서 늘 직면하는 문제일 뿐이다. 남편과 아내, 부모와 자식, 사장과 직원 사이에서 늘 이런 소통의 문제가 생기는 것이다. 우리는 대개 상대방이 무엇을 말하려고 하는지 안다고 생각한다. 하지만 그것은 우리의 대화를 면밀히 관찰할 때만 알 수 있다.

소통의 어려움은 언어만이 아니라 문화의 문제임을 에버렛은 전도 과정에서 또 한 번 깨닫습니다. 힘들게 피다한 말을 익힌 에버렛은 열심히 기독교 전파에 나섭니다. 하지만 예수 이야기를 하면 그들은 "네가 예수를 본 적도 들은 적도 없는데 그가 한 말은 어떻게 알아?" 하며 고개를 젓습니다. '지금 여기'에 충실한 그들로서는 당연한 반응이었지요.

벽에 부딪힌 에버렛은 자신을 가르친 신학 교수를 찾아갑니다.

"사람들을 구원하려면 그들의 삶에 무엇인가 부족하다는 인식을 심어줘라."

현재가 불행하다는 걸 일깨워 복음을 전하라는 말대로, 에버렛은 피다한 사람들에게 그들이 부족하다는 생각을 갖게 하려고 애씁니다.

하지만 오랜 시행착오 끝에 에버렛은 깨닫습니다.

"피다한 사람들은 부족함이 없으며, 그들에게는 자신이 부족하다는 느낌, 타락했다는 느낌, 구원받아야 한다는 생각이 눈곱만큼도 없다."

2백 년간 서구의 선교사들이 그토록 애를 썼지만 개종에 실패한 것도 그 때문이었지요. 에버렛은 피다한 사람들에 대해 아무것도 모르면서 개종시킬 수 있다고 자신했던 자신의 오만과 편견을 부끄러워합니다. 그리고 정작 개종할 사람은 그들이 아니라, 욕심과 죄의식으로 마음을 어지럽히며 앞날을 걱정하는 자신이라고 고백합니다.

새해는 다가오는데 무엇을 하며 어찌 살아야 할까 마음이 무거운 오늘, 피다한 사람들을 생각합니다. 조금 먹고 적게 자고 오래 깨어 있는 걸 자랑으로 삼는 사람들, 그래서 잠들기 전 서로에게 "잠들면 안 돼, 거기 뱀이 있어"라고 인사하는 사람들. 그들 덕분에, 어제와 내일에 저당 잡힌 불쌍한 오늘에게 안녕을 고할 수 있을 것 같습니다. 그리고 바로 이 순간부터 내 마음에 떠오른 일을 하겠다고 결심합니다.

⋮

다니엘 에버렛, 윤영삼 옮김
《잠들면 안 돼, 거기 뱀이 있어》
꾸리에, 2009

지구가 망할까봐 겁이 날 때

우리 아버지는 매사에 최악을 생각하고 행동하는 분입니다. 언젠가 내가 묵직한 상자를 장롱 위에 올려두었는데, 아버지께서 장롱 앞으로 비쭉 나온 상자를 보시고 호통을 치셨습니다. 지진이라도 나서 떨어지면 어쩌려고 저렇게 두느냐는 것이었지요. 지진이라니 말도 안 돼, 속으로 구시렁댔지만 그 피가 어디 가겠습니까? 나 역시 남들이 어이없어할 만큼 근심하고 조심하는 편입니다.

하지만 세계 곳곳을 강타하는 엄청난 자연재해 앞에선 근심도 조심도 헛된 것만 같습니다. 수십만 명의 목숨을 앗아가는 재앙은 첨단의 과학을 비웃듯 느닷없이 도둑처럼 덮치고, 사람들은 속수무책으로 쓰러져가니 말입니다.

더욱 두려운 것은 왜 이런 일이 일어났는지, 언제 어디서 또 일어날지 아무도 확실하게 답할 수 없다는 거지요. 사과나무를 심을까 기도를 할까 하다가 그저 책이나 읽기로 합니다. 물리학자 어네스트 지브로스키가 쓴 《잠 못 이루는 행성》입니다.

이 책의 부제는 '인간은 자연재해로부터 자유로울 수 있는가'입니다. 필자는 뉴턴의 결정론적 사고에서 카오스적 사고로 과학의 패러다임을 바꾸면 언젠가 자연재해로부터 자유로워질 수도 있다고 말합니다. 하지만 과학이 자연재해를 해결할 수 있다고 장담은 안 합니다. 오히려 400쪽에 걸친 꼼꼼한 과학적, 기술공학적 분석을 통해 필자가 보여주는 것은 인간이 자연재해에 얼마나 취약한가입니다. 과학기술의 발전과 함께 점점 더 취약해지는 게 아닌가 싶을 정도죠. 이점은 고고학자 브라이언 페이건이 쓴 《기후, 문명의 지도를 바꾸다》라는 책도 마찬가지입니다. 페이건은 문명이 발전하면서 자연 재앙에 대한 취약성 역시 더 커졌다고 말합니다. 메소포타미아, 이집트, 마야 문명이 그 증거이지요.

인간은 자연을 활용하고 통제하며 문명을 발전시키지만 문명은 자연의 영향력에서 벗어나지 못합니다. 남극에 지진이 일어나면 재해가 아닙니다. 서울에 지진이 일어났을 때 그 지각 활동은 재앙이 됩니다. 어떤 점에선 인간이 자연재해를 만드는 것이지요.

《잠 못 이루는 행성》에는 수천 년간 인류를 괴롭혀온 다양한 자연재해들이 나옵니다. 그 중 1755년 11월 1일 리스본에서 일어난 재난은 오늘의 우리에게도 시사하는 점이 많습니다.

그날은 마침 만성절萬聖節이어서 아침부터 교회는 사람들로 북적였습니다. 오전 9시 40분경, "쿠르릉" 소리와 함께 땅이 흔들렸습니다. 그리고 3분 만에 유럽에서 가장 아름다운 도시는 폐허로 변했습니다.

하지만 그것이 끝이 아니었습니다. 한 시간 뒤 쓰나미가 몰려왔습니다. 지진에서 살아남은 사람들이 바닷물에 쓸려가고, 그 충격이 가시기도 전에 세 번째 재앙이 덮쳤습니다. 무너진 건물 속에서 불길이 타오른 것입니다. 그리고 완전히 잿더미가 된 도시에서는 살아남은 사람들 간에 빵을 놓고 도둑질과 살인이 벌어졌습니다. 그 결과 27만 5천 명의 인구는 하룻밤 만에 수백 명으로 줄어들었습니다.

지브로스키가 사실적으로 복원한 당시 역사를 읽으며, 똑같은 재난이 다시 일어난다면 3백 년 전 리스본 사람들보다 우리가 더 나을 거라고 장담할 수 있을까 자문했습니다. 아마 고개를 젓는 사람이 나 하나만은 아닐 겁니다.

사람이 어쩌지 못하는 천재지변도 무섭지만 그보다 더 두려운 것은 천재天災와 인재人災가 서로를 부추기는 일일 겁니다. 1889년 미국의 존스타운을 집어삼킨 홍수는 부실한 댐이 촉매 역할을 한 경우입니다. 댐의 소유자는 앤드류 카네기를 비롯한 그 지역 백만장자들의 모임인 '사냥과 낚시 클럽'이었습니다. 하지만 댐은 건설된 지 10년 만에 무용지물이 되었고, 관리 소홀로 인해 점점 흉물, 아니 흉기가 되어갔습니다. 하류에 사는 주민들은 댐의 위험성을 걱정했지요. 그러나 댐 소유자들은 아무 조치도 취하지 않았습니다. 결국 폭우가 쏟아지고 댐은 무너졌습니다. 그 뒤 어떤 끔찍한 일이 일어났는지, 지브로스키는 영화처럼 생생하게 보여줍니다.

수천 명의 목숨을 앗아간(댐을 소유한 백만장자들은 이 속에 없습니다) 이 사고가 있은 뒤 미국 정부는 개인 땅의 작은 지류에 댐을 지을 때도 철저한 환경 평가와 공청회, 정밀조사를 시행토록 했습니다. 역사에서 배운다는 건 바로 이런 일을 두고 하는 말일 겁니다. 그런데 비슷한 역사를 여러 번 겪은 우리는 지금, 잘 배우고 있습니까?

지브로스키는 어마어마한 자연재해가 아주 작은 나비의 날갯짓에서 비롯될 수 있다고 말합니다. 대기의 파동 중에서 어떤 것이 모자를 날리는 바람으로 끝나고 어떤 것이 허리케인으로 발달할지, 무엇이 그 변화의 원인인지 확실하게 답할 수는 없습니다. 우리가 아는 것은 기본적인 요인이 매우 작다는 것, 나비처럼 작은 변이도 미래에 심각한 영향을 낳을 수 있다는 것입니다. '나비효과'란 바로 그 점을 일깨우는 말입니다.

또한 자연의 나비는 인간의 역사에 폭풍을 일으키기도 합니다. "못이 없어서 말굽을 잃었다네. 말굽이 없어서 말을 잃었다네. 말이 없어서 기사를 잃었다네. 기사가 없어서 전쟁에 졌다네. 전쟁에 져서 왕국을 잃었다네"라는 영국의 옛 시처럼 말이지요.

작은 못 하나가 모든 것을 잃게 만들 수 있습니다. 그것이 자연과 인간의 역사가 말하는 진실입니다. 과학이 발달했지만 홍수와 가뭄에서 자유로운 나라는 지구상 어디에도 없습니다. 물론 과거의 인간보다 지금의 우리가 자연과 자연의 원리에 대해 훨씬 더 많은 걸 압니다. 하지만 모든 걸 알지는 못합니다. 지브로스키는 자연재해로부터 자유로워지기 위해선 알아듣기 힘든 자연의 속삭임에 오래, 끈기 있게 귀를 기울여야 한다고 말합니다.

112층짜리 빌딩을 짓겠다고, 큰 강마다 운하를 파겠다고 하는 세상입니다. 그런 자신감이 인류 문명의 한 축인 건 분명합니다. 하지만 그런 자신감을 무너뜨리는 최악의 상황 또한 인류 역사의 일부입니다. 그러니 최악을 생각하는 소심함도 필요합니다. 소심보다 부끄러운 건, 한 사람을 잃는 것은 온 세상을 잃는 것임을 모르는 마음입니다. 그 무지가 자연재해를 부릅니다.

⋮

어네스트 지브로스키, 이전희 옮김
《잠 못 이루는 행성》
들녘, 2002

예전, 이사 간 집 앞에 시립도서관이 있었습니다. 그래서 매일 도서관에 가다 보니 이제는 하루라도 도서관엘 안 가면 발에 가시가 돋을 정도가 되었습니다. 조용한 것은 집도 마찬가지건만, 이상하게도 도서관에 가면 집중이 잘 되어서 어려운 책도 곧잘 읽히고 꽉 막혔던 글도 숨통이 트입니다. 책들이 모여서 만들어내는 좋은 기운 때문이라고, 나는 그리 믿습니다.

도서관이 좋은 점은 또 있습니다. 시립도서관에는 신간 코너라는 것이 있어서 두어 달에 한 번 새로 들어온 책들을 모아놓는데, 거기서 가끔 숨은 보석을 발견하곤 합니다. 책을 읽고 쓰고, 또 독서회에서 강사 노릇도 하고 있기에 신문이며 잡지의 서평들을 꼬박꼬박 챙깁니다만, 지면은 달라도 대개 같은 책들이 소개되곤 해서 아쉬울 때가 많습니다. 아무래도 출판사나 작가의 지명도가 책을 선택하는 주요 기준이 되다 보니, 알려지지 않은 작가나 조그만 출판사에서 나온 책들은 만나기가 쉽지 않습니다.

그런 점에서 도서관은 꽤 도움이 됩니다. 신간 코너에 꽂힌 다양한 분야의 책들 속에서 미처 챙기지 못한 주옥같은 신간을 발견하기도 하고, 때론 서가를 어슬렁거리다가 모르고 지나쳤던 숨은 명작을 만나기도 합니다. 자주 있는 일은 아니지만 그때의 기쁨을 떠올리면 자꾸 서가를 두리번거리게 됩니다.

이안 다우비긴이라는 역사학자가 쓴 《안락사의 역사》도 그렇게 신간 서가의 맨 아래 칸에서 우연히 발견한 책입니다. 필자 이름도, '섬돌'이라는 출판사 이름도 낯설었지만 평소 안락사라는 주제에 관심이 있어서 읽기 시작했는데 탄탄한 논리 전개가 기대 이상이었습니다. 이 책을 읽기 전까지는 안락사에 대해 찬성하는 입장이었으나, 책을 읽고 나니 쉽게 찬반을 정할 문제가 아니다 싶더군요. 다우비긴의 주장처럼, 안락사를 할 것이냐 말 것이냐가 아니라 과연 우리가 인간의 삶과 죽음을 참으로 존중하고 있는가를 먼저 고민해야 한다는 생각이 들었지요. 널리 알려진 책은 아니지만 그대로 묻히기엔 아까운 책입니다.

기왕 죽음에 관한 책을 얘기했으니 한 권 더. 일본의 칼럼니스트 야나기다 구니오가 쓴 《내 아들이 꿈꾸는 세상》은, 스물다섯의 아들이 어느 날 자살을 기도하고 뇌사 상태에 빠지면서 겪은 개인적인 비극을 담은 책인데 죽음에 대해 많은 것을 생각하게 합니다. 특히 아버지로서 아들의 장기 기증을 놓고 고민하는 대목은, 뇌사자의 장기 기증을 선행으로만 규정하기 전에 더 치열한 토론이 있어야 함을 일깨웁니다. 기증자의 희생과 무관하게 장기 기증이 산 사람, 젊은 사람, 있는 사람을 우선시하고 사람을 부속물로 해체해서 바라보는 시각을 강화하는 것은 아닌지 새삼 돌아보게 됩니다.

서점에서는 주로 표지가 독특한 책이 눈에 띄지만, 수많은 책이 책등을 보이고 있는 도서관에서는 제목이 눈길을 끄는 경우가 많습니다.

조라 닐 허스턴의 《그들의 눈은 신을 보고 있었다》 역시 제목 때문에 읽게 된 책입니다. 그런데 알고 보니 이 책은 〈타임〉지가 선정한 영미 소설 100선 중 하나이며, 허스턴을 미국 흑인여성문학의 어머니로 불리게 만든 책이더군요. 그만큼 유명한 작품을 아무것도 모르고 오직 제목에 혹해 읽었으니 부끄러워해야 할지 다행이라 해야 할지…….

아무튼 그런 평판을 몰라도 이 책은 한번 펼치면 손에서 놓기 어려울 만큼 힘이 있고 재미있는 작품입니다. 특히 흑인으로, 여성으로, 이중의 차별과 억압을 받으면서도 자신의 정체성을 인식하고 세상을 향해 자신을 세워나가는 주인공 재니는, 그간의 문학작품에서는 만나기 힘든 매력적인 인물입니다.

재니가 여성 작가의 손에서 태어난 매력 있는 인물이라면, 남성 작가가 창조한 가장 아름다운 여성 캐릭터는 《인생의 친척》의 주인공인 마리에일 듯싶습니다. 오에 겐자부로가 1989년에 쓴 이 소설은 《만엔 원년의 풋볼》 같은 그의 다른 작품에 비해 별로 알려지지 않았지만, 솔직히 나는 오에의 장편 중 거의 유일하게 재미를 느끼며 읽었습니다.

그런데 '재미'라고 쓰고 보니 좀 잔인한 느낌이 드네요. 소설에서 마리에가 겪는 고통을 떠올리면 재미있다는 표현은 아무래도 어울리지 않습니다. 마리에는 "인간이 상상할 수 있는 최대치의 불행을 경험"하는 여성입니다. 큰아이는 정신지체아로 태어나고 둘째아이는 사고로 장애인이 되는데, 끝내는 두 아이가 함께 자살까지 하는 참담한 일을 겪습니다. 오에는 누구보다 고통에 민감한 마리에가 이 극단의 슬픔을 받아들이고 치유하는 과정을 참으로 성실하게 서술합니다. 그 성실함 덕분에 마리에라는 인물은 생생한 현실감을 갖게 되며, 독자는 시종 긴장감을 가지고 소설을 읽게 됩니다.

가와바타 야스나리의 《산소리》 역시 도서관 서가를 어슬렁거리다가 찾은 진주 같은 책입니다. 이 소설은 가와바타 야스나리의 후기 대표작이자 현대 일본 소설의 걸작으로 꼽히는데, 개인적으로는 중편 《설국》보다 이 작품이 더 좋았습니다. 특히 젊은 며느리를 보는 늙은 시아버지의 은밀한 시선을, 때로는 위태롭게 때로는 안타깝게 그려낸 것이 감탄을 자아냅니다. 죽음과 욕망 사이를 오가는 노년의 심리가 이토록 섬세하게 표현된 소설이 또 있을까 싶습니다.

도서관 밖에서 우연히 만난 글도 있습니다. 방송대 영문과에 다닐 때 '미국문학'이라는 수업 시간에 읽은 셔우드 앤더슨의 〈The Triumph of The Egg〉라는 단편이 그것입니다. 짧은 영어 실력 탓에 오랜 시간에 걸쳐 읽었기 때문인지 감동이 오래 남았습니다. 몇 년 뒤 《번역자, 짧은 글에서 긴 여운을 옮기다》라는 책에서 〈아버지의 달걀 정복기〉라는 제목으로 번역된 것을 보고 무척 반가웠습니다. 《와인즈버그, 오하이오》에서 앤더슨의 매력을 못 느꼈다면, 그의 날선 유머가 유감없이 드러난 이 단편을 꼭 읽어보라고 권하고 싶습니다. 짧지만 여운이 긴 작품입니다.

하루에도 몇 십 종의 신간이 쏟아져 나오는 세상에서 좋은 책을 놓치지 않으려면 읽는 이의 부지런한 선구안이 필요합니다. 그래도 귀한 책을 많이 놓칠 수밖에 없지만, 하기야 놓치는 게 어디 책뿐이겠습니까. 아무리 책이 귀해도 사람을 놓치는 것보다야 백 번 낫겠지요.

IV

희
망

Hope

보톡스보다 좋은 주름 제거제

십여 년 만의 조우였습니다. 사람들로 북적이는 종각역 매표소 앞에서 마주친 순간, 후배의 눈길이 잠시 아득해졌습니다. 그리고 한숨과 함께 내놓는 한마디,

"누나도 많이 늙었네. 누난 안 늙을 줄 알았는데……."

그렇게 슬픈 말을 그렇게 진지한 얼굴로 하면 어쩌라는 건지, 이번엔 내가 아득해질 차례입니다.

'하나도 안 늙었다'는 빈말 한마디 못하는 그의 여전한 순수함이 반가우면서도 충격에서 헤어나기가 쉽지 않습니다. 집에 와 거울을 보니 푹 파인 내 천(川) 자에 눈가의 잔주름까지, 늙었다는 말이 나올 만합니다. 이참에 보톡스를 맞아봐? 한동안 궁리하다가 그만둡니다. 결과도 불안하고 부작용도 걱정되고, 그러느라 미운 주름을 더 만드느니 차라리 웃기는 이야기나 찾아보는 게 나을 성싶습니다. 보톡스가 없던 시절, 사람들의 주름 제거에 기여한 우스개들을 한눈에 보여

주는 기막힌 책도 있으니까요.

　고전학자 류정월이 쓴 《오래된 웃음의 숲을 노닐다》는 조선시대 우스개를 통해 그 시대 사람들의 삶과 애환, 풍습과 문화를 그린 보기 드문 책입니다. 이 책을 보면 조선시대 우스개 책이 생각보다 많은 데 새삼 놀라게 됩니다. 서거정의 《태평한화골계전太平閑話滑稽傳》, 강희맹의 《촌담해이村談解頤》, 송세림의 《어면순禦眠楯》을 비롯하여 작자 미상의 《고금소총古今笑叢》, 《파수록破睡錄》 등 일일이 열거하기가 숨찰 정도입니다.

　책을 쓴 사람들의 면면 또한 화려합니다. 서거정, 강희맹 같은 당대 최고의 벼슬아치부터 《속 어면순》의 성여학, 《어수신화禦睡新話》의 장한종 등 한미한 선비와 중인에 이르기까지 다양한 신분의 인물들이 망라되어 있습니다. 그만큼 여러 계층의 많은 이들이 우스개집集을 보고 즐겼다는 얘기가 되겠지요.

　사람들이 우스개를 즐기는 이유는 여러 가지지만 '잠을 막는 방패'라는 뜻의 《어면순》, '잠을 깨우는 글'이란 뜻의 《파수록》 같은 제목에서 알 수 있듯이, 옛사람들이 특히 주목한 것은 잠을 쫓는 효과였습니다. 그럼, 어떤 우스개가 옛사람들의 잠을 깨웠을까요?

조운흘이 서해도(지금의 황해도) 관찰사로 있을 때 새벽마다 아미타불을 외웠다. 어느 날 배천 고을에 갔는데 새벽에 일어나니 창 밖에서 조운흘을 외우는 소리가 들렸다. 배천 군수 박희문이 외우는 것이었다. 까닭을 묻자 말했다. "관찰사께서 아미타불을 외우는 것은 부처가 되려 함이요, 제가 조운흘을 외우는 것은 관찰사가 되려 함입니다."

도서관에서 읽다가 웃음을 터뜨리는 바람에 눈총깨나 받았습니다만, 오늘날에도 박희문처럼 새벽마다 아무개 장관, 아무개 사장의 이름을 외우는 사람이 여럿 있겠구나 생각하면 아무래도 웃음을 참을 수가 없습니다. 자리에 혈안이 된 관리들을 은근히 꼬집는 유머감각이 시대를 초월해 공감을 자아냅니다.

조선시대 최고의 재담가라면 '농담의 천자天子'로 불린 이항복을 빼놓을 수가 없습니다. 이 책에도 이항복에 관한 일화가 여럿 실려 있는데, 그 중 하나는 웃기기는커녕 골치가 아픕니다.

(기축옥사가 한창이던 선조 때) 몇 개월째 옥사가 이어지자 심문관이 이항복에게 물었다. "이 옥사가 언제나 끝날까요?" "쉽게 끝나지 않을 겁니다." 그러자 옆에 있던 사람이 왜 그러냐고 물었다. 이항복이 답하길, "아산 현감이 연법주를 입량진배하니 쉬 끝날 수 있나요?" 그 말에 온 사람이 배를 잡고 웃었다.

웃음이 나오셨다면 당신은 '고전의 천자'라 자부하실 만합니다. 하지만 나를 포함한 대부분의 현대인들은 우스개가 아니라 암호문처럼 느낄 터, 필자의 부연 설명이 필요합니다. 그에 따르면 입량진배入量進排란 '들어오는 대로 아랫사람이 윗사람에게 바친다'는 뜻이고, 연법주는 정여립 역모 사건에 연루된 승려의 이름입니다.

그러니까 이 우스개는 연법주의 '주主'와 '술 주酒' 자가 동음인 걸 이용해서, 아산 현감이 공명심에 눈이 멀어 이 사람 저 사람을 역적이라고 계속 잡아 올리니 옥사가 끝나겠느냐고 풍자한 것입니다. 역모 사건을 빙자해 권력을 잡으려는 이들을 우스개로 비판한 이항복의 유머감각이 놀랍지 않습니까? 이런 우스개를 통해 잠만 쫓은 게 아니라 정신도 번쩍 차렸을 옛사람들을 생각하면 새삼 부끄러운 생각마저 듭니다.

그런데 이런 우스개들이 어느 시대 누구에게나 똑같이 통하는 건 아닙니다. 필자는 우스개도 정치·경제·성性·지역 등 여러 조건의 제한을 받는다고 말합니다. 강간을 소재로 한 "안 돼요 돼요" 식의 우스개는 예나 지금이나 단골 메뉴이지만, 여성에게는 웃음보다 모욕감을 주기 십상입니다. 남성의 경우 성적 무능력을 소재로 한 우스개에는 극히 일부만이 웃는다는 조사 결과가 있습니다. 그럼, 이런 우스개는 어떨까요?

어떤 대장이 아내를 몹시 두려워했다. 어느 날 붉은 깃발과 푸른 깃발을 세우고 "아내를 두려워하는 자들은 붉은 쪽으로, 두려워하지 않는 자는 푸른 쪽으로 서라"고 명했다. 대부분이 붉은 깃발에 섰는데 한 사람만이 푸른 쪽에 섰다. 대장이 장하게 여기며 "어떻게 수양했기에 이렇게 되었는가?"고 묻자 그가 말했다. "아내가 늘 사내들은 셋만 모이면 여색을 이야기하니 세 사람이 모인 데는 가지 말라고 해서 가지 않았습니다." 대장이 기뻐하며 말했다. "아내를 두려워하는 것이 이 늙은이만이 아니구나."

이 책에 실린 유일한 공처가 우스개입니다. 재미있는 것은 이런 공처가 우스개가 조선 전기에 집중되고 후기에는 찾아볼 수 없다는 겁니다. 여필종부女必從夫가 제도화된 후기에 들어서면 공처가란 우스개로도 상상 불가, 언급 불가였던 거지요. 그러니 조선 후기 여성들은 이런 우스개가 통용되던 이전 사회를 그리워하고, 남성들은 이런 우스개를 기록하며 가슴을 쓸어내렸을 것도 같습니다.

요즘 인기 있는 방송 진행자 중에는 남의 허물을 들추고 남을 공격해서 우스갯거리로 삼는 이들이 있습니다. 하지만 한 코미디언이 지적했듯이, 그 자리의 모든 사람이 함께 웃을 수 없다면 그건 진짜 우스개가 아닙니다. 우스갯소리조차 제대로 하려면 좌우를 돌아보고 다른 이들과 눈높이를 맞추는 노력이 필요하다는 거지요.

수백 년 전의 우스개를 읽으며 함께 웃을 수 있는 것은 사람 사는 모습이 다른 듯 닮은 까닭입니다. 하물며 같은 시대, 같은 땅에 사는 사람들끼리야 더 말할 게 없겠지요. 그런데도 차이만을 들추어 함께

웃지 못한다면 해학과 풍자의 달인을 선조로 둔 후예로서 부끄럽기
짝이 없는 일입니다. 부디 오래된 웃음의 숲에서 함께 웃으며, 주름
도 지우고 편견도 없애면 좋겠습니다.

.
.
.
.

류정월
《오래된 웃음의 숲을 노닐다》
샘터, 2006

안면홍조증에 대처하는 법

초등학교 6학년 때 딱 한 번 웅변대회에 나간 적이 있습니다. 내가 다닌 학교는 1반부터 6반까지는 남학생 반, 7반부터 12반은 여학생 반이었는데, 웅변대회 예선전은 1반에서 열렸습니다. 일주일 동안 원고를 달달 외며 연습을 했건만, 막상 교단에 서서 일흔 명이 넘는 시커먼 사내애들을 보는 순간 머릿속이 하얘지더군요. 얼굴은 새빨개지고 목소리는 떨리고, 결국 한 문장도 못 끝낸 채 내려오는데 "와~" 하는 웃음소리가 꿈속까지 따라왔습니다.

그때의 충격 때문인지 지금도 좀 공식적인 자리에서 얘기를 할라치면 얼굴부터 빨개집니다. 아는 사람은 다 알겠지만 안면홍조증은 불가항력이라, 신경 쓰는 순간부터 더 심해집니다. 그러니 대처법이라면 '내가 순수해서 그래' 하고 자기합리화를 하는 게 최선이 아닌가 싶습니다.

낯부끄러운 짓 같긴 한데, 《번역은 반역인가》라는 책을 읽으니 부끄러워해야 할 때 부끄러워하는 것도 능력이란 생각이 듭니다. '우리 번역문화에 대한 체험적 보고서'라는 부제처럼 이 책에는 필자 박상익의 개인적 체험이 많이 실려 있습니다. 그런데 이 체험들 중에는 이 땅에서 살아가는 사람들, 특히 지식인들이 얼굴 붉힐 이야기가 많습니다.

가령 동화 《파랑새》의 주인공 이름 Tyltyl을 '틸틸'이 아닌 왜색 짙은 '찌루찌루'(최근엔 치르치르)로 옮긴 것이나, 미국 박사 출신의 교수 두 명이 함께 번역한 책에서 헤겔의 《법철학》을 《권리의 철학》으로, 에밀 졸라의 《제르미날》을 《저미날》로 옮긴 것이 그런 예입니다. 하지만 《표준국어대사전》의 오류가 3천여 개에 이르는 현실을 생각하면 이 정도는 애교에 속합니다.

필자는 이 책에서 사전의 중요성을 역설하면서 영국의 《옥스퍼드 영어사전》을 예로 드는데, 그 경험을 보면 우리의 사전 현실이 얼마나 부끄러운 것인지 새삼 깨닫게 됩니다. 1858년 사전 편찬을 계획해서 1928년 완성할 때까지 무려 70년 동안 8백여 명의 자원봉사자가 참여해 만든 사전. 《옥스퍼드 영어사전》은 그래서 단순한 사전이 아니라 19세기 영국 문화의 총집합이며, 조국과 모국어에 대한 자부심의 상징입니다.

하기야 명문대 의대 학장이 열일곱 살 난 아들의 한국 국적을 버린 뒤 "국가가 발전하고 앞으로 잘될 거라는 믿음과 확신이 있다면 국적을 포기하지는 않았을 것"이라고 공언하는 나라에는 3천여 개의 오류가 있는 사전이 딱 어울리는 조합일지도 모릅니다.

이 책의 첫머리엔 일본 번역의 수준을 보여주는 사례가 실려 있습니다. 한 목회자가 이스라엘로 유학을 갔는데, 같이 공부하는 일본 친구가 전부 일본어로 번역된 책들을 보더랍니다. 기독교 인구가 전체 인구의 1%도 안 되는 나라에서 히브리어 성서고고학 책까지 몽땅 번역을 해놓았더라는 거지요. 수십, 수백 억 원의 헌금 수입을 올리면서도 정작 기독교 고전들의 번역엔 인색하기만 한 한국 교회들이 떠오르는 대목입니다.

그런데 일본이 이처럼 수준 높은 번역문화를 갖게 된 것은 우연이 아닙니다. 일본은 메이지유신을 전후하여 정부에 번역국을 설치하고 수천 종의 서양 고전들을 번역하도록 정책적으로 지원했습니다. 그에 비해 한국에서 정부 차원의 지원이 이루어진 것은 1999년에 학술문화진흥재단에서 '동서양 명저 번역 지원사업'을 시작하면서입니다. 하지만 필자는 15억 원 정도의 예산으로 한 해 평균 50개 과제를 지원하는 것은, 일본과 비교하면 '언 발에 오줌 누기'이며 '국민 모독'이라고 비판합니다(2009년 사업계획에 따르면 24억 원으로 40개 과제를 지원한다고 합니다).

문제는 지원의 빈약함만이 아닙니다. 필자는 번역을 경시하는 것은 물론 아예 한국어 대신 영어를 쓰자고 주장하는 영어공용화론에 대해 불편한 심경을 토로합니다. 그 자신 까다롭기 짝이 없는 존 밀턴의 영어 원전을 연구해 박사 학위를 받고 열 권이 넘는 책을 번역했지만, 그는 "후손을 위해서 한국어를 버리자"고 주장하는 복거일의 말에 가슴이 내려앉는다고 고백합니다. 복거일 같은 영어 신동이라면 모를까, 번역을 할수록 영어가 어렵게만 느껴지는 자신은 도저히 영어로 살 엄두가 나지 않는다는 것이지요.

이 책에도 나오듯이 한국어의 한계를 얘기하는 지식인들이 적지 않습니다만, 일본 지식인들은 처음 서양의 책들을 번역할 때 일본어의 한계를 느끼지 않았을까요? 그들이 영어공용화 대신 번역의 길을 택한 것이 일본어가 한국어보다 더 뛰어나서일까요? 일본의 대표 지성 마루야마 마사오와 가토 슈이치는 일본이 근대화를 이루는 데 번역이 가장 결정적인 역할을 했다고 단언합니다. 번역을 통해서, 근대화를 이끈 서구의 경험과 지식을 육화肉化할 수 있었기 때문이란 거지요.

번역은 다른 세계를 자신의 눈으로 해석하는 과정이며 타자를 수용하고 자기화하는 과정입니다. 따라서 번역은 단순한 옮김질이 아니라 '만남과 수용', '갈등과 창조'가 교차하는 현장입니다. 다른 언어를 내 언어로 사용하자는 사고에는 이런 만남을 배려하는 마음이 없습니다. 오로지 편의성만을 추구하는 기계주의가 있을 뿐입니다.

필자는 그런 기계주의가 낳은 또 하나의 부끄러운 현실로, 교수가 학생들에게 번역 하청을 맡기는 한국 학계의 이상한 관행을 지적합니다. 이런 후안무치한 짓이 버젓이 이루어지는 것은 교수 개인의 비양심 탓도 있지만, 번역을 연구 업적으로 인정하지 않는 풍토 때문이기도 합니다. 번역을 해서는 학계에서 인정도 못 받고 생계에도 큰 보탬이 안 되는 현실에서 번역에 매달릴 사람은 많지 않을 수밖에요.

그럼에도 필자는 아무리 어렵더라도 자신이 배우고 아는 것을 모국어로 표현하는 데 최선을 다해야 한다고 주장합니다. 그는 식민지 시기의 사상가 김교신이, 고귀한 사상을 품고도 표현하지 않는 유영모를 '정신적 수전노'라고 비판한 일기의 한 대목을 인용하면서, 한국어 텍스트를 늘리는 데 게으른 오늘날의 지식 사회를 개탄합니다.

한국의 경제 발전을 위해서 영어를 쓰자는 주장이 공공연히 이루어지는 세상입니다. 이미 한국어보다 먼저 영어를 배우는 아이들도 적지 않습니다. 그러나 눈앞의 이익을 따져서 성공한 역사는 없습니다. 부끄러운 것은 명명백백한 이 진실을 눈 가리고 아웅하는 사람들이 있다는 겁니다. 우리의 말과 글을, 우리의 문화를 오역하고 모욕하는 그들에게 안면홍조증을 선물하고 싶습니다만, 하도 두꺼운 안면이라 가능할지 모르겠네요.

박상익
《번역은 반역인가》
푸른역사, 2006

춘곤증 한 방에 날리기

봄은 여자의 계절이라더니, 그래선지 봄 나기가 쉽지 않습니다. 마음은 여린 꽃향기에도 벌렁벌렁 뛰고 피부는 마른 바람만 불어도 하얗게 버짐이 핍니다. 무엇보다 난감한 것은 쏟아지는 잠입니다. 밥숟가락을 놓기가 무섭게 눈꺼풀이 내려오는 탓에 책 읽기도 쉽지 않습니다. 하품 끝에 비어져 나온 눈물을 닦으며 책장을 넘기는데, 순간 눈이 번쩍 뜨입니다.

링컨 대통령은 남북전쟁 기간 동안 정부가 화폐를 발행하는 시스템으로 돌아갔다. 그러나 그는 암살됐고, 은행가들이 화폐발행기의 통제권을 다시 회수했다. …… 오늘날 누가 국가의 통화를 발행해야 하느냐에 대한 논쟁은 별로 없다. 사람들은 정부가 화폐를 발행한다고 간단히 받아들인다. (하지만 달러를 찍어내는) 연방준비은행은 연방기구가 아니다. 그것은 아주 큰 다국적 은행들의 컨소시엄이 소유한 민간 법인이다.

아니, 달러를 찍어내는 게 미국 정부가 아니라 민간 은행이라고? 뜻밖의 사실에 잠이 확 달아납니다. 법학박사이자 변호사이며 열한 권의 책을 낸 저술가 엘렌 호지슨 브라운은 7백 쪽에 달하는 《달러》라는 책에서 현대 금융 시스템의 사기성을 낱낱이 파헤치는데, 책을 읽다 보면 지금까지 학교와 언론을 통해 배운 경제 지식들이 뿌리부터 흔들립니다. 아니, 경제만이 아니라 정치와 역사 지식들도 함께 흔들려서 소름이 돋을 정도입니다. 몇 가지 예를 들어볼까요.

- 청교도혁명을 이끈 올리버 크롬웰은 국제적인 돈놀이꾼의 지원에 힘입어 튜더왕조를 무너뜨렸으며, 그 뒤 권력은 정부에서 은행으로 넘어갔다. (책의 5장, 6장)
- 미국 독립전쟁은 차에 대한 세금(보스턴 차 사건) 때문이 아니라 영국이 미국의 독자 화폐 발행을 금지했기 때문에 일어났다. (3장)
- 링컨은 정부가 독자적으로 발행한 '그린백'이라는 명령화폐 때문에 국제 금융가들에게 암살당했다. (8장, 9장) 케네디 대통령 역시 월스트리트 사업가에 맞서다가 국제 기업-금융-군사 카르텔의 보이지 않는 손에 의해 암살당했다. (21장)
- 러시아혁명을 지도한 레닌과 트로츠키는 국제 은행가들의 지원을 받았다. 그러나 은행가들은 레닌의 갑작스런 죽음과 스탈린의 등장으로 이익을 놓쳤고, 결국 냉전이 시작되었다. (23장)
- 1929년 대공황은 연방준비은행과 그 배후에 있는 국제 은행가들이

일으켰다. (15장)

- 히틀러가 독자 통화를 발행해 독일을 단시간에 재건하자 국제 금융 업자들은 "전쟁을 통해 독일을 통제"하기로 결정했다. (24장)

놀랍지 않나요? 필자가 이런 역사적 사례들을 열거하는 가장 큰 이유는, 누가 화폐를 발행하느냐는 문제가 얼마나 중요하며 얼마나 심각한 결과를 낳는지 강조하기 위해서입니다. 오늘날 세계 경제를 혼란에 몰아넣은 금융위기도 따지고 보면 기축통화인 달러의 발행 주체와 밀접하게 연관되어 있다는 게 그의 주장입니다.

앞서도 잠깐 언급했지만, 달러는 민간 은행인 연방준비은행 (FRB)이 발행해서 정부에 빌려줍니다. 100달러를 찍는 데 드는 인쇄비는 약 40센트. 연방준비은행은 이렇게 찍어낸 100달러에 10달러의 이자를 붙여 정부에 대출합니다. 문제는 이 100달러가 원래 있던 돈이 아니라 정부에 빌려주는 순간 대출을 통해 만들어진다는 겁니다. 은행은 아무 재산도 없이 109달러 60센트를 거저먹는 셈이지요. 은행이 실제 가진 돈의 몇 배나 되는 돈을 멋대로 만들어서 유통시키는 사이 경제는 실물경제와 상관없이 왜곡되어갑니다.

왜곡은 일반 은행에서도 일어납니다. 은행에서 돈을 빌릴 때 사람들은 은행이 이미 갖고 있던 돈을 빌린다고 생각합니다. 상식적으론 그게 맞지요. 하지만 현실은 다릅니다. 은행은 10%의 지급준비금을 가지고 열 배의 돈을 대출해줍니다(브라운은 그 준비금의 실재조차 의심스러워합니다). 문제는 10달러의 준비금에서 나온 100달러의 대출금 중 90달러는 대출이 발생하기 전엔 존재하지 않던 돈이란 겁니다.

실제로 미국에서는 이 비밀을 이용해 빚을 갚지 않은 사례가 있습니다. 1969년 미네소타에서 있었던 '몽고메리 퍼스트내셔널은행 대對 댈리' 사건이 그런 경우입니다. 피고이자 변호사인 댈리는 집을 담보로 1만 4천 달러를 빌렸는데, 은행에서 담보 몰수 처분을 하자 은행이 자신에게 대출할 때 실제 지불한 돈이 하나도 없으므로 몰수는 부당하다고 맞섰습니다.

처음엔 다들 말이 안 된다고 생각했지요. 그런데 증인으로 나온 은행 행장의 말에 상황은 돌변합니다. 행장이 자기 입으로, 은행은 대출금을 '허공에서' 만들어내며 그것이 표준적인 은행 업무라고 말했기 때문이지요. 법정은 댈리의 손을 들어줬고 그는 집을 지켰습니다. 은행이 금고에 가진 돈으로 대출을 뒷받침하지 않는다면 그 대출은 무효라는 것이었지요. 하지만 판결을 내린 마호니 판사는 반 년도 안 돼 의문의 독살을 당했습니다. 은행을 기소하고 그 사기 행위를 폭로하겠다고 위협하던 와중에 벌어진 일이었지요.

아무 근거도 없이 만들어진 돈, 그것은 처음부터 빚입니다. 내가 빌린 돈을 갚는다 해도 빚은 계속 늘어나고 돈도 함께 증가합니다. 결국 이 시스템 안에 있는 한 빚의 거미줄에서 자유로운 사람은 하나도 없습니다. 2009년 현재 한국 국민의 1인당 부채는 1,650만 원입니다. 혹시 "나는 빚이 없어" 하고 자랑하고 싶다면 잠깐! 구제금융이니

공적 자금이니 하는 것들이 다 국민이 낸 돈으로 빚을 갚는 것이고, 어느새 빚더미에 올라앉은 우리 자신을 보여주는 말입니다.

물론 시스템의 정점에 있는 로스차일드나 모건, 록펠러 같은 은행가들은 나 같은 소시민이 빚쟁이가 되든 말든 관심 없습니다. 그들의 목표는 더 크고 시야는 더 넓습니다. 국경을 넘어 하나가 된 세계 외환·주식·상품 시장이 그들의 무대이고, 자본 공격에 무방비 상태인 제3세계 국가들이 그들의 먹잇감입니다.

기축통화인 달러를 무기로 그들은 외환 시장에서 표적물로 삼은 국가의 통화를 공격해 가치를 폭락시키고 환란을 부추긴 뒤, IMF(국제통화기금)를 내세워 금융 투기 세력에게 유리한 정책을 강요합니다. 외환을 변동환율제로 바꾸고, 자본과 금융 시장을 개방하고, 공기업을 민영화하고, 대량해고를 비롯한 구조조정을 강제하는 것, 우리에겐 너무나 익숙한 이야기들이지요.

필자는 돈과 금융에 대한 사고를 혁명적으로 바꾸지 않는 한 이런 빚 거미debt spider들의 잔치는 계속될 것이며 결국 파국을 불러올 것이라고 경고합니다. 그럼, 어떻게 사고를 바꿔야 할까요? 그는 무엇보다 돈에 대한 초심으로 돌아가자고 말합니다. 돈이란 그 자체로서 가치 있는 것이 아니라 물건과 서비스를 교환하는 수단일 뿐이라는 것, 그 점을 잊지 말자는 거지요. 이와 관련하여 《달러》에는 아주 흥미로운 사례가 소개되어 있습니다.

이탈리아의 부유한 학자인 아우리티 교수는 중앙은행들이 수백 년 동안 사람들을 어떻게 빚쟁이로 만들었는지 보여주기 위해 자신이 직접 '시멕'이라는 화폐를 발행했습니다. 그는 1시멕을 2리라로 바꿔 주기로 지역 상인들과 합의했지요. 리라의 절반 값에 물건을 사게 된 사람들은 시멕 가맹점에서 신나게 쇼핑을 했습니다. 상인들도 신이 났지요. 물건이 잘 팔리는 데다, 받은 시멕은 아우리티 교수에게 주고 전액 물건 값을 되찾았으니까요. 당연히 처음에 교수는 손해를 봤습니다. 하지만 사업이 번창하면서 시스템에는 새 돈이 없어도 될 만큼 충분한 돈이 유통되었고, 상인들은 교수에게서 사업을 인수해 갔습니다.

은행가들은 통화량이 물건과 서비스보다 빨리 늘어나면 인플레이션이 일어나므로 정부는 필요한 돈을 찍어내기보다는 은행에서 빌려야 한다고 주장합니다. 하지만 필자는 새로운 화폐를 발행한다고 해서 곧바로 인플레이션이 일어나는 건 아니라고 말합니다. 문제가 생기는 것은 새로 발행된 돈이 노동과 물건에 쓰이지 않고 돈에, 즉 투기적으로 사용될 때입니다.

이 책에는 '시멕'과 같은 다양한 대안화폐들이 소개되어 있습니다. 이런 대안화폐들의 목적은 공동체의 경제를 직접 살아 숨쉬게 하는 것입니다. 노동력과 기술이 있는 사람은 그것을 제공하고 대안화폐를 받아 필요한 물자를 삽니다. 요즘 한국에서도 희망근로상품권이라 하여 비슷한 제도가 운용 중입니다. 이때 화폐는 축적의 수단이 아니라 교환의 수단입니다. 애초 화폐란 그래서 생겨난 것이니까요.

필자는 대안화폐와 더불어 현재의 부패한 금융 체계를 대신할 대안금융에 대해서도 이야기합니다. 그는 은행가들이 곤경에 빠진 지금 부실 은행을 공공자산으로 삼아 국민의 예탁과 신용 수요에 이바지하는 기관으로 운영하고, 화폐 발행권을 국민의 손에 찾아오는 일이 최우선이라고 주장합니다.

그는 또 미국에 본사를 둔 국제 은행들이 연방기관이 되면 미국 정부는 제3세계 부채를 전면 면제해서 지금까지 이웃나라에 진 죄를 용서받아야 한다고 말합니다. 부채 면제는 도덕적으로 옳은 일일 뿐 아니라, 시장의 불안을 가라앉히고 테러의 위험성을 떨어뜨리며 지구 환경 보호에도 도움이 되므로 여러모로 이득이라고 그는 주장합니다.

필자가 이야기하는 대안들은 막연한 낙관론처럼 보일 수도 있습니다. 하지만 그는 우리가 직접 나서서 이웃들과 함께 지혜를 모으고 행동에 옮길 때, 꿈은 꿈이 아니라 현실이 된다고 말합니다.

춘곤증은 날아가고 정신이 번쩍 듭니다. 자, 다같이 빚 거미들이 없는 세상을 향해서 신나게 달려봅시다.

엘렌 호지슨 브라운, 이재황 옮김
《달러》
이른아침, 2009

열대야에 잠을 설칠 때

해가 저문 지 오래건만 끈끈한 열기는 가실 줄을 모릅니다. 오늘밤도 깊은 잠을 자기는 틀린 모양입니다. 예전엔 이런 여름밤이면 TV에서 '납량 특집극'이란 걸 했습니다. 주로 소복 입은 생머리 귀신이 여기 저기 출몰하는 드라마였는데, 그게 정말 머리털이 곤두설 정도로 무서웠습니다. 겁 많은 나는 원한에 사무친 생머리 귀신들 때문에 오랫동안 밤에 화장실도 못 가고 징징대곤 했지요.

그런데 이상한 것은, 그렇게 무서워하면서도 TV 앞을 떠나지 못한다는 겁니다. 그것이 심리학자들의 분석처럼 죽음에 끌리는 인간의 본성 때문인지, 공포를 통해 자신의 안전을 확인하는 심리 때문인지는 알 수 없지만, 아무튼 사람들은 등골 오싹한 공포물이나 스릴 넘치는 범죄 이야기를 즐깁니다.

유명한 마르크스주의 경제학자이자 범죄소설 열혈 팬인 에르네스트 만델(1923~1995)에 따르면, 제2차 세계대전 이후 50년간 범죄 소설은 전 세계적으로 100억 부가 팔렸다고 합니다. 이쯤 되면 스릴과 서스펜스를 즐기는 것은 개인적 취향을 넘어 하나의 사회 현상이라고 할 만합니다. 옛날 사람들도 무서운 이야기를 즐기긴 했지만 이 정도는 아니었지요. 그렇다면 왜 유독 현대인들은 범죄소설에 매혹될까요? 만델은 《즐거운 살인》이란 책에서, 자본주의 사회가 이 현상의 배후라고 분석합니다.

《즐거운 살인》은 경제학자인 만델이 범죄소설의 역사를 통해 자본주의 사회가 어떻게 변화해왔는지를 설명하는 독특한 책입니다(만델은 추리소설, 미스터리 소설, 서스펜스 소설 등을 통틀어 '범죄소설'이라고 부릅니다). 그는 여기서 범죄소설이 언제부터 왜 인기를 끌게 되었는지, 범죄소설을 소비하는 욕구는 어디서 생겼으며 어떻게 변화했는지 셜록 홈즈 방불한 솜씨로 추적해가는데, 그걸 읽는 재미가 쏠쏠합니다.

만델은 자본주의가 발전하고 더불어 그에 대한 원초적 반란이 전개되었던 19세기 중반에 범죄소설이 본격적으로 등장했다고 봅니다. 이전 시대에는 로빈 후드나 홍길동처럼 도적도 '의적' 소리를 들었고, 악당도 사악하다기보다는 '고귀한' 인물로 묘사되었지요. 하지만 자본주의가 발달하면서 고귀한 악당들은 이제 사악한 범죄자로 바뀝니다. 권력에 도전하던 반역자는 사라지고, 도둑이나 살인자같이 개인을 상대로 범죄를 저지르는 개인만이 남은 것이지요. 그리고 사람들은 그런 개인적인 불행과 공포를 보면서 기분전환을 합니다.

특히 사람들을 사로잡는 것은 죽음입니다. 물론 과거에도 죽음은 인간의 관심사였지만, 이때 와서 달라진 것이 있습니다. 죽음이 모든 인간에게 찾아오는 필연적인 귀결이 아니라 뜻밖의 사고로 받아들여지고 공포의 대상이 된 것입니다.

만델에 의하면, 죽음에 대한 이런 인식의 변화 역시 자본주의의 대두와 관련이 있습니다. 자본주의가 발전할수록 개인 간의 경쟁은 극심해지고 더불어 경쟁의 도구인 육체가 중요하게 부각됩니다. 사람들이 육체가 멸실되는 죽음에 집착하는 것은 그 때문입니다. 폭력적인 죽음, 즉 살인이 범죄소설의 중심을 구성하는 것도 그래서이고요.

그러나 그 죽음은 "생생하지도 고통스럽지도 두렵지도 않고, 맞서 싸울 수도 없는 죽음"입니다. 사람들은 이제 죽음을 구경하고 소비합니다. 만델은 이러한 '죽음의 물신화物神化'야말로 범죄소설의 핵심이라고 말합니다. 점점 더 잔인해지는 소설과 영화 속의 죽음들을 보면 그의 말을 부인하기 어렵습니다.

그런데 왜 우리는 그런 끔찍한 죽음을 즐기는 것일까요? 인간이 원래 잔인해서일까요? 만델은 그 이유를 추리소설이 지닌 이데올로기에서 찾습니다. 어쨌든 결말은 해피엔딩, 범죄는 응징되고 정의는 실현됩니다. 그렇게 계급 간의 갈등을 잊게 하고 소외된 인간을 위로하고 통합해주는 문학, 그것이 범죄소설이 지닌 힘입니다.

애거사 크리스티, 아서 코난 도일, 모리스 르블랑, 에드가 월리스

같은 유명 추리작가들이 모두 완강한 보수파였던 것은 우연이 아닙니다. 물론 그레이엄 그린 같은 독특한 경우도 있긴 합니다. 영국 첩보기관 요원이었던 그는 처음엔 보수파였으나 나중에는 제3세계 혁명을 지지하는 입장으로 완전히 바뀌었지요.

변한 것은 작가만이 아닙니다. 시간이 흐르면서 범죄소설 역시 변화하여, 선악의 경계가 모호해지고 통합적 기능이 쇠퇴해갑니다. '우리 편'이 적이 되고, 부패한 권력이 범죄자의 자리를 대신합니다. 최근의 스릴러 소설들은 선악의 경계가 사라진 세계를 잘 보여줍니다.

만델은 범죄소설의 이런 변화가 부르주아적 가치의 위기를 반영한다고 진단합니다. 마르크스주의자라서 하는 말이라기엔 그의 어조는 어둡기만 합니다. 위기에 대응할 수 있는 새로운 사회적 가치가 없는 상태에서, 이것은 부르주아적 가치의 위기만이 아니라 모든 인간적인 가치의 위기일 수 있기 때문입니다.

그는 개인적인 복수를 이상화하는 최근의 범죄소설에 대해 "불길한 징조"라고 우려합니다. 목적도 연민도 없는 "냉소적인 반란자"들이 괴로움과 증오 때문에 반란을 일으키는 사태야말로 끔찍한 범죄, 가장 큰 공포의 도가니가 될 확률이 높습니다. 학교에서 기관총을 난사하고 대낮의 도심에서 무차별 칼부림이 일어나는 현실은 그 실례입니다.

우리가 현실의 무료함을 잊기 위해 살인을 즐기는 사이, 악은 더 크고 정교해졌습니다. 소설과 영화에 나오는 상상의 살인이 아니라 신문과 방송으로 전해지는 실제의 살인마저 흥밋거리로 소비되면서, 인간은 실감을 잃은 사물로 전락하고 맙니다. 더욱 두려운 것은, 범죄자도 희생자도 살인의 이유를 설명하지 못한다는 것입니다. 무의식의 악, 무차별의 공포가 횡행하는 세상이 되어버린 거지요.

과연 우리가 여기서 빠져나갈 수 있을까요? 정체불명의 공포를 묘사하는 최근 소설들을 보면 출구는 없는 것 같습니다. 어느새 열대야는 잊히고 가슴이 서늘해집니다. 아, 차라리 생머리 귀신이 그리운 여름밤입니다.

⋮

에르네스트 만델, 이동연 옮김
《즐거운 살인》
이후, 2001

값싸고 몸에 좋은 다이어트 비법

말이 살찌는 계절에 말도 아닌 사람이 왜 이렇게 살이 찌는지, 추석이 지나며 조금씩 오르기 시작한 살이 이제는 손 대는 곳마다 두툼하게 잡힙니다. 달月은 차면 기운다는데, 살은 한번 차면 도무지 야윌 줄을 모릅니다. 안 그래도 달덩이 같은 얼굴이 한가위 보름달처럼 둥실한 걸 보고 결심했습니다. 살을 빼자!

　문제는 방법입니다. 내가 모델도 아니고 살을 뺀다고 누가 돈을 줄 것도 아닌데 돈 쓰면서 다이어트를 할 수는 없지요. 값싸고 부작용 없고 재미도 있으면서 건강도 챙길 수 있는 다이어트 방법이 없을까 고민하다가 이 책을 보는 순간 "유레카!"를 외쳤습니다. 유혜준이 쓴 《여자, 길에 반하다》입니다.

　이 책에는 걸어서 갈 수 있는 여행지 19곳이 소개되어 있습니다. 말이 여행지이지 사실은 제주 올레를 뺀 나머지 18곳은 서울과 수도권에 있는, 여행이라기보다는 산책이란 말이 더 어울리는 장소들입니다. 수많은 걷기 여행서들이 있지만 내가 이 책에 반한 이유도 그 때문입니다. 한번 갔다 오면 인생이 바뀐다는 산티아고 같은 데는 엄두도 못 내는 내게, 이 책은 교통카드만 있으면 어디서든 산티아고를 만날 수 있다고 말해줍니다.

책에는 수도권에 사는 이들이라면 누구나 한 번쯤은 가봤을 익숙한 곳들이 나옵니다. 남산 벚꽃길, 탄천길, 한강대교, 양재천, 남한산성 등 주말 나들이로, 혹은 아침저녁 운동 삼아 걷던 길들이 하루치 여행 코스로 소개됩니다. 그게 무슨 여행 코스냐고 비웃는 분들, 일단 한번 가보시라니까요! 보통 10킬로미터가 넘는 길들을 걷다 보면 생각이 달라질 겁니다.

평소 걷기를 좋아하지만, 하루에 20~30킬로미터는 예사요 40킬로미터까지 걷는 필자를 보니 그 말이 쏙 들어갑니다. 하긴 책을 보니 하루에 100킬로미터를 걷는 울트라 도보 대회에 완주자가 무려 열 명이나 되었답니다. 하루에 100킬로미터라니 그게 무슨 짓인가 싶은 게 솔직한 심정입니다만, 필자 말로는 걷기가 중독성이 있다고 합니다. 어지간히 걷지 않으면 다리가 근질근질한 것이겠지요.

걷기 중독자는 아니지만 나도 가슴이 답답할 때는 일단 걷습니다. 버스로 다니던 도서관을 일부러 산을 넘어 가기도 하고, 내가 좋아하는 사직동부터 옥인동을 거쳐 청와대까지 슬슬 걸어 다니기도 합니다. 그렇게 산길에서 뒤늦게 계절을 깨닫기도 하고 좁은 골목길에서 남의 살림을 기웃거리며 하염없이 걷노라면, 필자의 말처럼 "길에서니 길이 보이는" 순간이 찾아옵니다. 아마 그래서 온갖 교통편이 발달한 이 시대에도 사람들은 걷기 여행을 즐기는 것이겠죠.

요즘은 도보 여행이 유행하고 산책을 즐기는 이들이 늘면서, 산이며 공원에 걷기 좋은 산책로들이 많이 꾸며져 있습니다. 덕분에 걷기가 훨씬 편해졌지요. 하지만 걷는 재미로 보자면, 어디로 이어지는지 모를 골목길이 더 나은 것 같습니다. 눈에 익은 동네라 해도 길 하나가 달라지면 풍경이 달라지고, 이 길 끝에는 뭐가 있을까 호기심과 불안감이 교차하니까요.

며칠 전에는 이 책에도 나오는 서울 성곽길을 혼자 걸었습니다. 인왕산 아래 동네는 여러 번 다닌 곳이라 잘 안다고 생각했는데, 골목 하나를 바꿔 들어가니 어디가 어딘지 종잡을 수가 없더군요. 길눈이 어두운 나는 어림짐작으로 걷는 대신 지나던 할머니께 길을 여쭸습니다. 어르신은 어딜 갈 셈이냐고 되물으시더니 알기 쉽게 길을 일러주셨습니다. 군더더기 하나 없는 깔끔한 설명 덕분에 최단 코스 하나를 새로 발견했지요.

사실 길을 걷는 즐거움은 사람을 만나는 즐거움인지도 모릅니다. 몇 해 전 옥인동을 걷다가 만난 초등학생 여자아이는 지금도 문득문득 생각이 납니다. 친구들과 놀다가 낯선 이가 궁금했는지 슬며시 내 옆으로 온 아이. 내가 아름다운 동네에 사는 네가 부럽다고 하자 아이는 어깨를 으쓱하며 자기 집 얘기를 들려줬습니다. 아버지가 오래 앓다 돌아가신 뒤 엄마는 돈을 벌고 할머니가 집안일을 하신다며, 아이는 갑자기 하늘을 가리켰습니다.

"저기서 우리 아빠가 보고 있어요."

이 책에도 필자가 걸은 여러 갈래 길과 함께, 그 길에서 만난 다양한 사람들의 이야기가 나옵니다. 특히 여자 혼자 떠난 제주 올레에서 가게 주인아줌마가 억지로 짝 지워준(?) 연하의 남자를 만난 이야기나 바리스타 출신 어부와 그 유명한 배우 신성일과 조우한 사연을 읽다 보면 공연히 내 가슴이 두근거립니다.

하지만 길에서 만나는 건 살아 있는 사람만이 아닙니다. 필자는 우연히 무덤이 지천인 공동묘지를 지나기도 하고, 길을 잃고 헤매다 홀로 잠든 김처사의 무덤과 조우하기도 합니다. 그렇게 죽은 자들과 만나면서 그녀는 "사람이란 산 자와 인연을 맺지만 죽은 자와도 인연을 맺는 것이 아닐까" 생각합니다. 산 자들의 마을과 이어지는 죽은 자들의 마을, 길은 그렇게 생사의 경계를 넘어 이어집니다.

책을 읽다가 조곤조곤 들려주는 길 이야기에 반해 운동화 끈을 조이고 나섰습니다. 만날 어슬렁거릴 게 아니라 이참에 나도 10킬로미터를 걸어보자, 다짐을 했지요. 다 걷고 나면 해냈다는 성취감도 느낄 것이요, 고민하던 군살도 빠질 테니까요. 마침 동네 근처 안산이 책에 나오기에 그 길부터 도전하기로 했습니다. 서대문역을 출발해 안산공원에서 홍연교를 건너 백련사—학골마을—홍제역으로 이어지는 약 10킬로미터 길입니다.

결론부터 말씀드리면, 정말 쉽지 않았습니다. 걷기에 이골이 난 필자보다 시간이 오래 걸리고 힘든 건 당연하겠지만, 그보다 더 괴로운 건 자꾸만 끊기는 길이었습니다. 무슨 공사를 그리 하는지 사방이 파헤쳐져 있어 걷기가 힘들더군요. 오기로 끝까지 걷기는 했습니다만, 다음 도전은 공사들이 끝나서 좀 한가해진 뒤로 미뤄야 할 것 같습니다. 그런데 이 도시에 공사가 끝날 날이 오기는 올까요?

아 참, 몸무게는 800그램 빠졌습니다. 물만 좀 덜 먹었어도 1킬로그램은 뺐을 텐데, 살짝 후회가 되더군요.

．．．．．

유혜준
《여자, 길에 반하다》
미래의 창, 2009

법을 확 뜯어고치고 싶을 때

정부나 개인이나 툭하면 '법대로!'를 외치지만, 정작 법대로 했을 때 만족하는 경우는 드문 것 같습니다. 한동안 공방이 이어졌던 사법부 개혁만 해도, 법원의 '법대로'에 대해 정부 여당이 불만을 가지면서 시작되었으니까요(물론 개혁안 추진 세력은 아니라고 하겠지만, 내가 보기엔 아무래도…… 그렇습니다).

법이 만고불변의 진리도 아니고 모든 사람을 만족시킬 수도 없으니, 누구든 법을 확 뜯어고치고 싶을 때가 있기 마련입니다. 하지만 생각은 굴뚝같아도 보통 사람이 쉽게 할 수 있는 일은 아니지요. 문제는 힘을 가진 이들이 사적인 불만 때문에 공적인 법에 손대는 것입니다.

최근 몇 년간 여당을 중심으로 개헌론이 계속 제기되고 있습니다. 헌법이 현실의 변화를 못 쫓아가서 국가 발전이 더뎌진다는 것이 이유입니다. 그러나 낡은 헌법 때문에 국가 발전이 안 된다는 말을 곧이곧대로 받아들이기는 힘듭니다.

1787년 제정된 미국 헌법은 오늘날까지 기본적인 틀을 유지하고 있습니다. 우리보다 한 해 앞서 신헌법을 제정한 일본 역시 개헌 없이 오늘에 이르렀습니다. 그런데 우리는 60년 동안 아홉 차례나 고치고도 모자라 다시 개정 이야기가 나오고 있습니다. 애초에 엉터리 같은 법이라 고칠 게 많은 건지, 아니면 워낙 법을 중시하는 전문가들이 많아 그리 된 건지 알 수 없지만, 분명한 건 개정을 할수록 헌법의 권위는 땅에 떨어진다는 점입니다.

더구나 정치권에선 툭하면 헌법을 문제 삼지만 정작 국민들은 헌법이 어떻게 되든 관심도 없습니다. 프랑스 인권선언이나 미국 독립선언에 대해선 잘 알면서도, 우리 삶의 근간이 되는 헌법에 대해선 내용도 역사도 모르는 것을 당연시합니다.

어쩌면 이런 무관심이 오늘 같은 현실을 낳았는지도 모릅니다. 틈만 나면 개헌 이야기가 나오고 정파의 이해에 따라 헌법 고치길 예사로 아는 현실 말입니다. 그러니 이런 현실을 바꾸자면 지금이라도 우리 헌법이 어떤 내용이며, 어떻게 만들어져서 지금 여기에 이르렀는지 공부하는 게 순서일 것 같습니다. 마침 작은 문고판이지만 길잡이로 삼기에 손색이 없는 책도 있으니까요.

법학자 이영록이 쓴 《우리 헌법의 탄생》은 1948년 7월 17일 선포된 건국헌법의 제정 과정을 통해 대한민국 건국의 역사를 되돌아본 책입니다. 해방부터 정부 수립까지 격동의 3년사를 다룬 책들은 많지만, 이처럼 헌법에 초점을 맞춰 그 역사를 조명한 책은 드뭅니다. 더구나 좌우 어느 쪽에도 치우치지 않고 최대한 역사적 실상에 다가가려 했다는 점에서 이 책은 더 큰 가치를 갖습니다.

1948년 5월 31일, 대한민국 최초의 국회가 문을 엽니다. 이른바 제헌국회가 시작된 것인데, 한 가지 유의할 것은 이 국회의 성격입니다. 헌법제정회의와 일반 국회의 역할이 뒤섞여 있었던 것입니다. 헌법제정회의는 1787년 미국이나 1791년 프랑스 제헌의회처럼 헌법 제정만을 위한 한시적 의회입니다. 2005년 미군정에서 독립정부를 수립한 이라크도 총선거로 제헌의회를 구성해 헌법안을 마련한 뒤, 국민투표로 헌법을 확정하고 이 법에 따라 총선을 실시해 의회를 구성했지요.

그런데 우리의 제헌국회는 한시적인 제헌의회가 아니었습니다. 헌법 제정을 한 뒤에도 입법기관으로서 계속 활동했던 것입니다. 헌법제정회의든 일반 국회든 어차피 국민이 뽑은 대표이긴 마찬가지인데 꼭 구별할 이유가 있느냐고 할 수도 있습니다. 이에 대해 필자는 "필연적인 이유는 없다. 그러나 부정적 여파도 무시할 수 없다"고 답합니다.

부정적 여파란, 제헌의원들이 헌법이 성립된 뒤에도 국회의원직을 유지하게 되면서 헌법을 제정할 때부터 당장의 당파적 이해를 고려하게 되었다는 사실입니다. 국회의원으로서의 정치적 입지와 당파의 정권 장악을 염두에 두고 만든 헌법이 백년대계를 책임질 수는 없을 터. 그런 대표적인 예가 바로 대통령제입니다.

이 책에 따르면, 헌법을 만들 당시 정부 형태의 대세는 내각책임제였습니다. 헌법 초안을 만든 유진오도 한민당도, 또 중도 성향의 무소속 인사들도 모두 내각책임제를 지지했습니다. 그러나 정작 헌법에 명시된 권력 형태는 대통령제였습니다. 왜 이렇게 되었을까요? 대통령제를 하지 않으면 정부에 참여하지 않겠다는 이승만의 엄포에 한민당이 무릎을 꿇었기 때문입니다.

정부 수립을 미루다가 좌파에 밀리고 정국 주도권마저 놓칠 수 있다는 위기의식 속에서 이루어진 야합. 절차를 무시한 이 역사는 두고두고 우리의 발목을 잡습니다. 지금까지도 계속되는 내각책임제와 대통령제를 둘러싼 정쟁이 바로 그 증거입니다.

헌법이 제정되는 과정에서 원칙과 절차가 무시된 것은 이뿐만이 아닙니다. 근로자의 이익균점권이 제3독회에서 문제되자 이승만은 이렇게 말합니다.

"이 조건(이익균점권)이 국회에서 통과되었다 하더라도 시행을 하자면 잘 안 되는 것이에요. 그래서 5개월이나 6개월 안으로 근로 대중부터 이것을 교정하자는 얘기가 많을 것입니다. 그리고 국회에서 대다수 헌법을 교정해야 될 것 같아요. 그러니 그것을 가지고 문제 삼을 것 없이 그냥 두어도 괜찮은데……."

한마디로 정세가 시급하니 일단 통과부터 시키고 나중에 개정하자는 겁니다. 헌법을 제정하는 순간부터 개정을 생각했던 것인데, 그리고 보면 '개헌의 타성惰性'은 출발 때부터 배태된 것이라 하겠습니다.

헌법 제정 과정에서 쟁점이 된 것은 한두 가지가 아닙니다. 대한민국이라는 국호도 그 중 하나로, 한민당이 내세운 고려공화국과 치열한 논란을 벌인 끝에 결정되었지요. 또 한 가지, 인권과 관련해서 주목되는 것이 고문 금지 조항입니다. 현행 헌법 제12조 2항에는 "모든 국민은 고문을 받지 않는다"고 명시되어 있습니다. 건국헌법의 기초가 되었던 행정연구회와 유진오의 공동 안案에도 고문과 잔인한 형벌을 금지한다는 조항이 있었습니다.

그러나 헌법기초위원회 심의 과정에서 김준연을 비롯한 한민당계 의원들은 이 조항을 삭제하자고 주장합니다. 치안 유지가 필요하다는 게 이유였지요. 이들의 파상공세에 맞선 것은 일제의 고문으로 손가락 네 개를 잃은 무소속의 조봉암이었습니다. 수적 열세로 패배가 예견되는 상황에서 조봉암은 절규합니다.

"법률은 강자에게나 약자에게나 공평해야 한다. 민주주의 국가에 사후 영장이란 것이 있을 수 없으며, 고문과 잔혹한 형벌은 당연히 금해야 할 것이다. …… 이 천하가 언제나 너의 천하가 될 줄 아느냐!"

그러나 고문 금지 규정을 삭제하자는 수정안은 결국 한 표 차로 가결되고 맙니다. 필자의 말처럼, 헌법에서 고문을 금지했다고 하여 현실에서 고문이 완전히 사라지지는 않았을 겁니다. 법이 곧 현실은 아니니까요. 그럼에도 제헌자들의 다수가 경우에 따라서는 고문을 할 수도 있다고 생각했다는 사실은 중요합니다. "고문이 뿌리 깊게 온존할 수 있었던 것은 바로 그런 토양이 있었기 때문"이니까요.

이처럼 불과 한 달 보름 만에 만들어진 건국헌법에는 여러 가지 한계와 졸속의 흔적이 보입니다. 그러나 그 한계에도 불구하고 헌법의 탄생은 의미를 갖습니다. 무엇보다 입헌주의의 전통이 전혀 없던 나라에서 헌법을 직접 만들었다는 사실 자체가 경이로운 일입니다.

더구나 건국헌법부터 지금까지 단 한 번도 개정된 적 없는 "대한민국은 민주공화국이다"라는 규정이 제1조 1항에 버젓이 실린 것은 참으로 놀랍고 뿌듯한 일입니다. 필자는 그럴 수 있었던 근거를 임시정부의 역사에서 찾습니다. 여러 독립운동 세력이 힘을 합해 만든 임시정부헌법이 있었기에 척박한 토양에서도 우리 힘으로 헌법을 기초하고 공화정에 대한 뚜렷한 지향을 담을 수 있었다는 거지요.

건국헌법에는 '민주공화국'이라는 선언이 결코 정치적 수사만이 아님을 보여주는 조항들이 있습니다. 초등학교 의무교육제, 근로자의 이익균점권, 농지는 농민이 소유한다는 경자유전耕者有田 원칙 등이 그것입니다. 이들은 당시 우리 사회에 팽배했던 평등의 열망을 보여주는 예이기도 합니다.

출발부터 개정 운운할 만큼 졸속으로 제정된 헌법이지만, 좋든 나쁘든 거기에는 이처럼 당시의 시대정신이 반영되어 있었습니다. 그리고 무엇보다 국민이 주인이라는 의식, 입헌주의 정신이 정치적 원칙이자 지향으로서 분명히 선언되어 있었습니다.

내각제냐 대통령제냐, 대통령 단임제냐 중임제냐보다 더 중요한 것이 우리의 시대정신이고 지향입니다. 권력의 입맛에 맞게 헌법을 고치는 정신과는 거리가 아주 먼, 백 년 앞을 내다보는 정신이지요.

유럽연합은 헌법적 지위를 갖는 리스본조약에 사형제 폐지를 명시하고, 연합에 가입하려는 나라는 반드시 이 조항을 받아들이도록 하고 있습니다. 생명과 인권을 최우선으로 여기겠다는 정신의 표현이지요. 개헌을 이야기하는 지금, 과연 우리의 법정신은 무엇인가요?

이영록
《우리 헌법의 탄생》
서해문집, 2006

말싸움에서 이기는 법

지금은 좀 달라졌지만, 내가 학교에 다니던 시절만 해도 토론식 수업이란 게 없었습니다. 한 학급의 인원수가 60명이 넘는 상황에서 토론을 한다는 것 자체가 불가능한 일이었지요. 그렇게 늘 주입식 수업만 받다가 대학원에 가서 처음 세미나라는 걸 하게 되었습니다. 그 전까지 어디 가서 말 못한다는 얘길 들어본 적이 없었으므로 내심 자신이 있었습니다.

하지만 토론이 시작되자 자신감은 속절없이 사라졌습니다. 친구들은 현학적인 수사들을 자유자재로 구사했고, 적재적소에서 필요한 자료와 통계들을 내밀었습니다. 내가 "잘은 모르지만……" 하고 이야기를 시작하면 어김없이 말꼬리를 잡아 공격했고, 내 주장을 아주 단순하게 요약한 다음 하나하나 공박해버렸습니다.

그때마다 속으로, 쓸데없이 현학적인 말로 지식을 과시하다니 우습다고, 모른다는 말은 겸양으로 한 수사일 뿐인데 그걸 붙잡고 늘어지다니 치사하다고 구시렁댔지요. 특히 내 주장을 요약한다면서 터무니없이 곡해할 때는 몹시 분했습니다. 그렇게 남의 입장을 왜곡해 놓고 마치 검사가 "예, 아니오로만 대답하시오" 하고 피고를 채근하듯이 몰아붙이는 건 토론을 하는 바른 자세가 아니라고 믿었습니다. 하지만 어쨌거나 그건 내 생각일 뿐, 결과는 늘 나의 패배였습니다.

지금은 내가 왜 매번 질 수밖에 없었는지 압니다. 내가 옳다는 믿음만 있었을 뿐 논쟁에서 상대를 설득하고 논박하기 위한 기술들은 없었으니까요. 겸손이든 수사든 상대의 허점을 지적하고 내 주장을 설득하는 자리에서 '모른다'는 말은 자제해야 하며, 모르는 게 없도록 최대한 준비하는 것이 토론자의 기본자세라는 것도 압니다. 특히 내 주장을 왜곡한다고 여겼던 인용이나 요약이 사실은 그 친구 입장에서는 토론의 판짜기를 한 것임을, 즉 자기 식의 프레임을 만든 것이었음을 이제는 압니다. 조지 레이코프가 쓴 《코끼리는 생각하지 마》를 읽고 깨달은 것이지요.

《코끼리는 생각하지 마》에서 '코끼리'는 미국의 공화당을 가리킵니다. 그러니까 이 책은 민주당이 공화당을 이기기 위해서는 어떻게 해야 하는지를 쓴 일종의 정치 지침서입니다. 그런데 책을 쓴 조지 레이코프는 '인지언어학'을 창시한 저명한 언어학자입니다. 레이코프의 스승이자 학문적 라이벌이기도 한 노엄 촘스키 역시 정치학 책을 여럿 냈지요. '언어학자가 웬 정치?' 할 수도 있지만 언어의 힘을 생각하면 이해 못할 것도 아닙니다.

인지언어학이란, 무의식적인 마음의 작용을 통해 언어의 성질을 이해하려는 학문입니다. 특히 레이코프는 관습적으로 사용하는 은유에 주목합니다. 익숙한 은유들이 인간의 사고와 마음을 지배하기 때문이지요. 사람들은 흔히 '시간을 절약해라', '시간을 낭비하지 마라'라고 말합니다. 레이코프는 이 말들에는 '시간은 돈'이라는 은유가 담겨 있으며, 그것은 서구 문명의 경험을 반영한다고 분석합니다.

그런데 '시간은 돈'이란 은유는 삭막하긴 해도 사람의 목숨을 위협하진 않습니다. 하지만 '이라크=사담 후세인', '북한=김정일(또는 깡패국가)'식으로 국가를 사람에 빗댄 은유는 다릅니다. 레이코프는 이런 은유가 "사람을 죽일 수도 있다"고 비판합니다. 실제로 '사담을 막아야 한다'면서 이라크에 폭탄을 쏟아 붓는 바람에 정작 죽은 것은 사담이 아니라 수십만 명의 이라크 민간인들이었습니다(그 중에는 사담 반대자도 있을 겁니다). 그러나 '사담=이라크'라는 은유는 이같은 이라크인들의 죽음을 보지 못하게 합니다. 은유가 사람을 죽이는 현실 앞에서 언어학자는 정치를 말하기에 이릅니다.

이 책의 부제는 '미국의 진보 세력은 왜 선거에서 패배하는가'입니다. 책을 쓸 당시(2004년) 미국은 공화당이 정권을 잡고 있었고, 부시는 재선에 성공했습니다. 부제는 그런 상황을 반영합니다. 민주당 지지자인 레이코프는 연이은 패배를 지켜보며 공화당이 왜 승리하는지, 가난한 서민들이 왜 부자를 대변하는 정당에 투표하는지 묻습니다. 질문에 대한 답은 한 가지, "프레임을 바꿔라"입니다.

프레임frame이란 "세상을 바라보는 방식을 형성하는 정신적 구조물"입니다. 프레임을 재구성한다는 것은 "대중이 세상을 보는 방식을 바꾸는 것"이며, "상식으로 통용되는 것을 바꾸는 것"입니다. 쉽지 않은 일이지요. 그 쉽지 않은 일의 첫 단추가 언어입니다. 레이코프는 새로운 프레임을 위해서는 새로운 언어가 필요하다고 말합니다. 다르게 생각하려면 먼저 다르게 말해야 한다는 거지요.

레이코프에 따르면, 공화당이 승리할 수 있었던 것은 프레임의 중요성을 깨닫고 모든 쟁점을 프레임으로 구성하는 방법을 터득한 덕분입니다. 그는 부시 대통령이 성공적으로 사용했던 '세금 구제tax relief'라는 말을 예로 듭니다. '구제'라는 말은, 세금은 고통이며 그걸 없애주는 사람은 영웅이라는 프레임을 갖고 있습니다. 그런 프레임은 알게 모르게 사람들의 의식에 영향을 끼치지요. 그런데 민주당은 그 말을 가져다 그대로 씁니다. 자신들의 세제안까지 세금 구제라고 부르면서 말이지요.

멀리 미국의 예를 들 것도 없습니다. 과거 참여정부가 부동산 세제 개혁을 추진하자 일부 언론이 나서서 '세금 폭탄'이라고 비판한 적이 있습니다. 정부가 세금 폭탄을 투하해 국민을 죽인다는 무시무시한 은유지요. 물론 세금이 폭탄으로 쓰일 만큼 나쁜 것이란 프레임은 공화당의 경우와 같습니다.

이 은유는 엄청난 성공을 거뒀고, 세제 개혁의 실제 내용을 따져

볼 새도 없이 대다수 국민들은 그 정책에 대해 반감을 갖게 되었지요. 정부가 세금 폭탄이 아니라고 말했지만 그건 오히려 그 프레임에 포섭되었음을 보여줄 뿐이었습니다.

레이코프는 사람들을 설득하는 데는 백 마디의 말보다 한마디의 프레임이 더 큰 힘을 가진다고 역설합니다. 공화당의 '세금 구제'를 비판하는 것은 얼핏 보면 중요하고 필요한 일 같지만, 그것은 오히려 '세금=고통'이란 프레임을 강화하는 결과만 낳을 뿐입니다. 대신 '세금=투자'라는 새로운 프레임을 제시한다면 국민은 새로운 눈으로 세금을 보게 될 것이고, 세금 정책에 대해서도 종전과는 다른 생각을 갖게 될 것입니다.

정치 투쟁만이 아닙니다. 가족 간의 사소한 다툼에서도 누가 프레임을 선점하느냐에 따라 승패가 갈립니다. 왜 공부를 안 하느냐고 야단치는 부모에게 아이들은 조금만 놀고 하겠다며 볼멘소리를 합니다. 반항을 하긴 해도 아이는 이미 공부를 해야 한다는 프레임을 무의식적으로 받아들이고 있는 셈입니다. 하지만 아이가 공부를 왜 해야 하느냐, 학교를 그만두겠다고 선언하면 얘기는 달라집니다. 공부가 가진 절대적 지위가 흔들리면서 프레임이 이동하는 것이지요.

레이코프는 '객관적 사실이 증명할 것'이라거나 '우리가 옳으니까 결국 승리할 것'이라는 진보주의자의 속설을 "헛된 희망"이라고 일축합니다. 그리고 민주당이 승리하고 싶으면 공화당과는 다른 새로운 프레임을 제시해야 한다고 주장합니다. 그의 주장은 민주당원들을 큰 충격에 빠뜨렸습니다. 처음엔 출판사도 찾지 못해 한 시골 출판사에서 간신히 펴낸 책이 순식간에 20만 부가 넘게 팔렸지요. 그 덕분인지 민주당은 4년 뒤 대선에서 승리를 거뒀습니다.

'코끼리는 생각하지 마'라는 제목은 공화당을 이기고 싶다면 공화당을 비판하지 말고 자신의 방식대로 생각하라는 뜻을 담고 있습니다. "욕하면서 닮는다"는 말이 있듯이 상대방을 비판하는 데 열을 올리다 보면 상대방에 매인 나머지 나를 잃게 됩니다.

그러므로 정말 이기고 싶다면, 상대방의 말을 반박하지 말고 프레임을 재구성해서 대응하십시오. 그리고 자신의 언어로 자신이 믿는 것을 말하십시오. 이 정도면 두려울 게 없지만, 그래도 반대파로만 이루어진 토론 자리에는 나가지 마십시오. 프레임을 바꿀 수 없는 자리에선 이길 수도 없으니까요. 논쟁에서 이기는 법, 참 쉽죠!

조지 레이코프, 유나영 옮김
《코끼리는 생각하지 마》
삼인, 2006

우아한 숙취 해소제

눈꺼풀이 따가워 하는 수 없이 눈을 뜹니다. 입은 마르고 골은 쑤시고, 몸을 일으키자 속이 쿨렁댑니다. 술 마신 다음 날, 하릴없이 쓸쓸한 날입니다. 간밤의 의기투합은 온데간데없고 남은 건 홀로 견뎌야 할 숙취와 수치뿐. 뒤늦게 정신을 차린 해마가 술자리의 실수들을 하나하나 불러냅니다. 베개에 얼굴을 파묻고 간절히 기도합니다. 오오, 지구야, 이대로 멈추어다오!

그러나 지구는 핑글핑글 잘도 돌고, 삶은 계속됩니다. 더불어 자학을 포함한 이 모든 게 새삼스런 일도 아니지요. 더 이상 점입가경의 신세가 되기 전에 스스로 몸을 추슬러 해장에 나섭니다. 몸에 남은 전날의 기억을 흐르는 물에 말끔히 씻어내고 주전자에 찻물을 올립니다. 오장육부에 고루 깃든 숙취를 털어내는 데는 쌉쌀한 녹차만 한 것이 없습니다.

몸을 깨우는 데 녹차가 좋다면 어지러운 정신을 깨우는 데는 책이 제일입니다. 물론 멍한 머릿속에 활자가 쏙쏙 들어올 리 없지요. 하지만 다소 무리를 해서라도 새로운 정보를 뇌에 공급하면, 괴로운 기억도 잊히고 조금은 생산적인 일을 한 것 같아 기분도 나아집니다. 녹차 한 주전자에 책 한 권이면 부작용 없는 가장 우아한 숙취 해소제라고 할 수 있지요.

다만 책을 고를 때는 심사숙고해야 합니다. 감당할 수 없는 비극성을 일깨우는 다자이 오사무나 프란츠 카프카는 기피 대상 1호입니다. 반 고흐나 체 게바라의 생애를 담은 책도 자기 환멸을 부추긴다는 점에서 금서 목록에 들어가지요. 그렇다고 읽으면 바로 잊히는 어설픈 책을 집어들어서도 안 됩니다. 보람찬 시간을 보냈다는 뿌듯함을 주면서도 지끈거리는 머릿속을 더 복잡하게 만들지는 않는, 너무 두껍지도 너무 얇지도 않은 책을 골라야 하지요. 일테면 셔우드 앤더슨 (1876~1941)의 《와인즈버그, 오하이오》 같은 책 말입니다.

1919년 처음 출간되었으니 꽤 오래된 책인데, 우리나라에선 2004년 갑자기 두 개의 번역본이 거의 동시에 출판되었습니다. 근 백 년간 격조했던 작가가 느닷없이 스포트라이트를 받은 셈이지만, 아쉽게도 많은 독자를 얻지는 못한 것 같습니다. 베스트셀러가 되기엔 앤더슨의 문체가 좀 까칠한 탓일 겁니다. 하지만 이 까칠한 문체가 주는 재미가 만만치 않습니다.

오래 전 방송대 영문과에 다닐 때 처음 앤더슨의 단편을 읽었는데, 한국에 김유정이 있다면 미국엔 셔우드 앤더슨이 있구나 싶었습니다. 유머와 조롱과 냉소의 시선 아래 깊은 연민이 깔려 있는 것이 참 닮았다는 생각이 들었지요. 산업화에서 뒤처진 시골이나 소읍小邑의 신산한 삶을 그린 것도 비슷했고요. 특히 김유정의 작품이 고향 실레마을을 문학사의 공간으로 만들었듯이, 앤더슨 역시 《와인즈버그, 오하이오》를 통해 고향 오하이오를 미국 문학사에 새겨 넣었습니다.

앤더슨이 마흔세 살에 발표한 《와인즈버그, 오하이오》는 와인즈버그라는 가상의 소읍을 배경으로 그곳 사람들의 쓸쓸한 삶을 담고 있는 단편 모음집입니다. 여기 실린 22편의 단편들은 각각 독립된 이야기이면서 전체가 하나의 이야기를 이루는 연작소설인데, 그들을 이어주는 매개체는 조지 윌라드라는 신문기자입니다.

마을 소식을 취재하는 조지는 이곳 사람들을 바라보는 관찰자이자 대변자입니다. 그리고 그의 눈을 통해 드러난 와인즈버그 사람들은 모자란 듯 넘치고 넘치는 듯 부족한 괴짜들입니다. 물론 겉으로는 평범하다 못해 형편없는 사람들로 보이기도 합니다. 하지만 그들의 볼품없는 외양 뒤에는 엄청난 포부와 심오한 좌절이 감춰져 있어, 어느 순간 놀랄 만큼 그로테스크한 내면을 드러내곤 하지요.

일테면 경건한 목사는 이웃집 여교사의 방을 엿보는 바람에 폭풍 같은 격동에 휩싸이고, 떠난 애인에 매달려 청춘을 보낸 노처녀는 어느 날 문득 제 속의 욕망을 발견하고 소스라치며, 하느님의 역사를 꿈꾸던 완고한 노인은 그 때문에 사랑하는 손자를 잃고 맙니다. 그뿐인가요. 여자라면 치를 떠는 전신기사에게는 가슴 아픈 순애보가 숨어 있고, 전직 교사인 비들봄의 가녀린 손에는 비극적인 오해가 담겨 있습니다. 모두 삶이 가혹한 아이러니라는 것을 보여주는 이야기들이지요.

소설집의 첫머리에 실린 '괴상한 사람들에 관한 책'이란 글에는 앤더슨의 작품 세계를 짐작케 하는 대목이 나옵니다.

사람들을 괴상하게 만든 것은 바로 이 진리들이었다. 어떤 사람이 여러 진리 중 하나를 취해 자기 것이라고 주장하고 그 진리에 맞춰 살아가려고 하는 순간, 그는 괴상한 인물로 변하며 그가 껴안았던 진리는 허위로 변한다는 것이 노작가의 생각이었다.

그 말처럼 이 책에는 스스로 정한 목표와 이상 때문에 괴로워하는 사람들이 등장합니다. 남들이 보면 별것 아닌 사소한 일에 삶이 온통 흔들리면서도 꿈은 여전히 드높은 사람들을 보고 있으면, 그들이 모여 사는 마을이 좀 걱정스럽기도 합니다. 하지만 와인즈버그라는 마을은 지도에는 없는 상상의 공간이라네요. 다행이다 싶으면서도 어쩐지 실망스럽습니다. 진짜 그런 마을이 있으면 숨통이 트일 것도 같은데 말이지요.

사실 저마다 자신이 만든 세계에서 혼잣말을 해대는 이 이상한 시골 사람들의 일상은 낯선 풍경이 아닙니다. 언젠가부터 나 또한 부쩍 혼잣말이 늘었으니…… 혼잣말을 하지 않고는 살 수 없는 게 인생인가 싶고, 그 시골 사람들의 지리멸렬한 생에 코끝이 찡해집니다. 그리고 내 비루함이 나만의 것은 아니며, 비루함만이 내 삶의 전부는 아니라는 사실에 비로소 안심이 됩니다.

지극히 평범한 삶 속에 타오르는 용광로 같은 열망, 그 열망을 속절없는 미망으로 바꿔버리는 운명의 가혹함. 셔우드 앤더슨은 누구나 그런 가혹함을 견디며 살고 있다고 말합니다. 사랑의 미망에 사로잡힌 노처녀가 어느 날 문득, "모든 사람은 홀로 살아가야 하고 홀로 외롭게 죽어가야 한다는 사실을 용감하게 맞이하려고 애쓰기 시작"하듯이 말이지요.

가득 찼던 주전자의 녹차가 바닥을 보입니다. 종일 나를 괴롭혔던 자기혐오와 자기연민은 숙취와 함께 내려놓고, 성실한 생활인으로 돌아갈 때입니다. 세상에 없는 마을에서조차 사람들은 인생을 완성하고 있으니, 술병을 앓기엔 아직 이른 시간입니다.

셔우드 앤더슨, 한명남 옮김
《와인즈버그, 오하이오》
해토, 2004

역사 교과서가 마음에 안 든다고요?

이명박 정부가 들어선 뒤 역사 교과서를 수정하려는 움직임이 가속화되고 있습니다. 교과서포럼, 대한상공회의소 등이 지금까지 쓰던 근현대사 교과서가 좌편향이라고 주장하자, 교육과학기술부 장관을 비롯해 국방부와 여당 의원들도 교과서 수정에 한 목소리를 냈습니다.

그런데 이들이 좌편향이라며 개정을 주장한 내용을 읽다가 한순간 깜짝 놀랐습니다. 식민지 시기를 언급한 부분인데, 기존 교과서에서 "우리 민족은 자주 독립국가를 수립할 능력을 가졌다"고 한 데 대해 "능력을 가졌는지 의문"이므로 수정해야 한다는 것이었습니다.

해방이 되고 자주 독립국가를 수립한 지 60여 년이 흘렀건만 아직도 이런 말을 하다니, 그것도 '교과서'에 실려야 한다니 놀라웠습니다. 그런 시각이 친일을 낳고 민족을 부정하게 한 역사가 엄연한데도 이런 말을 하는 걸 보면, 뭘 잘 모르는 게 아닌가 싶습니다. 독립할 역량이 안 되니 실력부터 키우자던 사람들이 왜 필경은 친일파가 되었는지, 교과서가 마음에 안 든다면 역사 자료로 직접 확인하는 것도 한 방법일 겁니다. 《윤치호 일기》 같은 좋은 자료가 있으니까요.

1880~90년대에 이미 일본, 중국, 미국에서 유학한 조선 최초의 근대 지식인 윤치호(1865~1945)는 개화관료로 독립협회를 이끌었고, 105인 사건의 주모자로 체포되어 옥고를 치렀으며, 조선 감리교의 대부로 YMCA운동을 주도한 한국의 대표 엘리트입니다. 그의 집안 또한 제4대 대통령 윤보선(종질)을 비롯해 서울대 총장을 지낸 윤일선(종질), 국회부의장 윤치영(사촌동생), 농림부장관 윤영선(장남) 등을 배출한 유력 가문이니, 어느 모로 보나 한국 사회의 주류에 속하는 인물입니다.

윤치호는 특히 한국사에서 보기 드문 기록자였습니다. 그는 갑신정변이 발발하기 전인 1883년부터 시작해 1943년까지 무려 60년 동안 일기를 썼습니다. 워낙 방대한 분량인 데다 대부분 영어로 씌어 있어서 읽기가 쉽지 않은데, 다행히 식민지 시기를 발췌한 요약본이 출간되어 있습니다. 여기에는 3·1운동, 만주사변, 중일전쟁 등 현대사의 주요 사건을 겪는 윤치호의 심경이 고스란히 담겨 있습니다.

1919년 3월 1일 토요일
1시 30분쯤 거리 쪽에서 군중의 함성 소리가 들려왔다. 거리를 가득 메운 학생과 시민들이 '만세'를 외치며 종로광장 쪽으로 달려가는 모습이 눈에 들어왔다. 순진한 젊은이들이 애국심이라는 미명하에 불을 보 듯 뻔한 위험 속으로 달려드는 모습을 보면서 눈물이 핑 돌았다.

1919년 3월 6일 목요일
그래서 (나는) 이번 운동에 반대하는 세 가지 이유를 말했다. 1) 조선 문제가 파리강화회의에 상정되지 않을 것이다. 2) 미국이나 유럽의 어떤 나라도 조선 독립을 위해 일본과 싸우는 모험을 감행하지 않을 것이다. 3) 약소민족이 강성한 민족과 함께 살아야만 할 때, 약자가 취할 수 있는 최선의 방책은 강자의 호감을 사는 것이다.

1920년 8월 14일 토요일
조선인들은 쓸데없는 선동을 멈추고 대중의 정신적, 경제적 상황에 관심을 기울여야 한다. '만세'를 외치는 알량한 거지들이 조선에 독립을 가져다줄 수는 없을 것이다. 그리고 더 비참한 건, 설령 독립이 이루어지더라도 무지와 가난에 찌든 대중들에겐 독립을 유지해나갈 만한 능력이 없다는 사실이다.

3·1운동이 일어났을 때 윤치호는 학생과 시민들의 순수한 애국심에 감동하면서도 불가능한 일에 힘을 낭비한다고 안타까워합니다. 그리고 반일 감정을 부추기는 일본의 차별 정책을 개탄합니다. 일본이 조선에 친절을 베풀면 조선인들도 불만이 없을 텐데 쓸데없는 강

압책으로 문제를 만든다는 것이지요. 특히 그는 토지조사사업을 비롯한 일제의 경제 정책이 조선인의 생활을 갈수록 힘들게 하는 데 대해 분노를 표합니다.

1921년 5월 16일
경제 위기에 빠진 조선인들을 구하기 위해 당국은 대체 뭘 했는가? ······ 일본인들의 계획은 조선의 철저한 경제적 고갈을 목표로 하는 것 같다. 조선인들이 최대한 빨리, 최대한 싼값에 자기 땅을 내놓게 하려고 말이다.

지주였던 윤치호는 토지조사사업과 수리조합 등 일제가 벌인 농업 근대화 정책에 대해 매우 비판적입니다. 특히 땅이 일본인에게 넘어가는 데 분개하면서, 해외 독립운동 세력에게 자금을 대느니 그 돈으로 역둔토 등 땅을 사서 지키는 게 더 애국하는 길이라고 할 정도입니다. 그는 또 조선 산업의 발전을 막는 일제 정책을 비판하며, "일본이 원하는 건 자국의 제조업자들을 위해 조선에서 천연원료를 가져가는 것뿐"(1929년 5월 10일 일기)이라고 목소리를 높입니다.

교과서포럼은 토지조사사업이 근대적 토지소유제도를 확립하기 위한 것이었고, 일제의 공업화 정책 덕분에 조선이 근대화되었다고 긍정적으로 평가합니다. 하지만 보수우익이 분명한 윤치호의 기록을 보면, 토지조사사업이 조선의 토지와 식량을 수탈하는 데 목적이 있었다는 현행 교과서의 서술이나 일제의 산업 정책이 조선 경제를 왜곡시켰다는 평가를 좌편향이라고 할 수는 없을 것 같습니다.

그러나 윤치호는 일본의 정책을 비판하면서도 독립을 꿈꾸거나 일본에 저항하지 않습니다. 오히려 만주사변이 일어나자 일본이 성공하면 조선에게도 이득이 될 거라며 환영합니다. 그리고 만주에 개입하려는 미국을 비판하면서, 일본이 저지른 범죄는 서양의 기독교 국가들이 선례를 남긴 것이라고 말합니다(1934년 11월 10일 일기). 미국이 아메리카 인디언들에게 한 짓이나 영국이 아일랜드에 한 짓이나 일본과 다를 바가 없다는 것이지요.

미국이든 영국이든 일본이든 어느 나라나 마찬가지요, 인간은 본래 야비하며 잔인한 동물이라는 비관, 그의 방대한 일기를 관통하는 것은 바로 이런 비관적 정서입니다. 독실한 기독교인이었지만 그의 비관론은 종교에도 적용됩니다. 그는 세상에 평화가 정착될 가능성은 전혀 없다면서, "인간에게 종교를 줘봐라. 자기와 견해를 달리하는 이들을 죽이는 명분으로 삼을 것"이라고 말합니다. 탁월한 혜안이지만, 그의 신앙을 생각하면 어리둥절하기도 합니다.

중일전쟁에 이어 태평양전쟁이 일어나면서 그의 비관적 방관주의는 적극적 친일로 바뀝니다. 영미 문명을 동경하던 그였지만 전쟁이 발발하자 그는 황인종의 대표인 일본이 백인종의 오만과 편견으로부터 유색인종을 해방시켜주기를 바랍니다(1941년 12월 9일 일기). 힘이 정의임을 인정하던 그에게 일본의 힘은 감동적인 것이었고, 그런 일본과 하나가 되는 것은 마다할 일이 아니었지요. 그리하여 그는 내선일체 정책도, 창씨개명도 받아들입니다. 조선인 지원병 제도도 적극적으로 찬성하여 1943년 5월 16일 일기에서는, 조선인에게 일본 해군 입대를 허용한 제국 정부에게 감사하고 누를 끼치지 말아야 한 다고 적을 정도입니다.

윤치호는 "일본의 통치와 러시아 볼셰비즘 사이에서 선택을 해 야 한다면 전자를 고를 것이며, 그래서 일본의 통치에 조금도 반대하 지 않는다"(1934년 3월 23일 일기)고 피력합니다. 조선은 "똥뒷간 같 은 나라"이며, 조선이 독립을 하는 것은 "열두 해 죽은 송장이 춤추고 노래함을 구하는 것이나 마찬가지"(1889년 4월 25일 일기)라던 구한 말의 인식을 그는 끝내 버리지 않았습니다. 조선 민족에게서 아무런 희망을 보지 못했기에, 그에게 선택은 '독립이냐 예속이냐'가 아니라 '일본이냐 공산주의냐'가 되었던 것이지요.

절대 해방이 될 리 없다고 믿고 적극적으로 친일을 했지만 조선 은 해방을 맞았습니다. 윤치호는 해방 뒤 친일파를 비판하는 이들에 게, 행운처럼 찾아온 해방이니 과거는 잊고 다 함께 협력하자고 말합 니다. 그렇습니다. 그의 비관적 지성과 달리 역사는 '행운'처럼 바뀌 었습니다. 그러나 조선의 전락이 무능과 부패가 낳은 필연이었다면, 조선의 해방 또한 역사의 필연일 것입니다. 비관론자들이 종종 잊는 것이 그 점입니다.

윤치호가 식민과 친일을 당연시할 때, 독립을 필연으로 낙관하고 죽음을 두려워하지 않던 사람들이 있었습니다. 무모한 듯 보이는 그런 낙관이 '지성의 비관'을 뚫고 미래를 열었다는 걸 역사는 보여줍니다. 역사 교과서를 고치고 한국사를 필수가 아닌 선택 과목으로 바꾼 이들에게는 이 무모해 보이는 낙관이 두렵고 거북할지도 모르겠습니다. 하지만 그 낙관의 역사가 마음에 들지 않는다 해도 부디 역사 자체를 개정하려 들지는 말았으면 좋겠습니다. 교과서는 바꿀 수 있어도 역사는 바꿀 수 없으니까요.

윤치호, 김상태 엮어옮김
《윤치호 일기 1916~1943》
역사비평사, 2001

책 읽기 싫은 날의 독서

텔레비전을 보며 책을 흘끔거리는 건 책 만드는 일을 하면서 생긴 버릇입니다. 하루 종일 원고를 보지만 빨간 펜으로 돼지꼬리를 그리며 읽는 것은 독서라기보다는 제품 검사에 가깝습니다. 그러니 책을 끼고 살면서도 책에 대한 갈증 혹은 강박은 여전히 남게 됩니다.

하지만 막상 집에 와서 책을 펼치면 이번엔 눈이 활자울렁증을 호소합니다. 그래서 생각해낸 것이 TV와 책의 동시상영입니다. TV를 켜놓고 킬킬대다가 맥 빠진 장면이 이어지면 무르팍의 책을 흘끔거리는 것이지요. 익숙해지면 양쪽 다 충분히 즐길 수 있습니다.

그러나 이 방법이 절대 통하지 않는 책들도 있습니다. 이른바 권장도서 100선 같은 것. 소설도 이런 목록에 들어 있는 경우는 정색을 하고 읽어도 편치가 않습니다. 프란츠 카프카, 토마스 만, 버지니아 울프, 호르헤 루이스 보르헤스 등등이 그런데, 그래도 이들은 고유의 리듬에 익숙해지는 얼마간의 시간이 지나면 독서에 속도가 붙고 나름의 재미를 느낄 수 있습니다.

하지만 그조차 불가능해 보이는 책들이 있습니다. 제임스 조이스의 《율리시즈》 같은 게 대표적이지요. 20세기 최고의 영문학 작품으로 꼽히지만 솔직히 몇 명이나 읽었을지 궁금합니다. 그 책을 읽기엔 내가 가진 호기심과 허영심이 턱없이 부족함을 깨달은 어느 날, 책과 그런 책을 필독하라고 부추기는 세상에 더럭 짜증이 일었습니다. 만약 릭 게고스키의 《아주 특별한 책들의 이력서》라는 독특한 책을 만나지 않았다면 책에 아주 오래 신물이 났을지도 모릅니다.

이 책을 쓴 릭 게고스키는 옥스퍼드대학 영문학 박사로 대학 강사 노릇을 하다가 희귀본을 사고파는 책장수로 변신한 인물입니다. "꽁생원 같은 대학 생활"을 그만두고 "20세기에 발간된 초판본과 원고를 전문으로 다루는 희귀본 거래업자"로 나선 게고스키는 "수입은 두 배, 재미는 수백 배"에 이르는 성공을 거둡니다. 성공의 열쇠는 타고난 감각과 더불어 자신이 가장 잘 알고 사랑하는 20세기 문학에 집중했기 때문입니다. 역시 잘 아는 일을 해야 성공한다는 말이 맞는 것 같습니다.

이 책에서 그는 《롤리타》, 《파리대왕》, 《호밀밭의 파수꾼》, 《악마의 시》 등 작품성으로나 유명세로나 첫 손 꼽는 20세기 대표 저작들의 "아주 특별한 이력서"를 소개하고 있습니다. 그런데 명저들의 이력서는 생각보다 추레합니다. 원고가 처음부터 환영을 받은 경우는 거의 없고, 출판사를 전전하는 일이 비일비재합니다.

'롤리타 콤플렉스'라는 말까지 낳은 나보코프의 《롤리타》는 다섯 군데 출판사에서 퇴짜를 맞고, 포르노 소설을 내던 이류 출판사와 엄청나게 불리한 계약을 맺은 뒤에야 세상에 나왔지요. 하지만 책이 나온 뒤에도 《롤리타》의 수난은 계속되어서 《율리시즈》, 《도리안 그레이의 초상》과 함께 외설 시비로 재판정에 서고 금서 목록에 오른 책이 되었습니다.

실비아 플라스의 시집 《거상巨像》의 이력서는 더 쓸쓸합니다. 남편 테드 휴즈와의 불화를 못 견뎌 서른 살에 스스로 목숨을 끊은 실비아 플라스. 세상을 떠나기 불과 7개월 전 그녀는 《거상》의 미국판 초판에 "시 거상과 오토 왕자의 기법은 당신이 가르쳐주었습니다"라는 헌사를 적어 남편에게 선사했지요. 하지만 테드 휴즈는 그녀를 떠났고, 그녀가 죽은 뒤에는 헌사가 적힌 시집을 희귀본 시장에 내놓았습니다. 그 시집을 사들였던 게고스키는, 자신들에겐 이 책이 "마법의 물건"이지만 계관시인이기도 한 테드 휴즈에게는 "전처에게 받은 책 더미 중 하나"이며 "돈이 되는 책"일 뿐이라고 쓸쓸한 심정을 내비칩니다.

가장 비극적인 경우는 《바보들의 연합》(한국어판 제목 《조롱》)의 존 케네디 툴일 겁니다. 툴은 단 한 편의 걸작으로 미국 문학사에 이름을 남겼지만, 안타깝게도 생전에 자신의 '책'을 보지 못했습니다. 게고스키의 말을 빌리자면, "출판계의 멍청이들이 툴에 대항해 연합전선을 펼쳤기" 때문이지요.

그 멍청이들 탓에 툴은 수년간 원고를 쓰고 고치기를 되풀이하다가 결국 서른하나의 나이에 황량한 벌판에서 자살합니다. 남겨진 원고는 괴팍한 그의 어머니 덕분에 죽은 지 10년이 더 지나서 책이 됩니다. 그렇게 나온 책은 퓰리처상을 받고 18개 언어로 번역되어 150만 권이 팔렸습니다. 나 같은 "돌대가리 출판인"들에겐 가슴 뜨끔한 에피소드이지요.

책의 집필과 출간에 얽힌 이런 뒷이야기들은 한 권의 책이 나오기까지 얼마나 힘든 과정을 거쳐야 하는지 새삼 돌아보게 합니다. 작가는 거듭된 거절과 실패에도 주눅 들지 않아야 하고, 출판인은 예리한 선구안으로 숨은 진주를 찾아내야 합니다. 그렇게 책이 나오고 평단과 독자의 호평이 이어지면 그 기쁨은 말로 할 수 없지요.

하지만 평단의 호평을 받은 책이 하품을 부를 때 독자는 눈치를 보게 됩니다. 아무래도 내가 너무 무식한가 보다고 꼬리를 내리려는 순간, 게고스키가 힘이 되어줍니다. 《율리시즈》에 대해 그는 "이보다 더 긴 작품은 그만 나왔으면 좋겠다"면서 "이 책은 독자를 지치게 만든다"고 토로합니다.

출판 역사의 신화가 된 '해리포터' 시리즈에 대한 그의 평가는 야박하기 짝이 없어서, 그는 희귀본 거래 시장에서도 연일 주가를 올리는 이 시리즈를 자신은 손대지 않을 거라고 공언합니다. 애꿎은 사람들을 죽음으로 몰고 간 《악마의 시》는 게고스키가 직접 출판에도 나선 책이지만, 그는 "대부분의 독자들처럼 나 또한 《악마의 시》의 책장을 중도에 덮어버렸다"고 고백합니다. 과연 그의 이런 고백에서 위로받은 사람이 나 하나뿐일까요?

게고스키는 책장수이면서 동시에 부커상 심사위원을 지냈을 만큼 인정받는 문학평론가입니다. 그러니 걸작으로 상찬 받는 책들에 대해 '난 끝까지 읽지도 못했다'고 말하는 게 쉽지는 않았을 겁니다. 아마 그런 분방함과 기백이 있었기에 강단을 박차고 나와 책장수 노릇을 하면서도 인정받는 문학평론가로 활동할 수 있는 것이겠지요.

책이 의무와 관조의 대상에서 벗어나 수집과 열광의 대상이 되려면 문단에도 출판계에도 이런 분방함과 기백이 필요합니다. 아무리 유명한 작가라 해도 "선생님, 이건 지난번 책의 재탕인데 잠시 절필하시죠"라고 말해줄 출판인, 대가의 이름값을 인정하지 않고 공정하게 평하는 정직한 평론가, 한 권의 실패를 곱씹지 않는 너그러운 독자, 걸작은 그들 속에서 나옵니다. 거기에 게고스키 같은 전천후 책장수까지 있다면 책 읽는 재미가 두 배로 늘지 않을까요?

⋮

릭 게고스키, 치익종 옮김
《아주 특별한 책들의 이력서》
르네상스, 2007

가난을 극복하는 한 가지 방법

신문을 보니 서울대학교 신입생 열 명 중 한 명, 사법시험 합격자 열 명 중 한 명이 강남 출신이랍니다. 짐작대로, 부모의 능력과 투자가 학생의 실력을 결정하는 세상입니다. 하기야 예전에도 별반 다르지 않았지요.

초등학교 졸업할 때 우리 반 70여 명 중 삼분의 일은 중학교 진학을 못했습니다. 집 근처에 가발을 만드는 가내 수공업 공장이 여럿 있었는데, 거기서 일하던 같은 반 친구가 교복 입은 내 모습을 보고 도망친 일이 있습니다. 잘못한 것도 없는데 네가 왜 도망을 가냐고 소리치고 싶었지만 아무 말도 못했습니다. 그냥 우두망찰한 채로, 쟤랑 나랑은 다시 못 보겠구나 생각했습니다.

과연 나는 그 친구를 다시 보지 못했습니다. 친구가 늘 먼저 보고 달아났는지, 아니면 어린 나이의 고생으로 부쩍 늙어서 내가 보고도 못 알아봤는지 그건 모르겠습니다. 아마 서로가 사는 공간이 너무 달라서 애초에 부딪힐 일이 없었겠지요. 물론 중학교 진학은 못했어도 뒤늦게 운이 트여 잘살게 되었을지도 모르지만, 그럴 가능성이 지독히 적다는 것을 요즘은 아이들도 압니다.

바야흐로 부富가 학력을 낳고 학력이 다시 부를 낳는 시대입니다. 아무리 공부는 제 할 탓이라지만, 많이 배운 부모의 후원 아래 최상의 교육을 받는 아이들과 변변한 공부방 하나 없이 거리로 내몰린 아이들이 경쟁이 될 리 없습니다. 가난한 아이들은 점점 학업에 뜻을 잃고 공부에서 멀어집니다. 그리고 미래에 대한 희망에서도 멀어집니다. 그 아이들이 가난에서 벗어나 미래를 꿈꿀 수 있을까요? 어떻게 하면 그럴 수 있을까요?

열세 살에 시카고대학교에서 장학금을 받은 얼 쇼리스는 인문학을 공부하면 된다고 말합니다. 인문학을 배우면 록펠러보다 더 부유하게 살 수 있다고 말이죠. 황당한 이야기지요. 그러나 얼 쇼리스가 쓴 《희망의 인문학》을 보면, 뻥은 좀 있지만 아주 황당한 이야기는 아닌 것 같습니다.

1995년 가을, 얼 쇼리스는 거리의 청소년, 노숙자, 난민, 에이즈에 걸린 싱글맘 등 20여 명의 학생들을 놓고 '클레멘트 코스'를 시작합니다. 클레멘트 코스는 학교 올 차비도 없는 학생들에게 토큰을 나눠주면서 철학, 예술, 논리, 시, 역사를 가르치는 인문학 강좌였습니다. 이 기상천외한 시도에 대해 지지하는 이들도 있었지만 말도 안 된다는 사람도 많았습니다. 고등학교도 제대로 마치지 못한 학생들이 플라톤의 '동굴의 비유'를 토론하고, 소포클레스의 《안티고네》를 읽고, 블레이크의 시를 낭송한다는 게 믿어지지도 않았고 또 의심스러웠던 거지요. 직업교육이라면 모를까 고전 교육이라니?

하지만 쇼리스의 생각은 달랐습니다. 그는 가난한 사람들이 가난한 것은 돈이 없어서가 아니라, 가난을 받아들이고 거기 안주하기 때문이라고 생각했습니다. 가난을 의심하지 않는 정신이 바로 가난이라는 거지요. 쇼리스가 이런 생각을 하게 된 것은 교도소에서 만난 한 여성 재소자 때문이었습니다. 고교 중퇴에 마약 중독자인 비니스 워커. 클레멘트 코스의 산파 역할을 한 여성입니다.

첫 만남에서 쇼리스는 묻습니다.

"사람들이 왜 가난한 것 같나요?"

비니스는 거침없이 대답합니다.

"우리 아이들에게 '시내 중심가 사람들의 정신적 삶'을 가르치면 그 애들은 결코 가난하지 않을 거예요. …… 길거리에 방치된 그 애들에게 도덕적 대안이 필요하다는 말이에요."

그녀의 말에 쇼리스는 큰 충격을 받았습니다. 그는 인문학의 역할과 정신적 삶의 의미에 대해 깊이 생각했습니다. 그리고 '성찰하는 힘'을 가질 때 비로소 사람들은 가난에서 벗어날 수 있으며, 그것은 '정치적'으로 행동하는 삶을 뜻한다는 걸 깨달았습니다. 클레멘트 코스에 참여하기 위해 모인 학생들에게 쇼리스는 이렇게 말합니다.

"여러분은 이제껏 속아왔어요. 부자들은 인문학을 배웁니다. 인문학은 세상과 잘 지내기 위해서, 제대로 생각할 수 있기 위해서, 외부의 '무력적인 힘'이 여러분에게 영향을 끼칠 때 심사숙고해서 대처해 나가는 방법을 배우기 위해서 반드시 해야 할 공부입니다. 저는 인문학이 우리가 '정치적'이 되기 위한 한 방법이라고 생각합니다. …… 부자들은 잘살기 위해, 힘을 얻기 위해 정치를 이용합니다. 이 사회에서 잘 먹고 잘사는 데 필요한 효과적인 방법을 더 잘 알고 있는 이들이 부자들입니다. …… 여러분이 사람에게서, 그리고 사람들이 소유한 것들에게서 나오는 진정한 힘, 합법적인 힘을 갖고자 한다면 정치를 이해해야 합니다. 인문학이 도와줄 것입니다."

쇼리스는 가난한 이들에게 직업교육만 시키는 것은 이들을 정치적으로 무기력한 인간으로 만들어 가난을 대물림하게 만드는 것이라고 주장합니다. 눈앞의 빵만을 생각하는 사람에게 미래가 열릴 리 없으니까요. 그래서 그는 인문학을 통해 인간을 이해하고, 인간의 삶에 구석구석 파고든 정치를 이해해야만 가난에서 벗어날 희망이 생긴다고 말합니다.

쇼리스의 생각이 황당무계한 것인지 현실적인 설득력이 있는 것인지는 클레멘트 코스의 이후 성과가 말해줍니다. 뉴욕에서 시작된 클레멘트 코스는 10년 만에 4대륙 50개 지역에서 성공적으로 운영되기에 이릅니다. 몇 년 전부터는 한국에서도 노숙자와 빈민, 교도소

재소자들을 대상으로 한 '희망의 인문학' 강좌가 진행되고 있고, 최근에는 서울시와 각 구청에서도 강좌를 확대하고 있습니다.

하지만 가난한 사람들이 클레멘트 코스를 수료했다고 해서 금방 장밋빛 미래가 펼쳐지는 것은 아닙니다. 이 책에 소개된 빈민 수강생들의 후일담이 그 증거입니다. 의욕을 갖고 시작한 공부를 끝맺지 못한 학생들도 있고, 비극적 최후를 맞은 사람들도 있습니다. 그들의 가난이 수세대에 걸쳐 그들을 옭아맸듯이, 가난으로부터의 해방 역시 수세대가 걸릴 것입니다. 쇼리스는 인문학이 그 오랜 시간을 견딜 수 있는 힘이라고 말합니다.

《희망의 인문학》은 자신이 누구인지, 자신이 사는 세상이 어떻게 움직이는지, 그 세상에서 어떻게 살아갈 것인지 판단하고 결정하는 능력을 키우는 게 '교육'이란 사실을 일깨웁니다. 죽어라 시험공부만 하는 아이들, 그래서 세상에서 가장 불쌍하고 가난한 존재가 되어버린 우리 아이들을 생각합니다. 그 아이들을 부자로 만들어주는 희망의 교육, 배움이 희망이 되는 아름다운 교육을 언제나 할 수 있을지, 우리들의 가난이 부끄러운 오늘입니다.

얼 쇼리스, 고병헌·이병곤·임정아 옮김
《희망의 인문학》
이매진, 2006

점심시간이 지난 도서관 화장실은 이를 닦는 사람들로 북적입니다. 그런데 그들 대부분이 이를 닦는 내내 수도를 틀어놓고 물을 흘려보냅니다. 그걸 보는 나는 가슴이 두근두근합니다. 망설이다가 조심스럽게 "수도 좀 잠그면 안 될까요?" 하자, 이 닦던 학생이 눈을 치뜹니다. 이 아줌마 뭐야, 하는 표정이 역력합니다. 물을 아껴 쓰는 게 옳은 일인데도 그 말을 하는 내가 번번이 죄인이 되는 현실이 나를 주눅 들게 합니다.

화장지 한 장도 이리저리 잘라 쓰고 목욕한 물로 청소와 빨래를 해야 마음이 편하다고 하면 모두들 피곤해서 어떻게 사느냐, 어지간히 해라 하고 충고를 합니다. 심리학이 유행을 하면서는 강박증이니까 상담을 받아보라는 말도 들었습니다. 그런 충고를 거듭 듣다 보니 내가 문제란 생각도 들어서 요즘은 세탁기도 자주 돌리고, (손님 대접용이지만) 에어킨도 하나 장만했습니다.

하지만 아무리 생각해도 문제는 내가 아니라, 세상에 뻔히 있는 문제에 눈 감는 사람들인 것 같습니다. 만약 자신의 안락을 위해 이 세상이 얼마나 많은 희생을 치르고 있는지 안다면 누구도 편히 잠자기 힘들

겁니다. 물론 모두 불면증을 앓고 날밤을 새우자는 얘긴 아닙니다. 다만 내가 편히 사는 동안 얼마나 많은 존재들이 힘들어하는지는 알고 조금씩 노력하자는 것이지요.

그런데 이렇게 이야기하면 배운 사람들일수록, 노력한다고 세상이 바뀌겠냐고, 사람은 원래 이기적인 동물이라고 사뭇 비감하게 말합니다. '자발적 인류멸종운동'(이 운동에 대해선 앨런 와이즈먼의 《인간 없는 세상》을 읽어보세요)의 지지자인 나로 말하면, 비관에 대해선 타의 추종을 불허한다고 감히 자부합니다. 그래도 노력하자고 말하는 건 사실 '너나 잘하세요'라는 말의 접대용 버전입니다. 그러니까 내 말은 다른 사람 얘기하지 말고 나나 잘하자는 겁니다. 일단 세상에 대해 아는 것부터 말이죠.

인간이 지구 환경을 망치고 거기 사는 생물, 무생물들을 얼마나 괴롭히고 있는지는 너무나 많은 책들이 알려주고 있으므로 생략! 다만 제임스 러브록의 《가이아》는 혹시 안 읽었다면 꼭 읽기를 권합니다. 나온지 30년도 더 됐지만, 지구를 살아 있는 유기체로 보는 러브록의 가이아론은 과학책에서 쉽게 만나기 힘든 감동과 영감을 줍니다.

지구니 환경이니 하는 게 너무 먼 얘기처럼 느껴진다면, 사람의 탐욕이 똑같은 사람을 제물로 만드는 현장을 보는 것도 좋겠지요. 의료 전문 칼럼니스트인 폴 방키몽이 쓴 《아이들이 너무 빨리 죽어요》는 너무나 비인도적인 다국적 제약회사의 실체를 고발한 책입니다. 녹색을 내세운 다국적 식품·의약 기업들의 파렴치한 행태를 파헤친 스탠 콕스의 《녹색 성장의 유혹》과 더불어, 이들 책은 인간의 생명을 다루는 의료 제약 산업이 실제로는 인간에게 커다란 위협이 된다는 것을 보여줍니다.

《아이들이 너무 빨리 죽어요》에는 주로 남아공과 브라질의 사례가 등장하지만, 의료 민영화가 점차 가시화되고 있는 우리 현실 또한 생명보다 이윤을 추구하는 세상에서 그리 멀지 않습니다.

생명보다 이윤을 추구하는 것은 의료·제약 회사들만이 아닙니다. 저널리스트이자 다큐멘터리 제작자인 마리-모니크 로뱅의 끈질긴 취재가 돋보이는 《몬산토─죽음을 생산하는 기업》은 자본이 얼마나 파렴치한지를 잘 보여주는 역작입니다. 로뱅은 다이옥신, 고엽제 따위를 만들던 몬산토가 세계 최대 종자업체로 성장하기까지의 어두운 이면과 함께, 현재 전 세계 유전자 변형작물(GMO)의 90%에 대한 특허권을 갖고 있는 몬산토가 권력과 결탁해 GMO의 위험성을 호도하는 현실을 생생하게 폭로합니다. 정부는 물론 FDA와 언론까지 몬산토와 유착되어 죽음을 생산하는 사이, 몬산토의 유전자 조작 면화를 재배하던 인도의 농민 15만 명이 자살을 택했다는 사실을 알면 세상에 대해 희망을 갖기는 힘들어집니다.

반면 스페인 작가 후안 고이티솔로가 사라예보, 알제리, 팔레스타인, 체첸 네 지역을 방문하고 쓴 《전쟁의 풍경》은 인간에 대한 모든 희망을 포기하게 되는 처참의 극단에서 다시 희망을 찾게 만드는 이상한 책입니다. 최근 젊은 여성의 자살폭탄 테러로 세계를 놀라게 한 체첸에 대해 고이티솔로는 이렇게 말합니다.

"인구 100만 명 남짓의 작은 민족 체첸에게 무슨 죄를 물을 것인가? 천박하고 불명예스러운 민족을 절멸시키겠다는 강대국 러시아의 전략 요충지에 자리 잡고 있다는 것인가?"

그 질문은, 테러를 인정할 수는 없으나 테러에 나서게 된 이들의 분노와 아픔 또한 외면할 수 없는 지성의 비관을 보여줍니다. 하지만 고이 티솔로는 쉬 절망을 말하지 않습니다. 가장 사악한 범죄가 벌어지는 사라예보에서도 여전히 민족과 종교를 넘어선 인간애가 살아 있음을 확인하며, 그는 조심스레 인간에 대한 희망을 말합니다.

전쟁도 착취도 하루아침에 끝날 리는 없겠지만 더 나은 세상을 위해 작지만 실속 있는 일들을 해나가는 사람들이 있으니, 희망을 포기하긴 아직 이른 듯합니다. 빈곤층에게 소액 대출을 해주는 그라민 은행의 실천을 담은 《가난한 사람들을 위한 은행가》, 공정무역 운동을 일으킨 막스 하벌라르의 성공을 전하는 《희망을 키우는 착한 소비》, 도시와 환경의 공존 가능성을 보여준 《꿈의 도시 꾸리찌바》, 경제 봉쇄에서 제3의 해법을 찾은 《생태도시 아바나의 탄생》 등은 세상 속에서 사람들과 더불어 꿈꿀 수 있다는 걸 보여주는 책들입니다.

식자우환識字憂患이라고, 아는 게 많아질수록 걱정이 늘고 실망이 커지는 건 분명한 듯합니다. 그래서 때로는 세상을 아는 데서 나아가 세상을 바꾸겠다는 각오가 없다면 책 같은 건 읽지 않는 게 나을지도 모른단 생각이 듭니다. 하지만 그랬다간 안 그래도 적은 독서 인구가 멸종 위기에 놓이겠지요. 그렇다면 책에서 배운 것을 조금이라도 행하겠다는 끝없는 다짐만이라도 약속하면 어떨까요? 책으로 키운 비관을 덜고 희망을 갖기 위해서라도 가끔은 책을 덮고 작은 실천을 하는 것, 책 읽는 이의 아름다운 의무입니다.

거짓말이라도 좋아!
뜻밖의 봉변을 당했을 때
울고 있는 사람에게
분노의 하이킥을 날리고 싶을 때
영어가 뭐기에!
슬픔이 목까지 차오를 때
남들이 알아주지 않아도
당신의 밤이 되어드릴게요

V

위
로

Comfort

거짓말이라도 좋아!

거짓말을 하면 코가 자란다고 믿은 건 아니지만, 그래도 어릴 적엔 거 짓말은 나쁘다고 믿었습니다. 그런데 언제부턴가 그 믿음이 흔들리 더니 요즘엔 거짓말을 좀 더 잘했으면 싶기도 합니다. 사통팔달이 된 지하철 때문에 더 이상 차가 막혀 늦었다는 핑계를 댈 수 없을 때, 오 랜만에 만난 선배가 부쩍 늙어버렸을 때, 치료법도 없는 중병으로 고 생하는 친구를 문병할 때, 빈약한 거짓말 실력이 한스럽기만 합니다.

살다 보면 후유증 없는 '하얀 거짓말'이 필요한 순간들이 있습니 다. 특히 솔직함을 내세워 할 말 안 할 말 가리지 않는 사람들을 만나 면 거짓말이 간절히 그리워집니다. 내가 아는 이는 면전에서 대놓고 "예쁜 얼굴은 아니야", "성격이 못됐어" 하고 '정직'하게 말하곤 하 는데, 속이 좁은 탓인지 그런 말을 들으면 아무래도 자주 만나고 싶진 않습니다.

그래도 거짓말은 안 된다고, 못생겼으면 못생겼단 말을 듣고 못

됐으면 못됐단 말을 들어야지 왜 거짓말을 바라느냐고 꾸지람하는 분들, 부디 소피 칼의 사진 소설책 《진실된 이야기》를 읽어보기 바랍니다. 가시 돋친 직언을 서슴지 않는 분들과 서툰 거짓말로 오히려 상대를 당혹스럽게 만드는 분들도 꼭 읽어보세요. 거짓말도 예술적으로 승화될 수 있음을 확인할 수 있을 겁니다.

1953년생인 소피 칼은 일찍이 프랑스 퐁피두 현대미술관에서 회고전을 열었을 만큼 세계적으로 인정받는 사진작가입니다. 내가 그녀의 작품을 처음 본 것은 2009년 8월, 영월에서 열린 동강 국제사진제에서였습니다. 연필로 그린 실물 크기의 여성 누드화를 여기저기 면도칼로 그은 사진 옆에, 작품 설명치고는 긴 글이 나란히 붙어 있었습니다.

나는 매일 오전 9시에서 정오 사이에 나체로 서 있었다. 그리고 매일 한 남자가 맨 앞줄 왼쪽 끝자리에 앉아 세 시간 동안 나를 데생했다. 그러다 정확하게 정오가 되면 그는 호주머니에서 면도칼을 꺼내어 내게서 눈을 떼지 않은 채, 자기가 그린 그림을 세심하게 찢었다.

등줄기에 소름이 쫙 끼침과 동시에, 본 적 없는 작가에 대한 연민이 가슴을 뜨겁게 했습니다. 누드모델을 하면서 예술가의 꿈을 키웠을 젊은 여성과 그녀가 겪었을 끔찍한 고통이 떠올라 마음이 아팠지요. 그런데 바로 그 작품을 이 책에서 다시 만났을 때, 이상하지요? 뭔지 모를 의구심이 고개를 쳐들며 전과 다른 느낌으로 작품을 보게 되더군요.

설치미술가이면서 사진작가인 소피 칼은 사진과 글이 함께하는 작품으로 유명한데, 그래서 그녀의 작업을 '사진-소설'이라고 부르기도 합니다. 서른여덟 점의 사진이 실린 이 책 역시 사진소설집으로, 독특한 것은 여기 담긴 이야기들이 모두 작가 자신의 이야기라는 점입니다. 그러니까 이 책은 일종의 자서전인 셈이지요.

소피 칼은 아홉 살 때부터 마흔아홉 살이 될 때까지 40년 동안 자신이 겪은 일들을 놀랄 만큼 솔직하게 고백합니다. 열한 살 때의 도둑질, 스트립쇼 걸로 일하던 20대, 이혼으로 끝난 남편과의 추억까지, 대개의 사람들이 감추고 싶어 하는 이야기들을 그녀는 나체 사진까지 곁들여 고스란히 내보입니다. 너무 솔직해서 읽는 사람이 낯이 붉어지는 그 이야기들은 때론 웃음을, 때론 쓸쓸한 공감을 자아냅니다.

사춘기 때 나는 납작했다. 친구들을 흉내 내려고 브래지어를 샀지만, 물론 나는 제대로 잘 이용하지 못했다. …… 그런데 별안간, 1992년에 가슴이 솟아오르기 시작했다. 맹세하건대 스스로, 어떤 치료도 받지 않고, 또 어떤 외부적인 개입도 없이 기적처럼. 난 의기양양하긴 했지만, 그리 놀라지는 않았다. 왜냐하면 그 성과는 20년 동안의 좌절과 갈망, 몽상과 탄식이 만들어낸 것이기 때문이다. ('불가사의한 가슴' 중에서)

내가 바라보고 싶었던 사람은 바로 그였다는 사실을 나중에야 깨닫게 되었다. 그것이 우리의 마지막 날이 될지 나는 몰랐다. 그는 나를 떠나 버렸다.

'한순간은 늘 우리보다 앞서 있어 우리는 절대로 그것을 잡을 수도 없고, 그 순간의 진정한 모습을 알 수도 없다네.' ('타인' 중에서)

이야기와 함께 실린 사진은 이야기의 진실성을 증명하는 확실한 증거물입니다. 사진이 없었다면 소설과도 같은 이야기들을 그렇게 쉽게 믿지는 않았을지도 모릅니다. 하지만 이야기에 나오는 각종 물건과 장면들이 고스란히 담긴 사진이 있는데 어떻게 의심을 하겠습니까? 게다가 그녀의 사진은 별다른 조작이나 장식이 없는, 그래서 이게 정말 사진작가의 작품이 맞나 싶을 만큼 아주 소박한 모습인데요.

그 모든 게 의심스러워지는 건 책 뒤에 실린 옮긴이의 글을 읽고서입니다. 옮긴이에 따르면, 그녀의 이름을 널리 알린 1980년 파리 비엔날레에서 소피 칼은 자신의 작품을 이렇게 소개했다고 합니다.

"규칙: 허구를 창조해내는 것. 자의적인 상황을 고의로 연출해내는 것."

이 말처럼 그녀는 자신이 정한 예술의 규칙을 위해 작품만이 아니라 자신의 삶 전체를 예술에 헌신합니다. 삶을 허구로 만든 것이지요.

사진작가가 된 초기에 카메라를 들고 낯선 사람의 뒤를 밟았던 그녀는 몇 년 뒤 직접 탐정을 고용해 자신을 미행하고 사진을 찍게 합니다. 이 책에도 그녀가 등장하는 사진들이 여럿 나오는데, 이런 작품들은 독자에게 엿보기의 쾌감을 주는 한편 작가 자신이 관음증의 대상이 됨으로써 이중의 엿보기를 통해 대상과 주체의 경계를 흔들어 버립니다.

처음에 독자는 작가의 솔직한 사생활을 보고 있다는 데서 쾌감을 느낍니다. 하지만 그 사생활이란 것 역시 작가에 의해 제작된 것이고, 작가는 독자의 시선까지도 염두에 두고 있다는 점을 떠올리면 의심이 생깁니다. 과연 이것이 진짜일까, 믿어도 될까?

그러나 속았다고 단정하기엔 이릅니다. 작품을 만든 것은 작가지만 작가는 처음부터 끝까지 독자를 의식하고 있으며, 그런 점에서 작품을 완성하는 건 작가와 독자 그 둘에 의해서입니다. 그러니까 속는 것은 독자만이 아니라 작가이기도 하며, 가짜인 것은 예술만이 아니라 삶 자체이기도 한 것이지요.

소피 칼이 '진실된 이야기'라고 털어놓은 인생사 중 무엇이 거짓이고 무엇이 진실인지 우리는 알 수 없습니다. 이 책에서 칼은 20대 시절 한동안 스트립쇼 걸로 일한 듯이 얘기하지만, 유명한 작가 폴 오스터의 말은 다릅니다. 폴 오스터는 그녀와 함께 《뉴욕 이야기》라는 책을 펴냈을 만큼 친밀한 사이인데, 그의 소설 《거대한 괴물》에는 그녀를 모델로 한 인물이 등장합니다. 그런데 소설 속의 그녀는 단 하루, 일종의 해프닝으로 스트립쇼 걸을 경험합니다. 두 사람이 서로 다른 이야기를 하는 셈이라 독자로서는 좀 어리둥절하지요.

하지만 '속았다'고 배신감을 느낄 일은 아닙니다. 오히려 순식간에 읽어버린 이 얇은 책에서 내가 놓친 것은 무엇일까 곰곰 생각하게 되지요. 그리고 중요한 것은 '진짜냐 가짜냐'가 아니라, '왜 그 이야기를 하느냐'임을 깨닫게 됩니다.

영국에서 조사한 바에 따르면 남자는 하루에 여섯 번, 여자는 세 번 거짓말을 한답니다. 제일 많이 하는 거짓말은 남녀 모두 "아무 일 없어, 괜찮아!"이고요, 남자의 거짓말 3위는 "그렇게 입으니까 당신 엉덩이도 별로 안 큰데!"랍니다. 얼마나 여자들에게 시달렸으면 그 말이 3위에 올랐을까, 세상의 남자들이 안쓰러워 집니다.

하긴 남자들만이 아니라 남녀노소 모두가 이런 '귀여운' 거짓말을 하면서 사는 게 인생인지도 모릅니다. 내 인생도 그의 인생도 정말 괜찮기를 바라면서 '아무 일 없다'고 거짓말을 주고받는 게 인생이라면, 그것이 우리네 삶의 진실이라면, 여섯 번이건 세 번이건 크게 나무랄 일은 아니겠지요?

소피 칼, 심은진 옮김
《진실된 이야기》
마음산책, 2007

뜻밖의 봉변을 당했을 때

후배 어머니께서 다리를 다치셨습니다. 길에서 갑자기 한 남자가 튀어나와 발을 걸어 넘어뜨렸답니다. 다행히 상처는 깊지 않아서 일주일 정도 치료하면 된다지만 놀람은 쉬 가라앉지 않습니다. 무서운 세상인 줄은 알았지만 아는 분이 훤한 대낮에 그런 일을 당했다니까 등골이 오싹합니다.

"그 사람은 뭐래? 왜 그랬대?"

"모르겠어요. 외국인 노동자 같은데 넘어뜨리고 도망갔대요."

근처에 공장이 있어서 외국인 노동자들을 종종 보긴 했지만 이런 일은 처음이라며 후배는 한숨을 쉽니다. 그러더니 이내, "월급이라도 떼여서 분풀이를 했나 보지요" 하고 착한 성품을 드러내며 웃습니다.

웃으며 얘기할 수 있는 정도의 피해로 끝나서 천만다행이나 충격은 쉬 가시지 않았습니다. 장난으로 그랬어도 걱정이지만, 후배의 말처럼 그가 월급이라도 떼인 화풀이로 그랬다면 이해가 가는 한편 더 걱정스럽기도 합니다. 남의 나라에서 얼마나 원망이 쌓였으면 모르는 이에게 해코지를 했을까요? 더구나 우리 사회가 그 원망을 풀어주기 위해 얼마나 노력하고 있는지 생각하면 더욱 막막합니다.

반세기 전 미국의 저널리스트 존 하워드 그리핀은, 원망이 하늘을 찌르는데도 외면만 하는 사회에 경종을 울리기 위해 《블랙 라이크 미Black like me》를 썼습니다. 목숨을 걸고 원망의 땅으로 들어가 원망의 근원을 파헤친 그런 노력이 있었기에, 미국은 느리지만 정의를 향해 나아갈 수 있었습니다. 48년이 지나 그 책을 읽는 지금, 과연 이 사회가 정의를 향해 가고 있는지, 우리가 어떤 노력을 하고 있는지 새삼 자문하게 됩니다.

1961년에 처음 출간된 《블랙 라이크 미》는 한때 "저속하고 외설적"이란 이유로 고소를 당하고 금지 도서가 되기도 했지만, 지금은 미국 학생들의 권장도서이며 14개국에서 천 만이 넘는 독자들을 감동시킨 현대의 고전입니다. 한국어판에는 원래의 텍스트와 함께 책이 출간된 뒤의 사연을 담은 에필로그와 발문 등이 수록되어 있는데, 그걸 보면 이 작은 책이 미국 사회에 얼마나 큰 충격과 영향을 주었는지 알 수 있습니다.

책은 발상부터가 충격적입니다. 작가이며 음악 이론가이고 사진가이자 신학도인 '백인' 그리핀은 1959년 10월 28일 밤, '흑인이 되기'로 결심합니다. 한마디로 백인의 외모를 흑인으로 바꾸기로 한 셋이지요. 이를 위해 그는 울렁증을 참아가며 색소 변화를 일으키는 약을 먹고, 며칠 동안 태양등 아래서 온몸을 태운 뒤에 머리를 삭발하고 검은 칠까지 합니다.

결과는 대성공. 그의 본모습을 알아보는 사람은 아무도 없습니다. 완벽한 흑인이 된 그리핀은 처음 계획대로, 흑인 차별로 유명한 딥 사우스* 지역으로 들어갑니다. 흑인이 되기로 결심한 날로부터 열흘이 지난 11월 7일 밤의 일입니다.

별별 희한한 일이 다 일어나는 21세기지만, 지금 봐도 그리핀의 시도는 놀랍습니다. 더구나 그는 세상의 눈길을 끌기 위해 깜짝쇼를 벌인 것이 아닙니다. 그는 남부 흑인들의 자살이 늘고 있다는 신문기사를 본 뒤, 흑인을 자살로 내모는 현실을 알기 위해 변신을 결심한 것입니다. 실제 현실이 어떤지 알아야만 백인과 흑인 사이에 이해가 가능하고 변화도 일어날 수 있다고 생각했기 때문이지요.

그리핀이 이런 생각을 한 데는 그의 남다른 경험이 한몫을 했습니다. 그는 2차 세계대전 때 레지스탕스 운동에 가담했고, 미 공군에 들어가 태평양전쟁의 최전선에서 싸웠으며, 폭발 사고로 시력을 잃었다가 1957년 갑자기 시력을 되찾을 때까지 십 년 동안 시각장애인으로 살았습니다.

삶과 죽음을 넘나들고 빛과 어둠의 세계를 오가는, 참으로 파란

---

*딥 사우스Deep South는 미국 남부의 사우스캐롤라이나, 미시시피, 앨라배마, 조지아, 루이지애나를 가리키며, 때론 플로리다와 텍사스를 포함시키기도 한다. 그리핀이 책을 쓸 당시 흑인에 대한 차별이 가장 심했던 지역으로 꼽힌다

만장한 인생역정이었지요. 그는 이 경험을 통해 타자他者로 산다는 게 어떤 의미인지를 깨닫습니다. 나치에 저항하고, 아시아의 밀림에서 싸우고, 앞 못 보는 사람으로 살면서, 그는 사회가 사람들을 어떻게 배제하고 지배하는지 실감합니다.

승자가 되어 전장에서 돌아온 뒤에도, 다시 눈을 뜬 뒤에도, 그는 이 깨달음을 놓지 않습니다. 그는 타자를 만드는 사회, 타자를 배제하는 사회를 향해 말합니다.

"시력을 잃은 한 사람이 있다. 그러나 그는 그것 말고는 아무것도 잃은 게 없다는 것을 이해하라. 그의 지성도, 취향도, 이상도, 존중받을 권리도, 어느 것도 잃지 않았다."

그가 흑인 문제에 관심을 갖고 차별에 분노하는 것도 그래서입니다. 인간은 그 모든 차이에도 불구하고 똑같이 귀한 존재라는 것, 영혼은 언제 어디서나 평등하며 그럴 권리를 가졌다는 믿음이 있었기 때문이지요.

《블랙 라이크 미》는 흑인 차별의 실상을 고발한 논픽션이지만, 단지 폭로와 비판만 있는 책은 아닙니다. 그리핀은 외모를 바꾼 뒤 자신이 겪은 심리적 불안과 갈등을 숨김없이 드러냅니다.

소름이 돋을 정도로 너무도 완벽한 변신이었다. 내가 전혀 상상하지 못한 일이었다. 나는 두 사람이 되었다. 한 사람은 관찰하는 이고, 다른 한 사람은 공황상태에 빠져 뼛속 깊은 곳까지 흑인을 느끼는 이였다.

엄청난 외로움이 몰려왔다. 한때 나였던 존재, 내가 아는 자아가 다른 이의 육체에 가려 보이지 않았기 때문이다. …… 무엇보다 끔찍한 것은 이 낯선 존재에 대해 내가 어떤 동료의식도 느낄 수 없다는 점이었다. 나는 이 낯선 존재의 생김새가 마음에 들지 않았다. 그러나 이미 일은 벌어졌고 되돌릴 수 없었다.

외모의 변화가 가져온 정체성의 위기를 고백함과 동시에, 그리핀은 사회적 차별이 한 개인의 내면을 어떻게 변화시키는지 꼼꼼히 기록합니다. 그의 기록은 인간의 자아와 주체성이란 것도 사회를 떠나서는 이야기할 수 없으며, 아무리 독립적인 인간도 사회적 영향 아래 있다는 것을 보여줍니다.

어느덧 3주가 지났고 거울 속에 낯선 남자가 있어도 더 이상 놀라지 않았다. …… 얼굴은 편안해 보이지 않았고 어디에도 마음을 두지 못하는 절망감이 가득했다. 내 마음도 오랫동안 텅 빈 채로 지내는 사이 그런 모습으로 변했다. 마음은 늘 먹을 것과 물 생각이었다. …… 화장실에 혼자 있는 게 기쁘기만 했다. 마음 깊은 곳에 이 삶의 더러움과 굴욕이 깊이 박혀 있기 때문이다. 이곳에서는 수도꼭지만 틀면 마음껏 물을 마실 수 있고 시원한 물로 세수하는 사치도 누릴 수 있었다. 문에 빗장을 걸어놓으면 증오의 시선을 받지 않았고 경멸당하지도 않았다.

그리핀이 이 책을 쓸 당시, 흑인은 백인보다 먼저 버스를 타고 내릴 수도 없었습니다. 50년이 지난 지금은 이런 식의 차별은 없습니다. 그러나 흑인 대통령이 탄생한 오늘날에도 이 책은 여전한 충격과 감동으로 다가옵니다. 아마도 책에 그려진 인간의 모습이 그리 달라지지 않았기 때문일 겁니다.

그리핀은 피부색만 바꿨을 뿐인데도 자신이라고 믿었던 정체가 흔들려서 어쩔 줄 모르는 것이 인간이며, 모습이 다르다는 이유만으로 다른 사람에게 증오를 드러내는 것이 인간이라고 증언합니다. 그리고 그토록 허약한 믿음을 갖고도 그런 줄을 모르고 으스대는 것이 또한 인간임을 보여줍니다.

안타깝게도 그가 보여주는 인간의 허약함은 국적과 인종이 다른 우리에게도 낯설지 않습니다. 책 맨 앞에는 저술가이자 어린이 잡지 발행인인 김규항이 쓴 짧은 추천사가 실려 있습니다. 그는 이 글에서, 일본인에게선 조센징 같지 않은 조선인으로, 경상도 사람에게선 전라도 사람 같지 않은 전라도인으로 칭찬받아온 아버지를 떠올리며 우리 안의 '흑인'을 이야기합니다. 그의 고백은 한 사람의 개인사를 넘어 우리 사회에 엄연한 차별과 그 차별을 부추기는 침묵에 대해 생각하게 합니다.

《블랙 라이크 미》는 누군가 울고 있을 때 그 울음으로부터 자유로운 사람은 없다고 말합니다. 억울한 일을 겪고 터무니없는 봉변을 당한 누군가를 보며 내가 아니어서 다행이라고 생각하는 이들에게,

이 책은 우리 모두가 다행하려면 남의 울음 속을 살피고, 울게 한 사람 속까지 살펴야 한다고 가르칩니다.

사람이 사는 데는 먹이사슬만이 아니라 슬픔의 사슬도 작동합니다. 누군가 아프고 슬픈 일을 겪으면 그 눈물이 돌고 돌아 결국 내 발끝이라도 적시고 마는 게 세상 이치입니다. 그러니 모두 무사한 세상을 살려면, '엄정한 법질서'보다 먼저 밝은 귀와 맑은 목청이 필요할 것 같습니다. 숨죽인 울음소리도 잘 듣는 밝은 귀와 남의 울음을 대신 울어주는 맑은 목청이 있다면, 모르는 이에게 해코지하는 날선 마음도 조금은 덜어지지 않을까요?

존 하워드 그리핀, 하윤숙 옮김
《블랙 라이크 미》
살림, 2009

울고 있는 사람에게

애초에 쓰려고 작정한 처방은 이것이 아니었습니다. 그런데 원고 마감일을 앞둔 며칠 전 공원에서 본 장면 때문에 마음이 바뀌었습니다.

부슬부슬 비가 오는 오후였습니다. 젖은 낙엽들을 밟으며 만추의 정취를 흠뻑 느끼는데, 어디선가 새 울음소리가 들렸습니다. 참 처량맞은 울음소리라고 보이지도 않는 새를 타박하려다 알았습니다. 새 울음이 아니라 사람의 울음소리구나.

저만치 내 앞에서 풍경이 되어 걷던 여인이 나무 아래 선 채로 참았던 슬픔을 토해내고 있었습니다. 예순을 넘긴 듯한 여인은 낯선 이의 기척에도 울음을 그치지 못한 채 등을 보이고 흐느낍니다. 시커먼 우산도, 굵어지는 빗방울도 그녀의 설움을 감춰주지 못해 떨리는 어깨가 다 보입니다. 그 어깨를 감싸줄 수 없는 나는 그저 모른 척 걸음을 옮길 뿐입니다. 그것이 내가 그녀에게 해줄 수 있는 유일한 위로라 믿었지만 마음은 내내 무겁기만 합니다.

이순耳順의 나이에 공원 한 귀퉁이에서 남의 시선을 받아가며 울음을 터뜨릴 때는 그만한 사연이 있을 겁니다. 그 사연을 안다 해서 지독한 그 슬픔까지 나눌 수 있는 건 아니겠지요. 그런데도 오지랖 넓은 나는 그 슬픔을 위로하지 못한 것이 마음에 걸립니다. 그녀에게 〈띠탄공원〉을 읽어주었으면 좋으련만, 그러면 슬픔에 고독까지 더하는 일은 없었을 텐데…… 소용없는 후회만 자꾸 커집니다.

15년 전 어느 오후, 나는 휠체어를 굴리며 이곳에 들어섰다. 공원은 실의낙백한 젊은이를 위해 모든 것을 준비해두고 있었다. …… 이곳은 한 세계에서 도피할 수 있는 또 다른 세계였기에.

중국의 소설가 스티에성史鐵生이 쓴 〈띠탄공원〉은 자신의 젊은 날을 고백한 짧은 수필입니다. 현대 중국 작가들이 쓴 수필을 모은 《하늘가 바다끝》이라는 책에 실려 있는데, 도서관에서 읽고 하도 좋아서 나중에 책을 두 권이나 샀습니다. 그만큼 회한에 가득 찬 스티에성의 고백이 오래 마음에 남았지요.

스티에성이 4백 년이나 된 띠탄공원을 처음 찾은 것은 스물의 나이에 하반신 불수라는 불행을 겪으면서입니다. 실의와 원망에 사로잡힌 그는 매일 아침 집을 나서서 이 오래된 공원을 찾았습니다. 그가 휠체어를 밀며 집을 나설 때마다, 어머니는 하나뿐인 아들이 죽음을 떠올리며 홀로 공원으로 숨어드는 것을 말없이 배웅했습니다.

그렇지만 어머니는 한 번도 '내 생각도 좀 해다오'라고 말씀하신 적이 없으셨다. 나 또한 단 한 번도 어머니를 염두에 둔 적이 없었다. 그때 어머니의 아들은 너무나 젊었으며…… 운명의 일격에 정신이 혼미해져 세상에서 자신이 가장 불행한 사람이라고 여길 뿐, 아들의 불행이 어머니에게로 이르면 그 몇 배라는 사실은 미처 몰랐다.

오랜 방황 끝에 스티에성은 문학에서 희망을 발견하고 마침내 소설로 상까지 받게 됩니다. 하지만 그때 그의 어머니는 이미 세상을 뜬 뒤였습니다. 그는 다시 분노와 회한에 가득 차 띠탄공원을 찾습니다. 그리고 늙은 측백나무 아래서, 무너진 담장 가에서, 그는 말없이 아들을 찾아와 안부를 확인하던 어머니를 떠올립니다. 먼발치에서 몰래 아들의 모습을 훔쳐보고 비로소 안심하며 돌아서던 어머니. 그 어머니의 고통을 보면서도 외면했던 아들은 홀로 남아 되뇝니다.

"어머니는 이제 더 이상 이곳으로 나를 찾으러 오실 수 없구나!"

스티에성의 수필 〈띠탄공원〉은 이처럼 지극한 슬픔의 끝에서 터져 나온 아름다운 절창을 보여줍니다. 조금 길지만 그 한 대목을 인용합니다.

봄은 와병의 시절이다. 그게 아니라면 사람들은 봄의 잔인함과 갈망을 쉽게 깨닫지 못할 것이다. 여름, 연인들은 마땅히 이 계절에 실연해야 한다. 아니라면 사랑에게 미안할 것이다. 가을은 타향에서 화분을 하나 사서 집으로 돌아가는 시절이다. 오래 떠나 있던 집으로 그 꽃을 가져가 창문을 활짝 열어 햇빛이 집 안 가득하도록 한 다음, 하나하나 추억을 더듬어가며 곰팡이 슨 물건들을 천천히 정리하는 것이다. 겨울은 화로와 책과 더불어 한 차례 또 한 차례 굳고 굳은 결심을 되풀이하며 부치지 못할 편지를 쓰는 것이다.

15년 동안 오래된 공원을 헤매며 자신의 불행을 곱씹고 자신보다 더한 타인의 불행을 목도한 뒤 스티에성은 깨닫습니다. 병을 앓고 사랑을 잃고 그런 뒤에 남은 계절을 스스로 감당하는 것이 사람살이라는 것을. 쓸쓸한 깨달음이지요. 하지만 그는 쓸쓸함에 머물지도, 체념하지도 않습니다.

오히려 그는 욕망이 슬픔을 부른다 해도 그 욕망을 지울 수는 없다고, 긴 울음 끝에 스스로에게 말합니다. 그리고 자신은 인생을 달관하는 대신 욕망을 살겠다고 작정합니다. 잃어버릴 사랑인 줄 알아도 사랑하고, 부치지 못할 편지인 줄 알아도 쓰겠다고, 그게 삶에 대한 사람의 도리라고 스스로에게 거듭 다짐합니다.

세상에서 한 발 비껴선 공원에조차 슬픔은 있습니다. 잎 진 겨울 나무처럼 서러운 일이지요. 하지만 서로의 쓸쓸함을 넌지시 짐작하는 마음이 있고 울기에 좋은 자리가 있으니, 슬프면 또 어떠랴 싶습니

다. 우는 게 힘들어 삶을 저버리는 것보다야 엉엉 울면서라도 끝까지
살아내는 게 기특한 일일 테니까요.

스티에성, 김혜준 옮김
〈띠탄공원〉, 《하늘가 바다끝》
좋은책만들기, 2002

분노의 하이킥을 날리고 싶을 때

어이없는 일을 당하면 오히려 말문이 막힙니다. 도道에 관심 없다고 했다가 몇 시간 안에 죽을 거라는 저주를 들었을 때, 거스름돈 천 원 받았는데 가게 주인은 오천 원 줬다고 박박 우길 때(더구나 지갑 안에 어제 넣어둔 오천 원짜리가 있을 때), 열심히 쓴 책을 선물했더니 책 읽을 시간도 없다며 심드렁해할 때, 시도 때도 없이 전화해서 온갖 부탁 다 하던 친구가 모처럼 한 내 부탁은 들은 척도 안 할 때⋯⋯ 하고픈 말은 많은데 막상 말이 나오질 않습니다.

자려고 누웠지만 입도 벙긋 못하고 바보같이 돌아선 자신이 떠올라 새삼 분이 납니다. 거리의 도인에게, 가게 주인에게, 이기적인 친구에게 분노의 하이킥을 날립니다. 내친 김에 바닥에 바나나껍질도 놔두고, 열쇠구멍에 껌도 쑤셔 넣고, 한밤중에 장난전화도 겁니다. 상상할 수 있는 모든 복수의 시나리오를 쓰는 사이 슬며시 분이 풀리고 잠이 옵니다.

적반하장 인간들 때문에 가슴에 응어리가 맺히는 순간은 언제나 있기 마련이고, 그럴 때 분을 푸는 비법 한두 가지는 누구나 가지고 있을 겁니다. 자신의 비밀을 고백한 엽서들을 모은 《비밀엽서》라는 책에는 남세스런 일이라 감추고 있던 이런 비법들이 가득합니다. 일 테면 남편이 먹을 수프에 '공포의 분비물'을 집어넣는 좀 거시기한 방법부터 과자에 욕을 써서 구워먹는 꽤 고소한 방법까지, 당장 실전 에 응용하고 싶은 비법들이 눈길을 끕니다.

언뜻 최신 디자인 책처럼 보이는 《비밀엽서》는 프랭크 워렌이란 사람이 엮은 그림엽서 모음집입니다. 큐레이터로 일하는 워렌은 2004년 11월, "당신을 익명의 비밀고백 프로젝트에 초대합니다"라 는 문구가 적힌 3천 장의 엽서를 인쇄해 지하철역과 도서관 등에 놓 아두었습니다.

과연 사람들이 자신의 비밀을 적어 보낼까? 엽서를 뿌리면서도 워렌은 긴가민가했지요. 그런데 이게 웬일입니까? 인쇄한 3천 장이 돌아오고도 엽서는 계속 이어졌고, 그렇게 4년 동안 15만 장의 엽서 가 쏟아졌습니다. 이렇게 모아진 엽서들은 '포스트시크릿 북' 시리즈 로 묶여 책으로 나왔는데, 이 책은 그 시리즈의 첫째 권입니다(시리즈 의 나머지 책들은 《나의 사생활》, 《비밀남녀》, 《비밀의 일생》이란 제목으 로 빈역 출간되었습니다).

책을 펼치면 자기만의 비밀을 자기만의 독특한 방식으로 풀어낸

엽서들이 가득합니다. 비밀의 내용에 어울리는 그림과 사진을 이용해서 꾸민 엽서들은 하나하나가 예술작품입니다.

"내가 자위를 할 때마다 돌아가신 할머니가 큰 실망감을 안고 날 보고 있다는 생각이 들어요."

"가끔 중국음식을 사 가지고 올 때 뚱뚱하고 외로운 실패자처럼 안 보이려고 2인분을 주문해요. 그리고 그걸 다 먹어요."

슬며시 미소가 떠오르고 고개가 끄덕여집니다. 다른 사람의 비밀을 엿보는 은밀한 쾌감에 '나도 그래!' 하는 공감이 더해져서 책 읽는 재미가 쏠쏠합니다. 하지만 킬킬대며 책장을 넘기다 보면 어느새 가슴 한쪽이 싸해집니다.

"창의적인 글쓰기를 가르치는 수입: 32,645달러. 창의적인 글쓰기 수입: 0달러."

"3살 때 아빠는 내가 숱 많은 머리칼을 빗겨드리는 걸 좋아했어요. 하루는 아빠가 빗겨달라고 했는데 싫다고 했죠. 그리고 다시는 보지 못했어요. 아빠는 떠났고 그 후 돌아가셨어요. 65살이 넘은 지금도 그게 내 잘못이란 생각이 들어요."

"난 남부 침례교 목사부인이에요. 아무도 내가 하느님을 안 믿는 걸 몰라요."

"엄마를 죽게 만든 병과 똑같은 병에 걸렸다고 아버지한테 아직 말하지 않았어요."

"성폭행 당한 일을 엄마한테 말할 수 없어. 엄마는 알고 싶지 않을 거야. 그게 죽을 만큼 힘들어."

비밀이 없는 사람은 가난하다고 시인 이상李箱은 말했지만, 《비밀엽서》를 보면 비밀을 갖고 산다는 게 얼마나 감당하기 힘든 일인지 새삼 깨닫게 됩니다. 자신의 비밀을 엽서에 적어 낯선 이에게 보낼 만큼 사람들은 그 무게로 힘겨워합니다. 말하지 못한 상처, 말하지 못한 사랑, 말하지 못한 거짓말과 말하지 못한 소망을 엽서에 적어 낯선 이에게 보내는 사람들. 그들의 아픔과 고독이 작은 엽서 한 장에 가득합니다.

귀여운 아기 사진 옆에 얌전히 적힌 글귀.

"평생 사람들은 내가 특별하지 않다고 말하더군. 나는 늘 쉽게 잘릴 수 있는 사람이었지. 43년 만에 그 말이 이해됐고 마침내 난 그 사실을 받아들였어."

가슴이 철렁합니다. 담담한 고백 속에 담긴 한 사람의 절망이 너무 커서 눈앞이 흐려집니다. 이 엽서를 보낸 사람이 부디 무사하기를, 남은 생애 동안 자신이 특별한 사람이라고 믿게 되기를 간절히 기도합니다. 그가 나와 다르지 않기 때문입니다.

얼굴도 본 적 없는 낯선 이들의 고백이지만 행복한 고백은 행복한 대로, 목이 메는 사연은 목이 메는 대로, 읽는 이에게는 힘이 됩니다. 엽서를 보낸 이들이 겪었을 아픔이 느껴지면서 그들이 엽서를 쓰고 보낼 용기를 낸 것이 고맙습니다. 모두 비슷한 아픔 속에서 살아가니 나도 힘을 내자고 생각합니다. 너무 절망하지도, 너무 미워하지도 말자고 다짐합니다.

사람들이 밉고 세상에 나 혼자 버려진 것 같은 날, 분노의 하이킥을 날리는 대신 작은 엽서에 오랫동안 하지 못한 말을 적습니다. 우표를 붙이고 빨간 우체통에 엽서를 집어넣습니다. 왕국의 대숲을 수런거리게 했던 임금님의 이발사가 이런 기분이었을까요?

우체통 속으로 엽서가 사라집니다. 잠깐의 후회가 지나가고 홀가분한 평화가 찾아옵니다. 가벼운 발걸음을 옮기는데 문득 늘 보던 얼굴들이 다르게 다가옵니다. 저마다의 비밀을 품고 있는 사람들, 비밀이 그들의 얼굴을 빛나게 합니다. 나와 함께 살아가는, 내가 사랑하는 얼굴들입니다.

프랭크 워렌, 신현림 옮김
《비밀엽서》
크리에이디트, 2008

영어가 뭐기에!

버스정류장에서 한 할머니가 차편을 묻습니다.

"702A번이 가는데요."

"응?"

"702A번이요."

다시 말씀드렸지만 할머니는 영 석연치 않은 표정입니다. 왜 그러시나 생각하다가 뒤늦게 알았습니다. A가 문제였던 겁니다. 영어를 모르시는 할머니는 '702에이번'이라는 말이 무슨 뜻인지 이해가 되질 않으셨던 거지요. 다행히 기다리던 버스가 오기 전에 702A번이 와서 할머니를 태워드릴 수 있었지만 뒷맛이 개운치 않았습니다. 영어를 모르면 버스도 타기 힘든 세상을 사느라고 그분이 얼마나 노심초사할지 가슴이 답답했습니다.

한국은 문맹률이 낮기로 전 세계에서 첫 손 꼽는 나라입니다. 한글이라는 배우기 쉬운 문자가 있기 때문입니다. 덕분에 얼마 전에는 인도네시아의 찌아찌아족이 한글을 공식 표기문자로 채택해서 화제가 되기도 했지요. 하지만 찌아찌아족이 한글의 본고장에서 산다면 한글보다 더 많은 영어 알파벳 때문에 결국 영어를 배우지 않을까요. STARBUCKS, HOLLYS, PASCUCCII…… 영어를 모르면 커피 한 잔도 마실 수 없으니 말입니다.

커피만이 아닙니다. 워킹푸어, SSM, 그랜드바겐 등등 뉴스를 보고 있으면 매일 쏟아져 나오는 영어 신조어들에 어지럼증이 느껴집니다. 대학 교육을 받은 내가 이럴진대 영어를 배운 적 없는 부모님이 느끼실 막막함과 소외감이 어느 정도일지……. 무식하다고 할까봐 말씀도 못하신 채 고스란히 그 불편을 겪으실 걸 생각하면 화가 납니다.

아무리 영어를 잘해도 영어 모르는 이웃을 배려할 줄 모른다면 그는 무식한 사람입니다. 쓸데없이 영어를 남용해서 위화감을 조성하고 여러 사람 피곤하게 만드는 그런 무식한 사람들에게 권합니다. 《우리말의 탄생》, 권장도서가 아니라 필독서입니다.

국어학자 최경봉이 쓴 《우리말의 탄생》은 한국 최초의 국어사전이 만들어지기까지 그 우여곡절의 역사를 다룬 책입니다. 지금이야 국어사전이 당연한 것이지만 백여 년 전만 해도 그것은 하나의 꿈이었습니다.

1897년 최초의 근대 문법연구서인 《국문정리》를 펴낸 이봉운은 "자주독립과 문명에 제일 요긴한 국문을 널리 알리고 정확하게 쓰기 위해서는 언문 옥편을 만들어야 한다"고 주장했고, 같은 해에 주시경도 "국문으로 옥편을 만들어야" 한다는 글을 〈독립신문〉에 발표했습니다. 근대 자주국가를 꿈꾸던 대한제국 시기에 우리말 사전 편찬은 민족의 꿈이요, 시대적 과제였던 것입니다.

그러나 자주국가 수립은 실패로 끝나고 조선은 일제의 식민지가되고 말았습니다. 이 나라의 국어國語도 일본어가 되었지요. 학교에서는 일본어를 가르쳤고, 조선어는 선택 과목이 되었다가 나중엔 그마저 폐지되고 사용도 금지당했습니다. 하지만 조선어를 정비하고교육하여 민족국가 수립의 기초로 삼겠다는 열망까지 사라진 것은 아니었습니다. 열렬한 민족주의자요 어문 운동가인 주시경(1876~1914) 선생이 선봉에 섰습니다.

주시경은 말이란 의사소통의 수단을 넘어 "민족의 얼 그 자체"라고 보았습니다. 민족의 발전은 말을 어떻게 가꾸느냐에 달렸다고 믿었던 그는 국문연구소 등에서 연구 활동에 참여하는 한편, 조선어강습원을 만들어 조선어 교육에 매진했습니다. 훗날 조선어 사전 편찬의 기초를 닦은 김두봉을 비롯해 조선어학회를 이끈 신명균, 장지영, 권덕규, 이병기, 정열모, 최현배 등이 모두 강습원에서 그의 강의를 들었던 이들입니다.

주시경은 또 사전 편찬을 위해서도 힘을 쏟았습니다. 1910년 조선광문회에 참여한 그는 제자 김두봉, 권덕규, 이규영 등과 사전 편찬 사업을 시작했습니다. 그러나 4년 가까이 계속된 작업으로 최초의 조선어 사전 《말모이》의 원고가 마무리 단계에 들어설 무렵, 주시경은 갑작스런 죽음을 맞았고 작업은 중단되고 말았지요.

그 뒤 사전 편찬의 꿈이 현실화되기 시작한 것은 1929년 10월 조선어사전편찬회가 결성되면서입니다. 물론 이전에도 광문회, 계명구락부, 조선어학연구회 등이 주축이 되어 사전을 만들기 위해 지속적인 노력을 펼쳤지만, 사전 편찬을 전면에 내세운 단체는 조선어사전편찬회가 처음이었습니다.

당시 조선어연구회에서 활동하던 이극로는 언어생활의 표준이될 사전을 만들기 위해서는 그에 걸맞은 권위가 필요하다고 보고, 발기인만 108명에 이르는 사전편찬회를 조직했습니다. 덕분에 사전편찬회와 조선어연구회(1931년 조선어학회로 바뀜)는 우리말 연구의 중심 기관으로서 권위를 확보할 수 있었지요.

그러나 사전 편찬은 쉽지 않았습니다. 언어 규범을 제정해야 사전 편찬도 할 수 있다는 판단에 따라, 1936년까지는 사전 작업을 일시 중단한 채 철자법과 표준어를 제정하는 데 매달렸습니다. 하지만 철자법 논쟁이 가열되면서 사전 편찬이란 대의는 뒷전으로 밀려났고, 조선어학회와 조선어학연구회* 사이에 벌어진 철자법 논쟁은 해를 거듭하면서 극단으로 치달았습니다.

---

*조선어학연구회는 1931년 박승빈이 중심이 되어 만든 단체이다. 이들은 잡지 《정음》을 통해 조선어학회의 형태주의 표기법을 비판하고 표음주의 표기법을 주장했다. 표음주의 표기법은 '읽으니',, '사랑이' 대신 소리나는 대로 '일그니', '사랑니'로 표기해야 한다는 입장이다. 현행 맞춤법은 형태주의 표기법을 원칙으로 하되 '사랑니'처럼 일부 표음주의 표기를 취하고 있다.

국어학자이며 신문기자였던 홍기문은 이런 사태에 대해 비판적이었습니다. 철자법을 비롯한 언어 규범은 사회적 약속의 소산이므로 지나친 이론 논쟁은 불필요하다는 것이었지요. 나아가 그는 조선어의 신성함을 강조하는 조선어학회의 국수주의적 경향을 경계하고, 조선어학회가 유일무이한 조선어 수호기관으로 자처하는 것을 비판했습니다.

필자 최경봉은 이후의 역사를 볼 때 홍기문의 경고가 설득력이 있다고 평가합니다. 해방 후 국어 정화와 한자 폐지 운동에서 나타난 조선어학회의 독단이 우리말에 대한 활발한 논의를 가로막았다는 것이지요. 하지만 필자는 조선어학회의 독단에 가까운 사명감과 민족주의가 사전 편찬의 원동력이 된 것 또한 사실이라고 지적합니다.

중일전쟁 이후 많은 조선인들이 권력 언어인 일본어를 배우기 위해 열을 올리고 창씨개명이 줄을 잇는 상황에서 사전, 아니 우리말은 위기를 맞습니다. 사업의 주역이었던 신명균은 비관 끝에 자살을 택했고, 초고가 완성된 1942년에는 조선어학회 사건이 일어나 회원들이 검거되고 원고도 압수당했습니다. 조선어 사전에 평생을 바친 이윤재가 옥사했고, 이듬해에는 한징마저 옥에서 숨을 거뒀습니다.

그러나 이런 엄혹한 현실에서도 조선어를 지키겠다는 열망은 죽지 않았습니다. 해방이 되고 닷새 만에 조선어학회는 조직을 재건하고, 사라진 원고를 찾아 나섰습니다. 9월 8일 서울역 창고에서 2만 6천5백여 장 분량의 원고뭉치가 발견되었습니다. 그리고 1947년 10월

9일, 꿈에 그리던 《조선말 큰 사전》 첫째 권이 세상에 나왔습니다.

참으로 긴 기다림 끝에 나온 첫 권, 그러나 완간까지는 다시 십 년을 기다려야 했습니다. 1957년 《큰 사전》의 제6권이 나오면서 마침내 우리말 사전 편찬의 꿈이 이루어졌습니다. 1897년 이봉운과 주시경이 사전의 필요성을 제창한 지 50년 만에 이 나라도 자신만의 사전을 갖게 된 것입니다.

말과 글이 사라질 뻔한 위기를 딛고 탄생한 우리말 사전에는 다른 나라 사전에서는 볼 수 없는 독특한 특징들이 있습니다. 근대 사전의 전범典範으로 꼽히는 《옥스퍼드 영어사전》이 어휘의 변천을 꼼꼼히 기록한 데 비해, 우리말 사전은 옛말을 특수한 어휘로 따로 분류하여 수록했습니다. 옛말을 별도의 전문어로 본 것입니다.

또한 편찬자들은 당시 형편상 우리말 사전이 백과사전의 역할까지도 담당해야 한다고 보고 많은 양의 고유명사를 수록했습니다. 사전의 효용성을 높이려는 이런 방침은 한국어 사전이 가진 주요한 특징이 되었지요.

50년에 걸친 사전 편찬의 역사는 한 권의 사전 속에 얼마나 많은 사람의 수고가 숨어 있는지 새삼 깨닫게 합니다. 《옥스퍼드 영어사전》을 완성하는 데 수천 명의 자원봉사자가 있었듯이, 《큰 사전》도 이름 없는 자원봉사자들의 도움이 큰 힘이 되었습니다. 각 지역의 방언을 조사해 사전편찬회로 보내준 많은 사람들이 없었다면 사전의 완성은 기약할 수 없었을 겁니다.

그뿐인가요. 사전 편찬을 도운 이들 중에는 십 년 동안 9만 개가 넘는 단어를 정리한 피땀 어린 성과물을 선뜻 기증한 이상춘 같은 분도 있었습니다. 자신의 이름으로 최초의 사전을 펴내는 명예를 포기한 그가 있었기에 우리말 사전은 더 풍부해질 수 있었지요.

2009년 한글날, 광화문 광장에는 높이 10미터, 무게 20톤에 달하는 황금빛 세종대왕 동상이 들어섰습니다. 우러러보기도 벅찬 거대한 동상을 세운 뜻은 한글을 창제한 세종의 업적을 기리기 위함이겠지요. 하지만 영어를 모르면 버스 타기도, 화장실 가기도, 커피 한 잔 마시기도 힘든 세상은 그대로 두고 동상을 세우는 것이 진정으로 그 뜻을 기리는 일은 아닐 겁니다. 지하에 계신 세종 임금도 번잡한 도심 한복판에 버티고 있는 것보다 모든 백성들이 편안히 읽고 쓰는 세상을 더 바라지 않을까, 영어 못하는 나는 그리 생각합니다.

최경봉
《우리말의 탄생》
책과함께, 2006

슬픔이 목까지 차오를 때

"우리의 상황은 바로 이렇다. 우리는 우리가 열 수 없는 닫힌 상자 앞에 서 있다."(앨버트 아인슈타인)

시작부터 암울하다고요? 그러네요, 미안합니다. 하지만 이 마음을 숨기고 짐짓 태연한 척하기가 싫군요. 이 글을 쓰던 무렵 서울 용산에서 여섯 명의 목숨이 불길 속에 사라지더니, 이 글을 고치는 오늘은 쉰 명이 넘는 사람들이 서해 바다에서 목숨을 잃었습니다. 하나의 죽음에 꽃을 바치며 갑자기 끝난 그의 삶을 추도하기도 전에 다른 죽음이 쓰나미처럼 덮칩니다. 이게 옳은 일인가요? 이렇게 살아도 괜찮은가요? 대체 뭐하는 걸까요, 우리?

《엄청나게 시끄럽고 믿을 수 없게 가까운》이라는 소설은 거기서 시작합니다. '대체 뭐야'라는 질문 혹은 한숨 말이지요.

책을 펼치면, 엄청나게 수다스러운 열 살짜리 사내애가 등장해선 말도 안 되는 소릴 늘어놓습니다. 예를 들면, 방귀를 뀔 때마다 "난 아니야!"라고 말하는 항문 이야기 같은 거지요.

진지한 독자는 '대체 뭐야?' 하고 상을 찌푸리겠지만 조금만 참고 읽어보세요. 그 수다의 끝에서 2001년 9월 11일 아침 8시 52분, 9시 12분, 9시 31분, 9시 46분, 10시 4분, 마지막으로 10시 22분 27초라는 전화 메시지 기록을 보는 순간, 짜증 섞인 '대체 뭐야?'가 아니라 탄식 같은 '대체 뭐야…'를 중얼거리며 책 속으로 빠져들게 될 테니까요.

처음 이 어마어마하게 긴 제목을 봤을 때는 발랄 쾌활한 청춘소설을 생각했습니다. 9·11 참사를 다룬 가슴 미어지는 소설일 거라곤 꿈에도 상상하지 않았지요. 물론, 우리는 왜 존재하며 왜 스스로 존재를 무화無化시키는지, 우리가 존재하기 위해서는 도대체 무엇에 의지해야 하는지 따위의 엄청나게 심오한 질문이 담겨 있을 거라고는 더더욱 생각한 적 없습니다. 그런데 그런 이야기여서 또 한 번 '대체 뭐야!'

소설에는 세 명의 '나'가 등장합니다. 2001년 그날 아버지를 잃은 오스카, 2차 대전 때 드레스덴 폭격으로 가족과 애인과 태어나지 않은 아이를 잃은 오스카의 할아버지, 그들과 똑같이 같은 날 가족을 잃고 혼자서 그 모든 부재를 견뎌온 오스카의 할머니. 그 세 사람이 번갈아서 서로 다른 호흡으로, 서로 다른 기억 속의 자기 이야기를 한 것이 이 소설입니다.

　세 사람을 잇는 삼각형의 한가운데에는 오스카의 죽은 아버지가 있습니다. 그는 눈에 보이지는 않지만 세 사람이 저 무無의 암흑 속으로 떨어지지 않도록 잡아당기는 인력引力 같은 존재입니다. 살아남은 세 사람은 그의 자장磁場 안에서 서로의 존재를 느끼고 삶을 다짐합니다. 하지만 사랑하는 사람을 어처구니없이 잃고서 살아간다는 것이, 제대로 산다는 것이, 결코 쉬운 일이 아니지요.

　그래서 오스카의 할아버지는 말을 잃어버립니다. 입을 닫고, 왼손에는 예스를, 오른손에는 노를 문신한 채 존재하지 않는 듯이 침묵 속을 살아갑니다. 남편의 침묵 앞에서 오스카의 할머니는 눈을 잃습니다. 그녀는 어두워진 눈으로 수천 장의 텅 빈 자서전을 쓰면서 부재의 시간을 견딥니다.

　입을 닫고 눈을 감고 홀로 자신의 고통을 견디면서, 그들은 오직 자신에게서 모든 고통이 끝나기만을 바랍니다. 그러나 그들의 몸부림에도 불구하고 불행은 세습됩니다. 이제 그들의 손자 오스카마저 같은 고통을 겪습니다.

　아홉 살 오스카에게 아빠는 자신의 '레종 데트르raison d'etre', 즉 존재의 이유였습니다. 그런 아빠를 어느 날 갑자기 잃어버리고 오스카는 지독한 외로움에 시달립니다. 홀로 깨어 있는 잠 안 오는 밤, 오스카는 끊임없이 발명을 합니다. 휘파람 부는 주전자, 뒷면에서 과자 맛이 나는 우표, 엘리베이터 대신 건물이 오르락내리락하는 빌딩(비행기가 부딪혔을 때 95층에 있는 사람을 땅으로 내려다줄 수 있도록!)······.

발명의 목록과 함께 또 하나 늘어나는 것은 편지입니다. 오스카는 스티븐 호킹에게, 링고 스타에게, 제인 구달에게, 그 밖의 여러 유명인들에게 편지를 씁니다. 개인적인 이야기를 감춘 의례적인 답장과 편지가 오갑니다. 하지만 슬픔은 줄어들지 않습니다. 오스카는 그 마음을 "부츠가 점점 무거워진다"고 표현합니다.

아빠가 죽었는데도 다른 남자와 깔깔대는 엄마 때문에 부츠가 한껏 무거워진 날, 오스카는 아빠의 방에 들어갑니다. 그리고 우연히 아빠가 남긴 비밀의 열쇠를 발견합니다. 어디에 쓰는 열쇠인지, 누구와 관계된 것인지, 아빠가 왜 그렇게 은밀히 숨겨두었는지······ 의문이 꼬리를 물고, 유일한 단서는 '블랙'이라는 이름뿐입니다. 오스카는 비밀을 풀기 위해 뉴욕에 사는 216가구의 블랙 씨를 찾아 긴 '탐사'에 나섭니다.

아빠의 흔적을 더듬고, 아빠를 아는 사람을 만나고, 아빠에 대해 이야기하고, 아빠를 다시 느끼고, 그리고 아빠에게 용서를 구하는 것. 그것이 살아남은 오스카의 유일한 희망이며, 아홉 살 오스카가 찾은 단 하나의 레종 데트르입니다. 그래서 오스카는 타고 싶지 않은 지하철을 타고, 오르고 싶지 않은 엠파이어스테이트 빌딩을 오르며 아빠의 뒤를 좇습니다.

하지만 450쪽이 넘는 긴 소설이 끝나가도록 오스카는 열쇠에 맞는 자물쇠를 찾지 못하며, 아빠를 기억하는 사람을 만나지 못합니다. 불면의 발명은 계속되고 편지 쓰기도 여전합니다. 오히려 더 늘어나고 잦아지지요. 오스카 자신의 슬픔에 블랙 씨들의 슬픔이 더해져 부츠는 자꾸 무거워지기만 하고 오스카는 지칩니다. "아빠를 향해 가고 있다는 느낌"도 더는 들지 않던 날, 오스카는 마지막으로 블랙 씨를 만납니다.

그리고 그 무렵 스티븐 호킹의 다섯 번째 답장이 도착합니다. "제가 발명을 멈추지 못하면 어떻게 될까요?"라는 오스카의 질문에 호킹은 늘 그렇듯 짧고 의례적인 답장이 아닌 긴 편지를 보내옵니다.

나의 영웅인 앨버트 아인슈타인은 이런 말을 했습니다. "우리의 상황은 이렇다. 우리는 우리가 열 수 없는 닫힌 상자 앞에 서 있다."
광대무변한 우주 대부분이 암흑물질로 구성되어 있다는 얘기는 굳이 말하지 않아도 아실 겁니다. 우리가 결코 볼 수도, 들을 수도, 냄새 맡을 수도, 맛볼 수도, 만질 수도 없는 것들이 깨지기 쉬운 균형을 좌우합니다. 그것이 삶 자체를 좌우합니다. 무엇이 진짜일까요? 무엇이 진짜가 아닐까요? 어쩌면 이런 질문은 하지 말아야 할, 옳지 않은 질문일지도 모릅니다. 무엇이 삶을 좌우할까요? 내가 삶이 의지할 수 있는 것을 만들었더라면 얼마나 좋을까요.

진짜 호킹이 쓴 편지인지, 작가 조너선 사프란 포어가 상상한 호킹의 편지인지 알 수 없지만 중요한 건 그게 아니겠지요. 중요한 건 1945년과 2001년이, 드레스덴과 뉴욕이, 서울과 평양이, 우주의 기원과 먼지 같은 한 생애가, 모두 믿을 수 없을 만큼 가깝다는 사실입니다. 어쩌면 그것만이 의지할 데 없는 세상에서 유일한 의지처인지도 모릅니다.

소설에서 오스카의 부츠가 순식간에 가벼워지는 기적은 일어나지 않습니다. 하지만 오스카는 아빠가 없는 세상에서 의지할 데를 찾은 것 같습니다. 우리 모두가 믿을 수 없을 만큼 가깝다는 것, 그러니 당신의 상처가 나의 상처라는 것, 그래서 우리가 함께 울 수 있다는 것을 깨달은 것이지요.

그리고 또 하나. 소설의 마지막을 장식하는 열다섯 장의 사진은 우리가 의지해야 할 것이 무엇인지를 상기시킵니다. 그 사진들은 있을 수 없는 일들, 일어나선 안 되는 일들이 더는 일어나지 않도록 하기 위해 우리가 무엇에 의지해야 하는지를 말해줍니다.

슬픔이 목까지 차오른 날, 그게 뭔지 함께 찾아보지 않을래요?

. . . . .

조너선 사프란 포어, 송은주 옮김
《엄청나게 시끄럽고 믿을 수 없게 가까운》
민음사, 2009

마녀의 독서처방

남들이 알아주지 않아도

"남이 알아주지 않아도 성내지 않는다면 군자라 할 만하다人不知而不慍不亦君子乎." 《논어》에 나오는 공자의 말입니다. 《논어》를 처음 배울 때 이 구절을 읽으며 '군자 되기가 쉽구나' 했습니다. 남이 알아주든 말든 상관없다고 여길 때였지요. 지금은, 군자가 되기란 역시 어렵다고 느낍니다. 남이 알아주지 않아서 슬프고 노여웠던 시간들이 그림자처럼 내 뒤에 있습니다.

사람들이 털어놓는 고민의 태반은 남이 나를 '알지 못함不知'에서 비롯된 것들입니다. 내 능력을 알아주지 않아서, 내 고통을 알아주지 않아서, 내 진심 내 수고 내 의미를 알아주지 않아서 서운하고 억울해합니다.

그럴 때 남이 나를 모르는 건 당연하다고 얘기하면 사람들은 하나같이 절망스런 표정으로, 그럼 쓸쓸해서 어떻게 사느냐고 반문합니다. 어떻게 사느냐…… 공기처럼 살면 됩니다. 알지 못하는 사이 우리를 살리는 공기처럼 당연하게 사는 거지요.

미국의 과학 저널리스트 가브리엘 워커가 쓴 《공기 위를 걷는 사람들》은 사람들이 알아주지 않아도 성내지 않고 묵묵히 사람을 살리는 '공기'에 대한 책입니다. 공기에 관한 아름답고 슬프고 흥미진진한 이야기가 가득 실린 이 책을 읽고 나면, 우리의 한 호흡에 얼마나 넓은 세계가 담겨 있는지 새삼 깨닫게 됩니다.

아무도 공기에 대해 관심을 갖지 않을 때 처음으로 그 속내를 궁금해한 건 갈릴레이입니다. 교회의 탄압과 나빠진 시력 탓에 더 이상 하늘을 볼 수 없게 된 갈릴레이는 저 높은 하늘 대신 바로 옆에 있는 공기로 눈을 돌립니다. 그리고 그는 사람들이 텅 비었다고 생각한 공기의 무게를 잽니다. 그의 실험으로 공기가 아주 무겁다는 사실이 처음으로 밝혀집니다(그가 얻은 값은 실제보다 두 배 정도 무거웠습니다).

그런데 공기가 이렇게 무겁다면 우리는 왜 그걸 못 느낄까요? 필자는 말합니다. 우리가 그 무게에 익숙해져 있기 때문이라고. 바다 밑을 기어 다니는 바다가재가 바닷물의 무게를 느끼지 못하는 것과 같은 이치지요.

갈릴레이의 실험은 토리첼리와 보일을 거치면서 좀 더 정교하고 정확해집니다. 그리고 이를 통해 공기의 실체를 확인한 과학자들은 한 걸음 더 나아가 공기를 이루는 다양한 요소에 관심을 가집니다. 이성과 혁명의 시대 18세기에, 공기는 신비의 베일을 벗고 자신의 정체를 드러내기에 이릅니다.

　출발은 스코틀랜드의 친절한 의사 블랙이었습니다. 과학사상 보기 드물게 명예욕이 없던 블랙은 결석 치료제를 연구하다가 우연히 이산화탄소를 발견합니다. 공기의 종류가 한 가지만이 아니라는 사실이 최초로 확인된 순간이었죠. 덕분에 블랙은 '근대 화학의 아버지'라는 명예를 얻습니다.

　몇 십 년 뒤, 이번엔 혁명 전야의 프랑스에서 부유한 천재 라부아지에가 이산화탄소의 짝꿍인 산소를 발견합니다. 라부아지에는 산소의 존재만이 아니라, 산소가 호흡을 도우며 그 호흡이 몸속의 영양물질을 태운다는 사실도 밝혀냈습니다. 먹는 것과 숨쉬는 것은 전혀 별개라 여기던 당시에 그것은 놀라운 소식이었지요. 하지만 라부아지에가 놀란 건 다른 점이었습니다.

　막노동을 하면서 사는 가난한 사람은 살기 위해 육체의 힘을 최대한 끌어내야 하는데, 그 결과 부자보다 더 많은 물질을 소모하도록 강요받는다는 사실은 얼마나 불행한 일인가!

　살기 위해선 산소가 필요하지만, 산소를 많이 마시면 그만큼 빨리 죽습니다. 따라서 산소 소비량이 많은 육체노동자는 그렇지 않은 부자보다 빨리 늙고 빨리 죽을 확률이 높지요. 라부아지에는 이처럼 공기조차 불평등하게 소비되는 현실에 경악을 금치 못했습니다. 그래서 자신은 돈도 명예도 모두 가진 부르주아였지만 인간의 평등을 약속하는 혁명을 지지했습니다.

하지만 혁명은 그의 믿음을 배반하고, 그는 단두대에서 생을 마감하고 맙니다. 과학자로 성공하고 싶었으나 라부아지에의 반대로 뜻을 이루지 못한 마라의 음모였지요. 라부아지에의 비극적 최후는 "산소의 화학이 인간의 조건"이기도 함을 보여줍니다. 즉, 활기찬 생활이 노화를 촉진하듯, 회전이 빠른 두뇌, 강한 체력, 열정적인 생활 방식에는 위험이 따른다는 거지요. 그러고 보면 '짧고 굵게'는 산소 같은 삶의 표어인 듯도 합니다.

책의 맨 앞에는 우주에서 지구로 떨어지고도 살아남은 공군대위 조 키팅거의 이야기가 나옵니다. 지상 32킬로미터 지점에서 뛰어내린 그는 오존층, 성층권, 대기권, 대류권을 거쳐 무사히 지구로 귀환합니다. 첨단의 보호장비 덕분이지요.

하지만 그의 머리 위에서 태양의 치명적 복사를 흡수해준 전리층이 없었다면, 아니 그 위에서 시속 160만 킬로미터로 불어 닥치는 태양풍을 막아준 자기장이 없었다면, 아무리 성능 좋은 여압복을 입었대도 살아날 수 없었을 겁니다. 또한 구멍이 나긴 했지만 여전히 자외선을 흡수하고 있는 오존층이 없었다면, 지구에 착륙해서도 살 수 없었을 테고요.

그 모든 것 덕분에, "포근한 담요"처럼 우리를 에워싸고 있는 공기 덕분에, 우리는 무시무시한 환경을 머리 위에 두고서도 편안히 살 수 있습니다. 그리고 이 사실을 알게 된 건 키팅거와 라부아지에 같은 이들, 그리고 포스트, 페렐, 비르켈란, 솔로몬 등 이 책에 나오는 산소 같은 과학자들 덕분입니다. 위험과 실패를 두려워하지 않은 그들 덕분에 우리는 당연한 삶이 누구 덕분인지 알 수 있게 되었습니다.

생명이 지상에서 사는 데는 선선한 미풍만이 아니라 사나운 폭풍도 필요합니다. 보이지 않는 공기의 보이지 않는 작용들이 있기에 삶은 지속됩니다. 공기의 존재를 모를 때도, 그 작용 방식과 기능을 모를 때도 그 사실은 변함이 없습니다. 그러니 나를 알아주지 않는다고 탓하기 전에 내가 혹 무엇을 모르는지, 몰라서 당연히 여기지는 않는지 돌아볼 일입니다.

가브리엘 워커, 이충호 옮김
《공기 위를 걷는 사람들》
웅진지식하우스, 2008

당신의 밥이 되어드릴게요

운전을 잘한다는 건 잘 달리는 게 아니라 제때 잘 멈추는 거라고 합니다. 멈추기가 어렵기는 말도 운전 못지않습니다. 청산유수로 지껄이다가 문득 튀어나온 한마디에 얼굴이 뜨거워진 경험, 누구나 한 번쯤은 있을 겁니다. 그래서 깊이 생각하고 말을 하라지만, 사실 살다 보면 깊이 생각해도 하기 힘든 말이 있습니다. 가령 위로의 말이 그렇습니다. 위로를 받고 싶은데 오히려 상처를 후벼 파고 부아를 돋우는 경우가 어찌 그리 많은지요.

끙끙 앓고 있는 사람에게 "내 이럴 줄 알았어, 조심 좀 하지" 하고 훈계를 하거나, 이 병으로 죽는 일도 있다고 겁을 주거나, 믿음이 없어 죄 받는 거라고 설교하는 사람들…… 이런 사람들에겐 《부탁이니 제발 조용히 해줘》라는 책을 건네고 싶습니다. 그리고 그런 말들을 위로라고 듣고 있어야 하는 '가엾은' 이들에게는 같은 작가가 쓴 《대성당》을 선물하고 싶습니다. 지독히 과묵한 작가가 보여주는 위로의 진경眞景이 요설에 지친 마음을 달래줄 테니까요.

　두 책의 작가인 레이먼드 카버(1938~1988)는 내가 알기로 장편을 쓴 적이 없습니다. 그는 형용사도 부사도 배경도 심리도 모두 최소한으로 축소된 건조한 문장으로, 아주 짧은 단편소설을 썼습니다. 스물이 되기 전부터 제재소 노동자로, 병원 수위로 힘들게 일하면서 글을 썼으니 장광설을 늘어놓을 틈이 없었는지도 모릅니다. 아무튼 그 덕에 문학이 침묵의 중요성을 깨닫게 된 것은 참 고마운 일입니다.

　열두 편의 단편이 실린 《대성당》은 카버의 다른 소설집에 비해 읽기가 좀 수월합니다. 군살 없는 문체야 한결같지만, 냉정하게 느껴지던 이전 작품들에 비해 따스하고 긍정적인 시선이 읽는 이의 마음을 편안하게 해주기 때문이죠.

　그런 변화를 잘 보여주는 것이 〈별것 아닌 것 같지만, 도움이 되는〉이라는 작품입니다. 이 작품은 예전에 썼던 〈목욕〉이란 소설을 고쳐 쓴 것인데(〈목욕〉은 단편집 《사랑을 말할 때 우리가 이야기하는 것》에 수록되어 있습니다), 결말의 차이가 작가의 달라진 시선을 한눈에 보여줍니다.

　한 아이가 생일날 뺑소니 사고를 당합니다. 외상이 없기에 그저 그런 줄로만 알았는데 아이의 상태는 점점 더 나빠집니다. 기도 외에는 아무것도 할 수 없는 시간이 흐릅니다. 아무 일도 일어나지 않았을 때는 무심히 넘겼던 것들이 모두 엄청난 무게로 다가옵니다. 사소한 몸짓에서 희망의 단서를 찾기도 하고, 이웃의 불행에서 불길한 예감을 느끼기도 합니다. 그러다 문득, 이런 상상이 혹 끔찍한 결과를 부르는 건 아닌지 스스로를 책망합니다.

내가 이고 선 하늘이 무너지고 내가 딛고 선 땅이 꺼집니다. 오로지 나만, 다른 이들의 세상은 멀쩡한데 오로지 내 세상만 무너져 내립니다. 미움과 원망만이 가득 찬 마음, 그 캄캄한 절망 앞에 카버는 한 조각 빵을 내밉니다. "이럴 때 뭘 좀 먹는 일이 별것 아닌 것 같지만, 도움이 될 거"라면서요. 아이의 부모는 외로운 빵집 주인이 내놓은 갓 구운 빵을 먹습니다.

그들은 더 이상 먹지 못할 정도로 먹었다. 그들은 검은 빵을 삼켰다. 그건 형광등 불빛 아래로 들어오는 햇살 같았다. 그들은 새벽이 될 때까지, 창으로 희미한 햇살이 높게 비칠 때까지 이야기를 나눴는데도 떠날 생각을 하지 않았다.

먹은 밥그릇 수가 늘면서 깨달은 게 있습니다. 사람은 밥 힘으로 산다는 겁니다. 몸도 마음도 지칠 대로 지친 어느 날, 어머니가 차려주신 따뜻한 밥상은 천 마디의 웅변을 무색케 하는 위로이고 격려입니다. 별것 아니지만 도움이 되지 않을까, 염려와 사랑으로 지으신 밥을 먹으며 자식들은 잃었던 기운을 찾고 버렸던 희망을 품습니다. 그래서 세상은 다시 살 만해집니다.

어린 시절부터 힘들게 몸을 움직여 살았기 때문일까요. 카버는 사소한 듯 보이는 그 밥이 사람을 살리기도 죽이기도 한다는 것을 압니다. 그는 삶을 아프게 하는 것도, 그 삶을 치유하는 것도 모두 별것 아닌 것 같은 일들이라고 말합니다.

고장 난 냉장고가 어둑한 현실을 드러내기도 하고(〈보존〉), 달갑잖은 맹인 손님이 감춰진 시야를 열어주기도 하며(〈대성당〉), 집을 비우라는 한마디에 기껏 결심한 새 출발이 무너지기도 합니다(〈체프의 집〉). "그만한 일로 인생이 바뀐다고?" 한다면, 당신은 위로에 서툰 사람입니다. 작고 사소한 일로 사람이 무너질 수 있다는 걸 알아야 위로를 핑계 삼아 남을 모욕하지 않을 수 있으니까요.

사람은 누구나 남을 위로하되 위로받는 일은 생기지 않기를 원합니다. 하지만 세상 모든 불행이 나만 피해가기를 바란다는 것도 어설픈 짓이지요. 닥칠 일은 닥치고, 겪을 일은 겪으면서 세월은 흐릅니다. 그런 세월을 보내고 타인의 아픔에 눈을 뜨면, 카버가 보여주었듯이 슬픔을 위로하는 것은 또 다른 슬픔임을 깨닫게 됩니다. 살아가는 데는 슬픔조차 힘이 된다는 걸 알게 됩니다. 어쩌면 그게 슬픔이 주는 유일한 위로인지도 모릅니다.

레이먼드 카버, 김연수 옮김
《대성당》
문학동네, 2007

너무 많은 책이 너무 많은 말들을 쏟아내 멀미가 날 때, 미술관으로 갑니다. 생기 없는 활자 대신 공들인 몸의 흔적을 바라보면 가슴이 뜁니다. 말을 잊은 자리에서 피어난 그림 한 폭. 말이 멈추고 시간이 멈추고 침묵이 찾아옵니다. 고마운 침묵입니다.

그런데 언제부턴가 미술에 관한 책이 늘고 미술에 대한 수다가 늘면서 침묵을 누리기가 쉽지 않습니다. 아는 만큼 보인다며 그림과 작가에 대해 이것저것 읽는 사이, 그림 하나를 오래 들여다보며 마음의 빈자리를 찾는 시간은 잊혀져갑니다. 그림마저 지식으로 읽는 시절, 천천히 느낌으로 읽는 과묵한 독서가 그립습니다.

미국의 계관시인 마크 스트랜드가 쓴 《빈방의 빛》은 그런 독서에 어울리는 보기 드문 책입니다. 이 책은 시인 스트랜드가 화가 에드워드 호퍼의 그림들에 붙여 쓴 에세이를 모은 것인데, 책에 실린 30점의 그림들은 사실적인 묘사와 달리 이상하리만큼 비현실적인 느낌으로 보는 이를 사로잡습니다.

호퍼의 그림 속에서 사람들은 표정을 읽기 힘든 얼굴에 허허로운 시선을 띠고 있습니다. 그래서 어떤 그림을 봐도 그저 쓸쓸하기만 하지요. 스트랜드는 그걸 "심란할 정도로 조용하고, 방을 떠나지 않으면서도 끝내 등을 돌리고 있는 사람과 함께 있는 듯한 느낌"이라고 표현합니다. 이처럼 간결하지만 웅숭깊은 시인의 글귀를 읽다 보면 어느새 그림이 빛나고 빈방이 환해집니다.

사진에세이 《뒷모습》을 쓴 미셸 투르니에는 스트랜드처럼 나직하게, 그러나 스트랜드보다는 따스하게 쓸쓸함에 대해 이야기합니다. 프랑스 최고의 사진가 에두아르 부바가 찍은 담백한 흑백 사진과 철학 교사 출신의 작가 투르니에가 쓴 시적인 짧은 글을 읽노라면, 사람의 뒷모습에 한 생애가 담겨 있음을 새삼 깨닫게 됩니다. 그 중 특히 오래 마음이 머물렀던 한 대목입니다.

"뒤에서 기다리는 천사에게 등을 돌린 채 우리는 몇 번이나 어리석은 즐거움을 찾아 무작정 달려가기만 했던가?"

이 문장과 사진 앞에서 내가 등진 세상이 떠올라 가슴을 쓸어내렸습니다. 잊었던 진실을 깨우치는 책, 《뒷모습》은 그래서 아름답지만 무서운 책입니다.

여성지 《이프》의 아트디렉터로 활동한 제미란이 쓴 《길 위의 미술관》은 쓸쓸함을 넘어 처연함을 느끼게 하는 미술책입니다. 책에 소개된 열두 명의 여성 미술가들 중 내가 알던 이름은 서너 명뿐. 하지만 낯선 이에게서 느끼는 이물감은 그녀들의 작품이 주는 충격과 감동 앞에서 순식간에 사라져버립니다. 300쪽이 채 안 되는 책이지만 회화, 사진, 조각, 설치, 비디오아트 등 다양한 재료와 표현 방식을 사용해서 자신의 욕망과 분노와 좌절과 사랑을 표현하는 작가들의 열정이 제미란의 감각적인 글을 통해 생생하게 전해집니다.

《길 위의 미술관》에서도 확인할 수 있지만 현대미술에서는 캔버스와 붓을 떠나 일상의 모든 것이 예술이 됩니다. 나무, 풀, 종이, 로프, 조개껍데기 등등 주위의 모든 것들이 작품의 재료가 되어 작가를 자극하지요. 이처럼 예술은 어디에서나 가능하며 가장 상투적인 일상조차 예술이 될 수 있음을 적극적으로 보여주는 책이 바로 《나를 더 사랑하는 법》입니다.

행위예술가로 영화감독으로 다양한 활동을 하는 미란다 줄라이와 참여 예술가이며 대학교수인 해럴 플레처는 2002년 '나를 더 사랑하는 법'이라는 웹사이트를 만들고 사람들에게 과제를 내줍니다. 그림자를 이용해 포스터 만들기, 상처를 사진으로 찍고 그에 대해 이야기하기, 과거의 자신에게 충고하기 같은, 평범한 듯 독특한 70개의 과제에 전 세계에서 5천 개가 넘는 답변이 도착합니다. 책은 그 과제와 답변들을 골라 모은 것인데, 읽다 보면 기발한 아이디어에 놀라고 가슴 아픈 사연에 울컥하게 됩니다.

그런데 이 책에는 또 한 권의 책이 숨어 있습니다. 옮긴이 김지은이 2009년 가을 한 달 동안 한국에서 수행한 한국판 '나를 사랑하는 법' 프로젝트의 성과를 또 다른 책으로 묶은 것이지요. 김지은이 주도한 이 프로젝트에서 내 마음을 사로잡은 것은 '주변에서 빨간색을 찾아 사진 찍고 그에 대해 이야기하기'입니다. 그 과제를 보면서, 홀린 듯 충동 구매한 신발장의 새빨간 내 구두에 대해 이야기하고 싶더군요. 나도 모르게 빨간 구두를 택한 내 마음이 어쩌면 예술을 만들고 예술을 그리는 마음이지 않을까, 문득 그런 생각이 듭니다. 뭔가를 간절히 그리워할 때, 그 그리는 마음에서 그림은 시작되었으니까요.

프랑스의 화가이자 작가인 프레데릭 파작은 《거대한 고독》에서 이 간절함을 묵직하게 표현합니다. 파작은 이 책에서 토리노를 배경으로, 철학자 프리드리히 니체와 시인 체사레 파베세의 삶을 검은 펜화로 그립니다. 토리노, 니체, 파베세, 그들을 묶은 인연은 어둡고 음울합니다. 토리노는 니체가 미쳤던 곳이고 파베세가 자살한 땅이니까요.

파작은 광기와 죽음을 낳은 이 고독한 공간을 그리고 또 그립니다. 삶의 어두운 진실을 알기 위해서는 니체와 파베세가 그랬듯, 거대한 고독과 직면해야 함을 알기 때문이지요. 그러기에 세상 누구에게서도 위로를 얻지 못한 두 쓸쓸한 영혼들의 이야기를 마무리하며 파작은 고백합니다.

"나는 나 자신을 찾으러 다녔다. 머지않아 나는 다시 지독하게 우울한 곳, 토리노에 올 것이다."

《거대한 고독》과는 전혀 다르지만 세노 갓파의 펜화 역시 지독하리만큼 간절한 마음을 보여준다는 점에서 비슷합니다. 신음하는 듯한 파작의 거친 선과 달리, 갓파의 펜은 맑은 소프라노 음성처럼 깔끔하고 섬세합니다. 하지만 그의 책을 읽고 나면 그 깔끔함이 삶의 진상에 닿고 싶은 강박의 표현이라는 걸 깨닫게 됩니다. 10여 년 전 처음 《펜 끝으로 훔쳐본 세상》을 읽었을 때부터 그런 느낌이 들었는데, 《세노 갓파의 인도 스케치 여행》을 통해 확신을 갖게 되었지요. 마음속에 들어온 것들을 꼼꼼하게 재연하는 그의 펜화는, 사소함을 사소함으로 보지 않는 데서 예술은 시작된다는 것을 다시금 일깨워줍니다.

그림 같은 세상을 보여주는 몇몇 과묵한 책들 덕분에, 예술은 길고 그만큼 인생도 길다는 걸 배웁니다. 아름답게 살아야겠습니다.

국보 1호를 잃고

올적한 연말, 쿨하게 보내기

삶의 의미를 잃었을 때

씩씩하게 나이 들기 위하여

죽음에 임하는 우리의 자세

닫힌 문 앞에서

웃으면서 안녕!

VI

이

별

Good-bye

국보 1호를 잃고

책의 쓸모를 믿습니까? 나는 믿습니다. 느닷없이 봉변을 당한 마음을 달래주는 것도, 다리미 대신 양복 바지의 날을 세우는 것도, 딱딱한 책상에서 베개 노릇을 해주는 것도, 팔팔 끓는 라면 냄비를 받쳐주는 것도 책입니다. 참으로 쓸모 많은 물건이지요. 하지만 뭐니 뭐니 해도 책의 가장 큰 쓸모는 침묵을 견디게 하는 것이 아닐까 싶습니다. 말문이 막힐 정도로 기막힌 일을 당했을 때 그 막막한 침묵을 견딜 수 있게 하는 것, 그것이 책입니다.

그날 밤, 희미한 어둠 속에서 노란 연기가 피어오르고 서서히 불그레한 일렁임이 번지기 시작했답니다. 늘 그렇듯 미미한 시작은 참으로 창대한 끝, 참혹한 끝으로 막을 내렸습니다. 그리고 6백 년을 의연하던 나무들이 송두리째 무너져 내린 자리에서, 익숙하되 좀 더 추한 풍경이 펼쳐졌습니다. 네 탓이다 네 탓이다, 보기 흉한 드잡이가 벌어지는 아침, 나는 시를 읽었습니다.

막소주 한 되를 사러
질척이는 거믄절 고갯길을
뉘엿뉘엿 넘어가는데
뒤따라 나선 아이가 자꾸
집 쪽을 돌아보며 중얼거립니다
나무가
나무가 없다고

까치집을 머리에 이고 있다고
그 손바닥만 한 밭뙈기에 그늘을 지운다고
오늘 아침나절에
옆집 늙은이가 덜컥 베어버린
집 뒤에 늘 서 있던
그 커다란 굴참나무가 보이지 않는다고

향음주례郷飲酒禮하고
천천히
활시위를 당기다 (이창기, 〈가까이할 수 없는 서적〉에서)

분노로 팽팽해진 활시위를 놓으려는 순간, 뒷덜미가 서늘합니다.
내 활은 지금 누구를 겨누고 있는가 자문합니다. 손바닥만 한 밭뙈기에 그늘진다고 멀쩡한 나무를 베어버리는 시대에 살고 있음을 정말 모르고 있었을까요. 다 알면서도 그저 눈 감고 모르는 척, 그렇게 살지는 않았을까요.

낯을 들어 하늘을 우러를 수 없는 날, 고개를 떨구고 책을 펼칩니다. 여든둘의 주제 사라마구가 주름진 손으로 그려낸 《눈먼 자들의 도시》. 서로의 야만에 눈 감은 도시, 낯익은 도시가 눈앞에 펼쳐집니다.

어느 날 문득 한 남자가 소리칩니다.
"눈이 안 보여!"
느닷없는 실명에 남자는 절망하지만 절망은 그에게서 끝나지 않습니다. 백색 실명이 불길처럼 도시 전체로 번지고, 공포와 불안이 도시를 사로잡습니다. '어느 날 갑자기 눈이 먼다면'이라는, 누구나 한 번쯤은 해봤음직한 상상으로 시작한 소설은 시간이 갈수록 무서운 상상력을 보여줍니다.

흔히 사라마구의 소설 세계를 가리켜 '환상적 리얼리즘'이라고 하지만, 이 소설에서 환상은 조금치의 환상도 허용치 않는 냉엄한 환상, 사실보다 더 사실적인 지엄한 환상입니다. 그러기에 이 환상을 읽는 것은 창졸간에 검은 상장喪章이 되어버린 숭례문을 똑바로 바라보는 것만큼 두렵고 끔찍한 일입니다.

하지만 지금은 그걸 두 눈 뜨고 지켜봐야 할 때입니다. 가림막 앞에서 어설픈 호곡을 한다고 죽은 예禮가 살아날까요. "눈이 있으면 보

라. 볼 수 있으면 관찰하라"고, 사라마구는 제사題詞를 빌려 일갈합니다. 그러니 다시 책장을 넘길 밖에요.

처음 실명자들을 사로잡았던 충격, 비탄, 반성, 기도, 원망의 순간들이 지나가고 난 뒤 마침내 그들을 붙드는 건 야만입니다. 불신과 이기심에 사로잡힌 사람들은 같은 고통을 겪으면서도 동병상련의 연대를 이루지 못하며, 결국 가장 야만적인 폭력 앞에 무릎을 꿇습니다.

눈먼 자가 눈먼 자를 착취하고 강간하고 도륙하는 아수라 지옥에서 오직 한 여자, 모두가 눈먼 세상에서 눈멀지 않은 한 사람만이 홀로 그 지옥을 지켜봅니다. 그녀의 손을 잡고 그녀의 인도를 기다리는 사람들에게 그녀는 위안이고 희망이지만, 그녀에게 '볼 수 있음'은 저주요 악몽입니다.

더구나 그녀는 그 악몽을 어느 누구와도, 사랑하는 남편과도 결코 나눌 수 없습니다. 눈먼 자들의 절망까지 홀로 견뎌야 하는 지독한 절망이 엄습하지만, 그녀는 자신의 운명을 감당합니다. 사명감이나 죄의식 때문이 아니라 사랑과 연민 때문에 그녀는 고독한 운명을 감수합니다.

그리고 어느 순간 '눈멂'이 또 하나의 일상으로 자리 잡을 즈음, 실명처럼 느닷없이 개안開眼이 옵니다. 모두가 눈을 떴을 때 여자는 말합니다.

"나는 우리가 처음부터 눈이 멀었고, 지금도 눈이 멀었다고 생각해요. 볼 수는 있지만 보지 않는 눈먼 사람들이란 거죠."

눈멂은 사람들에게 자기 안의 야만을, 문명의 허울을 찬찬히 들여다볼 기회를 줍니다. 그러나 사람들이 잃었던 시력을 되찾았다 해서 야만으로부터 벗어날 수 있는 것은 아니며, 그들의 눈이 세상의 실상을 볼 수 있게 된 것도 아닙니다.

소설을 쓸 때 사라마구는 여든둘이었고, 여든둘은 인간이 잠시의 곤경으로 깨달음을 얻는다고 믿을 만큼 순진한 나이는 아니지요. 소설의 마지막, 그는 아직도 우리는 눈이 멀어 있다고 말합니다. 예순이 가까워 소설가로 문명文名을 날리고 일흔이 훌쩍 넘어 노벨문학상을 받은 주제 사라마구의 힘이 드러나는 대목입니다. 도무지 타협을 모르는, 이 유례없는 리얼리즘은 그렇게 완성됩니다.

눈을 들어 잿더미가 된 숭례문을 봅니다. 숭례문을 복원할 수도 있을 겁니다. 아니, 서둘러 복원할 테지요. 더 화려하고 더 근사하게 보이도록. 허나 지금 필요한 건 사라마구식의 철저한 비관은 아닐까요? 사람에 대한 예의를 복원하지 않는 한 그 문짝을 복원하는 게 무슨 소용인지, 이 모든 야단법석이 잠시의 실명을 추억하는 호들갑은 아닌지, 우리가 아직도 눈이 멀어서 무너진 숭례문이 보여주는 것을 보지 못하는 것은 아닌지……. 내 눈을 의심하고 이 이별을 가슴 깊이 새긴 뒤에 그때 비로소 활시위를 당겨도 좋으리라고, 책장을 덮으며 생각합니다.

．
．
．
．

주제 사라마구, 정영목 옮김
《눈먼 자들의 도시》
해냄출판사, 2002

울적한 연말, 쿨하게 보내기

어영부영하는 사이 12월도 막바지입니다. 속절없는 세월에 새삼 마음이 쓰이고 후회가 물밀듯이 밀려듭니다. 공수래공수거空手來空手去라지만, 그래도 이렇게 빈손으로 한 해를 마감할 줄 알았으면 진작 부지런을 떨 것을! 긴 한숨은 술을 부르고, 술은 망년이 아닌 망령을 부릅니다.

더 후회하기 전에 망년을 도모하는 세상에서 발을 빼기로 합니다. 술자리의 안주로나 쓰일 감상은 버리고 그야말로 쿨하게 한 해를 보내고 새해를 맞을 방법이 있을까? 독일 작가 엘케 하이덴라이히의 《세상을 등지고 사랑을 할 때》가 딱 맞는 처방이 되어줍니다.

300쪽이 채 안 되는 단편집을 다 읽고 처음부터 다시 읽는 사이, 시간은 멈추고 세상은 저만큼 물러납니다. 열아홉 여대생 프랑카가 서른다섯 철물공 하인리히와 사랑을 나누던 열흘처럼, 마흔여섯의 부유한 유부녀 프란치스카가 예순둘의 연금생활자 하인리히와 다시 사랑을 나누던 닷새처럼, 세상의 소란은 지워지고 입가에 미소가 번집니다.

표제작 〈세상을 등지고 사랑을 할 때〉는 자신에게 멋진 첫 경험을 선물한 남자에게 20년 뒤 근사한 보답을 하는 여인의 이야기를 담고 있습니다. 소설의 줄거리를 밝힐 순 없지만, 아마 이 소설을 읽은 남성들이라면 누구나 연말에 이런 선물을 받으면 얼마나 좋을까 싶을 겁니다.

하지만 여성들이라면 이렇게 말하겠지요. 당신에게 그런 행운이 오지 않는다고 한탄하기 전에, 당신이 어느 여자에게 "주저하지도 두려워하지도 잘난 체하지도 않는" 완벽한 남자였던 적이 있는지 돌아보라고요.

아니, 그렇다고 욱하진 마세요. 사실 이 소설은 완벽한 남자에 대한 이야기도, 완벽한 사랑에 대한 이야기도 아닙니다. 오히려 사랑이 별 게 아니듯 어마어마한 세상사도 어쩌면 별것 아니라고, 그러니 이 정도면 괜찮다고, 이렇게 살면 된다고 어깨를 으쓱해 보이는 그런 이야기지요.

독일의 인기 작가 하이덴라이히는 쉰이 넘은 나이에 이 단편집을 발표했는데, 그래선지 일곱 편의 단편이 모두 마흔 넘은 사람들의 이야기입니다. 더 정확히 얘기하면, 중년이 넘어서도 불혹은커녕 유혹과 알코올에 흔들리는 어른스럽지 못한 어른들 이야기지요.

사십에 불혹不惑하고 오십에 지천명知天命하고 예순에 이순耳順해야 한다고 믿는 어르신들 보기엔 영 탐탁지 않은 모습들이겠지만, 사십에 불혹하고 오십에 지천명하는 게 당연하다면 공자님이 굳이 그런 말씀을 하실 리가 있을까 싶습니다. 그게 당연하지 않으니까, 아니 사십에는 불혹하기가 힘들고 오십에는 지천명하기가 힘드니까 더욱 꼭 집어 그 얘길 하신 게 아닌가, 나는 그렇게 생각합니다.

마흔이 넘으니 인생을 좀 알겠다고 하는 사람들이 있습니다. 공자 말씀은 기실 그들의 몫이 아닙니다. 물론 이 소설도 그렇고요. 세월은 가는데 사는 건 점점 오리무중인 사람들, 다가오는 새해가 영 석연치 않은 이들. 그들의 부족함이 있어서 말씀도 이야기도 생겨납니다.

하이덴라이히는 짧고 건조한 문장으로, 그들을 위해 단순하지만 의미심장한 이야기를 펼쳐 보입니다. 군더더기 없는 이야기는 때로 냉소적으로 느껴질 만큼 쓸쓸함을 드러내기도 합니다. 하지만 그녀는, 세월이 가고 나이를 먹어도 사라지지 않는 사람의 뜨거움에 대해 누구보다 잘 아는 작가입니다.

이 책에는 〈보리스 베커가 은퇴하던 날〉이라는 재미있는 제목의 단편이 있습니다. 테니스 우상 보리스 베커가 은퇴하던 날, 베커를 지켜보며 한 시절을 보냈던 나와 친구들은 커다란 상실감을 느낍니다. 그리고 세상의 변화를 부정하며 살았던 지난 삶을 돌아봅니다.

보리스 베커도 이젠 변하겠지. 그가 결심했던 것이니까. 나는 자신의 뜻대로 변화를 찾아갈 수 있는 그가 부러웠다. 보리스 베커가 지금 이 순간 무엇을 하고 있는지, 하나의 삶을 전혀 새로운 것으로 바꾸는 것이 할 만한 일인지 알고 싶었다. 하나 이상의 삶을 살고자 하는 사람은 한 번 이상의 죽음을 죽어야 함을 그도 알고 있는지 궁금했다.

세밑에 지나온 시간을 후회하는 사람이 나 하나만은 아닐 겁니다. 변화를 꿈꾸지만 아무것도 변하지 않는 세상에게, 아무 변화도 이끌어내지 못하는 자신에게 절망하는 사람 또한 나 하나만은 아닐 겁니다. 부끄럽지만, 거기서 기운을 얻습니다. 다들 그러니까 괜찮다고, 이만하면 되었다고. 그리고 쿨하게 웃으면서 작별하렵니다.

"내년엔 잘할 수 있을 거야. 지나간 365일이여, 안녕!"

:::::

엘케 하이덴라이히, 한회진 옮김
《세상을 등지고 사랑을 할 때》
이레, 2005

마녀의 독서처방

삶의 의미를 잃었을 때

작년에 팔순을 맞으신 어머니는 예순여섯 되던 해 위암 수술을 받고 1년여 치료를 받으셨습니다. 위의 삼분의 이를 잘라낸 데다 항암제 때문에 음식을 제대로 넘기지 못해 참 힘든 나날을 보내셨지요. 그때 어머니는 "나는 지금 죽으면 딱 좋은데 왜 이 고생을 해야 하나!" 하며 한탄하곤 하셨습니다. 옆에서 간호하던 자식들 입장에선 맥 빠지고 듣기 싫은 말이었지요.

"왜 그런 말씀을 하세요?"

"너희들도 다 커서 제 앞가림 하지, 나도 할 만큼 하고 누릴 만큼 누렸는데 아쉬운 게 뭐가 있겠냐? 공연히 오래 살아서 이보다 더 험한 꼴이나 볼까 무섭다."

그 마음을 잘 알면서도 그때마다 몹시 골을 냈습니다. 자식이 열심히 간호를 하면 열심히 사실 생각을 해야지 왜 죽을 생각을 하나, 서운하고 속상했습니다. 다들 책임감으로 사는 거라고, 아픈 어머니를 다그친 적도 여러 번이었습니다.

평균 팔십 년을 산다는 세상이지만, 그 팔십 년 중 기쁨의 세월보다 고통과 근심의 세월이 더 긴 걸 생각하면 꼭 좋다고만 할 수도 없는 것 같습니다. 책임감으로 사는 거라고 잘난 척도 했지만 사람이 어떻게 책임감으로만 살겠습니까? 왜 살아야 하는지 나도 모르는 질문에 막막하고 답답한 날, 다행히 요시카와 고지로의 '두보 강의'를 묶은 책 《시절을 슬퍼하여 꽃도 눈물 흘리고》가 힘이 되어줍니다.

책 제목 '시절을 슬퍼하여 꽃도 눈물 흘리고'는 두보의 명시 〈춘망春望〉의 한 구절입니다. 756년, 반란을 일으킨 안녹산 군에게 붙잡혀 있을 때 쓴 시라고 하니 두보 나이 마흔여섯 무렵입니다. 시는 이렇게 시작합니다.

나라는 부서졌는데 산하는 남아 있고   國破山河在

성 안에 봄이 와서 초목이 우거졌네   城春草木深

반란군이 일어나 세상은 어지러운데 자연은 늘 그렇듯이 무심한 듯 의연합니다. 가족과도 헤어져 홀로 잡혀 있는 시인에게 유유한 자연의 흐름은 더욱 사무칩니다. 금방이라도 눈물을 쏟을 것만 같아 시선을 돌리니, 저기 보이는 꽃도 새도 슬퍼 우는 것만 같습니다. 그리하여 "시절을 슬퍼하여 꽃도 눈물 흘리고, 헤어짐을 한하며 새가 마음을 놀랜다"고 시인은 탄식합니다.

불우한 시인의 대명사로 일컬어지는 두보답게 가슴 저미는 시구가 읽는 이의 마음을 흔듭니다. 하지만 세계적인 중국문학자 요시카와 고지로는 그 우수憂愁를 단순히 개인적인 불행의 반영으로만 보지는 말라고 합니다. 두보 시의 우수는 "그의 성실한 인격에서 나온 것"이며, "세상의 부조리와 불공정에 대한 성실한 노여움"의 표현이라는 거지요.[*]

두보는 젊은 시절부터 관직에 나아가 세상에 쓰이기를 바랐지만 늙도록 그 꿈을 이루지 못했습니다. 안녹산이 죽은 뒤 반란군 진영을 탈출하여 황제를 찾아간 공으로 관직에는 임명되었지만, 그의 의견은 번번이 묵살되고 결국 몇 개월 만에 지방으로 좌천되고 맙니다. 역사가들은 이에 대해 "이상만 높고 실제적이지 못한" 탓이라고 평가합니다. 아마도 그 말이 맞을 겁니다. 백성을 위해 이상적인 정치를 펴겠다는 높은 포부가 없었다면 어찌 다음과 같은 절창이 나올 수 있었겠습니까?

붉게 칠한 문엔 술과 고기 썩어나는데　　朱門酒肉臭
길에는 얼어 죽은 뼈가 나뒹구는구나.　　路有凍死骨
영고는 지척을 사이에 두고 다르니　　　　榮枯咫尺異
슬퍼서 더 이상 말하기 어렵구나.　　　　惆悵難再述

*요시키와 고지로 외, 심경호 옮김, 《당시 읽기》, 창비, 1998에서 인용.

......

살아서는 늘 조세를 면하고	生常免租稅
이름은 정벌에 있지 않은데	名不隸征伐
자신을 돌아보면 여전히 괴로움 겪으니,	撫跡猶酸辛
평범한 사람은 참으로 어지러울 것이로다.	平人固騷屑
말없이 실업의 무리를 생각하고	默思失業徒
그로 인해 먼 전쟁의 병졸을 생각하니	因念遠戍卒
근심스러움은 종남의 산과도 나란하고	憂端齊終南
홍동하여 그칠 수가 없다네	澒洞不可掇

755년 겨울, 안녹산의 난이 일어나기 며칠 전 간신히 미관말직을 얻은 두보는 봉선현 시골에 맡겨둔 처자식을 만나기 위해 달려갑니다. 하지만 장안에서 봉선까지 사흘의 짧은 여정 동안 그가 본 것은, 황제의 총애를 받는 고관대작들이 흥청망청하는 사이 백성들은 길에서 얼어 죽는 현실입니다. 그리고 마침내 가족을 만났을 때 두보는 끔찍한 소식을 듣습니다. 어린 자식이 이미 굶어죽은 것입니다.

"부끄러운 바는 사람의 아비가 되어 먹을 것이 없어 요절시킨 것"이라 가슴을 치던 시인은, 그러나 자신의 슬픔에만 머물지 않습니다. 그나마 사족士族이라 하여 납세 의무도 없고 병역 의무도 없는 내가 이럴진대 평범한 백성은 얼마나 괴로울 것인가. 500자가 넘는 장시 〈장안에서 봉선현으로 가는 길에 회포를 읊다自京赴奉先縣詠懷五百

字)는 온 세상의 불행을 아파하는 시인의 울음으로 끝을 맺습니다. 높은 이상이 있었기에 가능한 '성실한 노여움'이요, 그 노여움이 있었기에 가능한 '지극한 울음'입니다.

두보는 "시어가 사람을 놀라게 하지 않으면 죽어도 그만두지 않는다"는 정신으로 시를 썼다고 합니다. 시를 팔아 밥 한 끼도 해결하지 못하는 시대였음에도 그가 시를 대하는 태도는 그토록 엄정했습니다. 비록 관리가 되어 뜻을 펴지는 못했지만, 자신의 앎으로 세상을 조금이라도 낫게 만들겠다는 드높은 이상이 있었기 때문일 겁니다. 그 이상 때문에 세상의 비웃음을 사고 고독한 운명에 처하게 되어서도 그는 포기하지 않았습니다.

그대의 뜻을 남들은 알지 못하나니　君意人莫知
인간 세상은 밤에 고요하도다.　　人間夜寥闃 (〈곡강삼장曲江三章〉에서)

남들이 알지 못하는 뜻을 품고 혼자 지새우는 밤, 그 쓸쓸함과 함께 인간의 밤은 덧없이 깊어갑니다. 요시카와는 그 고독감을, 시대를 앞선 시인이 겪어야 했던 피치 못할 고독이라고 설명합니다. 남이 보지 못하는 것을 보는 눈을 가졌기에 그는 고독한 예언자가 될 수밖에 없었다는 거지요.

살다 보면 내가 왜 이런 고통을 겪으며 살아야 하는가 하늘에 묻고 싶은 날이 있습니다. 두보는 같은 시에서 "이 생애는 하늘에 묻지 말리라 스스로 결단했네"라고 읊습니다. 인생에 대한 체념일 수도 있지만, 더 이상은 운명을 헤아리려 애쓰지 않겠노라는 결심일 수도 있습니다. 누가 뭐라든 나는 내가 생각한 대로 '죽어도 그만두지 않겠다'는 각오인 거지요.

어린 자식을 잃는 참담함을 겪고도 두보는 끝까지 살았습니다. 그리고 수십 년을 헤매다 끝내 타향 땅에서 쓸쓸히 눈을 감았습니다. 그러나 불행이나 비참이라는 말로 그의 삶을 기리는 것은 그가 남긴 시에 대한 모독일 겁니다. 스스로 고독을 결단하는 의지로 그는 중국 시를 혁신하고 새로운 세계를 열었습니다. 그는 누구보다 현실에 투철했지만, 삶의 의미를 세간世間에서 구하지 않았습니다. 아무도 알아주지 않아도 스스로가 정한 뜻을 믿고 묵묵히 제 길을 걸어갔던 것이지요.

왜 사느냐는 물음이 더없이 무겁고 막막하게 느껴져 차라리 눈을 감고 싶을 때가 있습니다. 하지만 삶의 의미는 구하는 것이 아니라 결단하는 것. 기왕 사는 인생, 남들이 알든 모르든 온 세상을 아우를 만큼 큰 뜻을 세워도 좋을 것 같습니다. 그래서 세운 나의 포부는, 이 땅의 악이 명을 다하는 날까지 사는 것입니다. 한마디로 오래 살겠다는 뜻이 아니냐 하신다면…… 그저, 웃지요.

요시카와 고지로, 조영렬 · 박종우 옮김
《시절을 슬퍼하여 꽃도 눈물 흘리고》
뿌리와이파리, 2009

씩씩하게 나이 들기 위하여

6월의 마지막 날 후배를 만났더니 벌써 1년의 반이 갔다며 울상을 짓습니다. 일도 연애도 지지부진한 채 세월만 보내는 게 걱정이라기에 "정말 원하는 게 뭔지 잘 생각하고 지금이라도 꿈을 꿔봐" 하니까 한숨을 푹 쉽니다.

"이 나이에 꿈을 꾼다고 되겠어요?"

이번엔 내가 한숨을 쉴 차례입니다.

서른이 넘은 친구들이나 마흔, 쉰이 넘은 사람들이나 노상 입에 달고 사는 게 '나이'입니다. 나이를 먹으니까 눈도 침침하고 기억력이 떨어져서 책도 안 읽히고 뭘 배우기도 힘들다는 하소연부터, 나이를 먹으니까 웬만한 일은 다 알겠고 이해가 되고 통달이 되더라는 자부에 이르기까지, 무엇 하나 '나이'를 빼고는 얘기가 안 됩니다.

그러나 나이는 만병의 근원도 아니고 지혜의 조건도 아닙니다. 늙고 죽는 것은 생명체의 당연한 이치일 뿐, 그 자체가 어떤 의미를 갖는 것이 아니니까요. 그런데도 자꾸 나이 얘기 하는 분들, 부디 중국 최대의 이단아 이탁오를 만나보기 바랍니다. 중국의 평론가인 옌리에산鄢烈山과 주지엔구오朱健國가 함께 쓴 《이탁오 평전》이 명나라 말의 사상가 탁오卓吾 이지李贄의 사상과 면모를 가감 없이 보여줍니다.

이지(1527~1602)는 76년의 긴 생애를 살았으나 이 평전은 그가 관직을 버리고 학문에 전념하기 시작한 쉰네 살부터의 인생을 담고 있습니다. 이지 스스로 "오십 이전의 나는 한 마리 개에 불과했다"고 말하기도 했지만, 사상가 이지의 삶이 쉰넷에 비로소 시작되었기 때문입니다.

보통 사람들이 인생을 정리하고 품었던 꿈조차 버릴 나이에 이지는 새로운 출발을 결심합니다. 안정된 직장도 버리고 고향과 가족을 떠나 오로지 진리에 헌신하기로 마음먹은 겁니다. 나이에 연연했다면 차마 못할 일이지만, 그 대담한 결심 덕분에 《분서焚書》, 《장서藏書》 같은 봉건 세계를 뒤흔든 저작들이 나오고 "중국 제일의 사상범"이 존재하게 되었으니 역사를 위해 참 다행스런 일이지요.

그러나 이단아니 사상범이니 해서 그가 세상의 기준에서 벗어난 특별한 사람이라 이런 결정도 쉬웠을 거라 오해하지는 마십시오. 훗날 이단 사상가로 이름을 떨친 이지였지만 25년간의 관직 생활을 그만두는 것은 결코 쉽지 않았습니다. "옷 입고 밥 먹는 것이 인륜이며, 사물의 이치"라고 선언할 만큼 그는 물질과 경제의 중요성을 잘 알았던 사람입니다. 더구나 몰락한 상인 집안의 후손으로서 20여 년을 고생하여 간신히 4품 지부 자리까지 올랐는데 그걸 팽개친다는 건 여간 어려운 일이 아니었지요.

"관직에 있을 때의 속박이 싫으면서도 차마 떠나지 못하는 마음"을 지닌 채 그는 3년여를 더 버팁니다. 그러나 이미 불후의 학문을 추구하기로 뜻을 세운 그에게 벼슬살이는 고역일 뿐이었지요. 1580년 마침내 그는 노후가 보장된 관직을 버리고 고향을 떠나 황안으로 갑니다. 자신을 알아주는 벗의 곁에서 학문을 닦기 위해서였지요. 그로부터 22년, 이지는 주자학의 이름 아래 화석화된 공맹의 가르침을 넘어 새로운 인간학을 펼쳐 보입니다.

그는 제목부터 도발적인 대표작 《분서》에서, 공자를 진리의 기준으로 삼는 풍토에 정면으로 도전장을 내밉니다.

무릇 하늘이 한 사람을 나게 하면 절로 그 사람의 쓰임이 있기 마련이니 공자에게서 가르침을 받은 뒤에야 사람으로서의 자격이 생기는 것은 아닙니다. 만약 반드시 공자의 인정을 받아야 한다면 천고 이전 공자가 태어나지 않았을 때는 제대로 된 사람이 전혀 존재하지 않았단 말입니까? …… 공자는 사람들에게 자신을 배우라고 가르치지 않았던 까닭에 그 뜻을 얻었으니, 자신을 천하의 교본으로 삼는 태도는 분명 아니었습니다.

이지는 공자가 자신만 옳다고 말한 적이 없는데도 맹자와 주자 같은 이들이 공자만 배우라 하고 다른 사상을 배제한 것을 맹렬히 비판했습니다. 그는 공자를 우러르는 도학자(이지가 말하는 도학자는 유학 도덕을 표방하는 사대부를 두루 포함합니다)들을 "앞의 개가 그림자를 보고 짖으면 따라서 짖는 개"와 다름이 없다고 비웃으면서, "한 가지 논리에 집착하여 죽은 책을 세상에 전하려 하는 집일執一이야말로 도를 망치는 것"이라고 단언했습니다.

또한 그는 이단서를 읽지 말라는 친구에게 "사람은 각자 마음이 달라 완전히 합쳐지는 것은 불가능"하니 "서로를 방해하지 않는 것이야말로 학문이 오묘해지는 까닭"이라고 답합니다. 참학문을 이루기 위해 유학자이면서도 도가와 불가를 수용하고 마테오 리치와 교류하며 서구 사상을 받아들인 데는 이런 열린 자세가 바탕이 된 것이지요.

그러나 공맹孔孟 정주程朱의 절대 권위가 우뚝하던 시대에, 진리는 하나가 아니라는 이지의 주장은 분노를 일으키기에 충분했습니다. 특히 '이理'를 근본으로 삼는 주자학의 일원론을 비판하고 '정情'을 내세워 부부의 중요성과 남녀평등을 역설한 것은 격렬한 반발을 불렀습니다.

애초에 사람을 낳을 때 오직 음양 두 기운과 남녀 두 생명이 있었을 뿐 '일一'이니 '이理'니 하는 것이 없었는데 어떻게 태극이 있었겠는가? …… 나는 사물의 시작을 연구하면서 부부가 그 실마리임을 알게 되었다.

사람이 성색聲色을 즐기고, 부귀를 좋아하고, 성공하고 싶어 하고, 삶에 연연하며 죽음을 두려워하고, 구속과 속박을 싫어하는 것은 자연지성自然之性이므로 억누르고 숨길 필요가 없다는 이지의 주장에 대해 도학자들은 터무니없는 모함으로 응했습니다. "사대부 집안의 여자들을 꼬여 불법을 강론하는데 이불을 들고 와 자고 가는 사람도 있다"며 그를 음란한 늙은이로 몰아세운 것입니다.

하기야 남녀 사이에 생리적 차이는 있어도 식견과 능력의 차이는 없다는 그의 주장은 당시 중국 사회가 받아들이기에는 너무 급진적이었을지도 모릅니다. 더구나 그는 말로만 주장한 것이 아니라 실제로 매담연 같은 여성들을 제자로 받아들여 함께 학문을 토론하고 편지를 주고받았으니 말입니다.

결국 1602년 일흔여섯의 나이에 이지는 음란방종하고 혹세무민했다는 이유로 끌려가 옥에 갇히는 몸이 됩니다. 그를 따르던 이들이 나서 무고함을 주장했으나 소용없었습니다. 이미 《분서》를 펴낼 때 "지금의 학자들이 이 책을 읽으면 자신을 죽이려 들 터"이니 태워 없애야 한다고 했던 이지였습니다. 자신의 사상이 죽음을 부를 수도 있다는 것을 알고 있었기에 그는 옥중에서 담담히 죽음을 준비합니다.

하지만 이지를 가둔 자들은 그를 죽이지도, 무죄를 선고하지도 않았습니다. 그를 죽이면 이름이 더욱 높아질 것이고 무죄로 풀어주면 자신들의 잘못을 인정하는 셈이니까요. 그래서 생각해낸 것이 그를 고향으로 돌려보내는 것이었습니다. 이지는 분노했습니다. 평생을 걸어온 길과 정반대되는 길을 강요하여 수치와 모욕을 주려는 비열함에 격노했습니다.

3월 15일, 그는 시자에게 머리 깎는 칼을 가져오게 했습니다. "나는 장차 나를 알아주지 않는 자를 위해 죽음으로써 분노를 토하리라!"고 예언했듯, 그는 스스로 죽음으로써 시대를 향한 분노를 토해냈습니다. 그 삶만큼이나 격렬한 죽음이었지요.

중국 역사상 이지처럼 저술이 풍부하고 널리 전파되어 명성을 떨친 이는 없었습니다. 그러나 평전의 필자들이 지적하듯, 그것은 지식인들의 일일 뿐 일반 민중은 이지라는 사람이 죽든 말든 관심이 없었습니다. 민중이 받아들이기에 그의 사고는 동시대인들보다 훨씬 앞서고 훨씬 급진적이었기 때문입니다.

필자들은 거기에 이지의 슬픔과 위대함이 있고 중국의 비극이 있다고 말합니다. 이지가 활동하던 명 말기만 해도 중국이 세계 진보의 대세를 따라 새롭게 나아갈 가능성이 있었으나, 그가 죽고 중국은 더욱 강력한 전제주의로 나아갑니다. 그리고 중국에서는 잊힌 이지를, 일본에서는 메이지유신을 이끈 개혁파들이 적극적으로 받아들입니다. 필자들은 이를 통해, 자유로운 사상이 죽었을 때 역사의 발전이 멈추고 나라와 백성도 결국 죽고 만다는 것을 보여줍니다.

나이가 드니 꿈도 욕심도 없어진다는 말을 자주 듣습니다. 하긴 늙어서 삿된 욕망에 매달리는 것처럼 보기 흉한 것도 없겠지요. 하지만 나이듦을 내세워 섣불리 달관과 초월을 운운하는 것도 교만한 짓입니다. 이지는 노년에 이르러 비로소, 더 이상 개처럼 살지 않겠다고 각오합니다. 나이를 잊은 그의 결의가 있었기에 시대도 이웃도 잠시 다른 꿈을 꿀 수 있었으니, 참으로 아름다운 노욕이 아닌지요.

젊음과 늙음은 세월이 아니라 마음의 차이라고들 합니다. 말은 쉽지만 하기 쉬운 일은 아닙니다. 이탁오처럼 죽음을 각오하는 건 극단적인 예이지만, 그만큼 온 마음을 다해야 하는 건 분명합니다. 너무 어렵다고요? 그럼 먼저 나이를 잊으세요. 나이에 대해선 묻지도 말하지도 말고 이야기를 나누세요. 그런 다음엔 무엇이든 당신이 꿈꾸는 걸 하세요. 나이는 절대 생각하지 말고요.

·····

옌리에산·주지엔구오, 홍승직 옮김
《이탁오 평전》
돌베개, 2005

죽음에 임하는 우리의 자세

여든이 훌쩍 넘은 아버지께서 얼마 전 호되게 병치레를 하셨습니다. 젊은 나이라면 가볍게 앓고 말 감기지만 연세가 연세인지라 보름 남짓 퍽 고생을 하셨지요. 병이 나은 뒤 아버지와 함께 식사를 하는데, "이번에 다시 죽음에 대해 깊이 생각해봤다"고 하시더군요. 우리 집은 별로 경계가 없이 대화하는 편이지만, 그래도 연세 많은 부모님과 죽음에 대해 이야기하는 건 쉽지 않은 일이라 나는 속으로 반색을 했습니다. 어른과 이런 대화를 나누는 것은 책을 읽는 것보다 더 큰 공부가 되기 때문입니다.

무신론자인 아버지께서는 영혼과 사후세계에 대한 생각 등을 말씀하시며, 죽을 때가 되면 죽음이 어떻게 진행되는지 잘 지켜보고 자식들에게도 최대한 알려주겠다고 하셨습니다. 나는 아버지의 멋진 계획을 들으며 가슴이 뿌듯했습니다. 생의 마지막까지도 당신 방식대로, 당신 계획대로 살아내려는 그 결의에 감탄하고 감사했지요.

웰다잉well-dying이란 말이 유행입니다만, 죽음을 모르는데 어찌 잘 죽는 법을 알겠습니까. 죽음은 무엇보다 모르는 것입니다. 그 점을 일러주는 좋은 예가 《논어》에 나옵니다. 제자 자로가 "감히 죽음에 대해 묻고자 합니다" 하니, 공자가 한마디로 잘라 대답합니다.

"삶도 아직 모르는데 어찌 죽음을 알겠는가未知生 焉知死."

《논어》를 보면 공자는 시종 '지금 여기'의 삶에 대해 이야기할 뿐 저 너머 피안에 대해서는 말하지 않습니다. 그에 대해서는 오직 모른다는 자세만을 견지합니다. 나는 이것이 학자 공자의 위대함이라고 생각합니다. 아는 것, 알 수 있는 것과 인간으로서 모를 수밖에 없는 것을 구분하고 인간으로서의 앎에 철저했기 때문입니다. 지금 사는 이 삶에 대해서도 모르는 것투성이인데 죽음에 대해서 뭘 알겠습니까. 모르는 게 당연하고, 모르기에 두려운 것이 당연합니다.

미국 최고의 에세이 작가이며 '지성계의 여왕'이라고 불릴 만큼 현대 문화계에 큰 영향을 미친 수전 손택의 마지막을 읽으면서, 나는 이 단순하지만 자명한 진리를 다시 한 번 떠올렸습니다. 손택은 2004년 3월 29일 세 번째 암 선고를 받고 그해 12월 28일 세상을 떠났는데, 《어머니의 죽음》은 그녀의 외아들인 작가 데이비드 리프가 그 9개월간의 투쟁과 고통과 회오를 기록한 책입니다.

책을 읽으면서 가장 놀란 것은 죽음에 임하는 손택의 태도였습니다. 마흔둘에 유방암 4기 진단을 받고 긴 투병 끝에 회복한 손택은 예순이 넘어서 다시 자궁육종을 앓았고, 그 병에서 회복한 지 6년 만에 (백혈병으로 진전될 것이 분명한) 골수이형성증후군 진단을 받습니다.

일흔이 넘은 나이에다 소설·비평·각본·연출을 섭렵하며 전방위 예술가로 전 세계에 이름을 떨친 인생이니 '당연히' 죽음을 담담하게 받아들이리라, 나는 그렇게 생각했습니다. 더구나 세 번째 암 선고였고 의사도 모든 점에서 희망이 없다고 단언했으니 더욱 그러리라 생각했지요.

그런데 손택은 내 기대와는 전혀 다르게 행동했습니다. 그녀는 희망이 없다는 의사의 말에도 불구하고 실낱같은 희망을 포기하지 않았으며, 죽음에 이르기까지 9개월 동안 죽음보다 더한 고통을 겪으면서도 희망을 찾았습니다. 절대 죽음을 받아들이지 않겠다는 것, 그것이 그녀가 죽음에 임한 자세였습니다.

누군가는 그런 그녀를 보며 '노추老醜'라고 말할지도 모릅니다. 그만큼 오래 아프면서 그 나이까지 살았으면 됐지 뭘 더 바라느냐고 할지도 모릅니다. 하지만 앞서 두 번의 암 선고 때마다 그녀는 똑같은 자세로 임했고, 희망이 없다는 상태에서 희망을 만들어냈습니다. 단지 살아낸 것만이 아니라, 그 고통을 겪으며 《은유로서의 질병》, 《인 아메리카》 같은 걸작을 만들어냈던 것입니다.

리프는 자신의 어머니가 "살아온 대로 돌아가셨다"고 말합니다. 그녀는 아무것도 할 게 없다는 상황에서 자신이 할 것을 찾았고, 스스로 말했듯 "영원한 학생"으로서 배울 수 있는 모든 것을 배우고 할 수 있는 모든 것을 다 하고자 했습니다. 또 작가로서 그녀는 아직도 쓰지 못한 글이 있다고 믿었고, 그걸 쓰기 위해 최선을 다해 싸웠습니다.

남은 시간이 얼마 없다는 말에도 손택은 죽음을 생각하고 죽음을 알려 하는 대신, 삶을 계획하고 삶을 꿈꿉니다. 누구는 부질없다 할 것이고 누구는 어리석다 하겠지요. 하지만 나는 극도의 고통과 최고의 명예와 짧지 않은 생애를 누리고도 여전히 그 다음을 꿈꾸는 그녀의 열정에서 감동과 충격을 받았습니다. 그녀는 고통이나 명예 따위와 상관없이 오로지 자신의 삶을 살았고, 죽음 또한 그렇게 살았던 것입니다.

사람은 누구나 잘 죽기를 바랍니다. 그런데 '잘 죽는' 건 어떤 죽음일까요? 흔히 생각하는 웰다잉의 모습은 편안하고 순한 죽음, 사랑하는 이들이 지켜보는 가운데 큰 고통 없이 서서히 죽는 죽음일 겁니다. 하지만 이 또한 죽음을 보는 산자들의 시각일 뿐, 죽는 자가 느끼는 '잘 죽는 죽음'이 무엇인지는 알 길이 없습니다. 그러기에 노르베르트 엘리아스가 말했듯이, 죽어가는 자는 고독합니다. 그가 무엇을 보고 느끼는지 남은 자들은 알지 못합니다. 거대한 간극이 생기는 것이지요. 그리고 죽음은 그 간극과 직면하는 것입니다.

얼마 전 여론조사를 보니 한국인의 60퍼센트가 죽음이 두렵지 않다고 했답니다. 하지만 나는 죽음은 두려워 마땅한 것이라고 생각합니다. 문제는 두려움을 느끼는 것이 아니라 두려움 때문에 삶을 망치는 것이겠지요. 죽음이 두려워 삶의 원칙을 저버리고, 그릇된 환상에 삶을 내주고, 오로지 죽음만을 생각하며 삶을 저당 잡힌 뒤에 죽음을 잘 받아들인다면 그것은 '잘 죽는' 죽음이 아닐 겁니다.

리프는 어머니에 대한 회한에 잠길 때마다 "인생은 과거를 돌아볼 때 비로소 이해할 수 있지만, 사는 것은 미래지향적이어야 한다"는 키에르케고르의 말을 떠올립니다. 그리고 그는 어머니가 미래를 살았으며, "세상에 마무리 같은 것은 없음"을 되새깁니다. 삶을 마무리하는 것은 삶이며 슬픔을 마무리하는 것 또한 슬픔이니 결국 다른 마무리란 없다는 뜻이지요.

이 글을 쓰던 2009년 8월 18일, 마지막 순간까지 미래를 살았던 한 사람이 세상을 떠났습니다. 여든다섯의 나이에 일주일에 세 번 신장투석을 받는 환자였지만, 그는 생의 저물녘에도 죽음 대신 삶을 생각했습니다. 유언장 대신 연설문을 썼고, 자신이 살아서 해야 할 일을 고민했습니다. 그것이 죽음을 맞는 최선의 방법인지는 알 수 없으나, 최선의 삶으로써 죽음에 임하는 한 가지 방법인 건 분명합니다.

삶이 천차만별이듯 죽음도, 죽음에 대한 생각도 사람마다 다 다릅니다. 다만 한 가지 분명한 것은, 잘 죽기 위해서는 먼저 잘 살아야 한다는 겁니다. 수전 손택과 김대중, 두 사람은 열정적인 삶만큼이나 뜨거웠던 그 죽음을 통해 죽음이 삶의 연장임을 일깨웁니다.

그들이 간절히 바랐던 미래를 살고 있는 지금, 죽은 자에게 미안

하지 않게 최선을 다해 살겠다고 서원誓願합니다. 그것이 죽음을 모
르는 내가 죽음에 임하는 자세입니다.

데이비드 리프, 이민아 옮김
《어머니의 죽음》
이후, 2008

닫힌 문 앞에서

봄은 왔으되 기다리던 봄은 아직 오지 않은 채 봄날이 갑니다. 바람이 불고, 막 꽃을 피운 벚꽃이 우수수 떨어집니다. 마음도 날씨를 닮아 자꾸 움츠러듭니다. 살아갈수록 길이 보이기는커녕 절망만 커지는 세상. 닫힌 문 앞에서 우는 사람들이 왜 이리 많은지, 천지간에 울음이 가득합니다.

빗장을 지른 세상을 원망하다가 스스로의 마음에 빗장을 걸어버린 사람들이 홀로 문 안에서 울 때, 나는 문밖을 서성일 따름입니다. 나는 당신의 절망 앞에 타인입니다. 우리는 모두 서로의 절망에 낯선 타인일 뿐입니다. 그러니 섣불리 안다고는 하지 않겠습니다. 위로의 말도 건네지 않겠습니다. 당신이 끝내 비관의 선택을 한대도 비난하지 않겠습니다. 내가 할 수 있는 것은 당신의 닫힌 문 앞에 책 한 권 놓아두는 일. 어쩌면 희망이 될지도 모른다는 아주 작은 희망으로 당신께 이 책 《화성의 인류학자》를 드립니다.

신경과 의사인 올리버 색스가 쓴 《화성의 인류학자》에는 신경병을 앓는 일곱 명의 인물이 나옵니다. 그 중 넷은 성인이 되어 발병했고 다른 셋은 날 때부터 신경병을 앓아왔지만, 선천적이든 후천적이든 그들이 겪는 고통과 절망은 다르지 않습니다. 그리고 뇌의 손상에도 불구하고(혹은 그 손상 덕분에) 나름의 세계관을 갖고 새로운 인생을 산다는 것도 닮은 점입니다.

책의 첫머리에 등장하는 화가 조너선 I.는 교통사고로 어느 날 갑자기 색맹이 된 경우입니다. 그냥 색맹이 아니라 '전색맹'이라 해서 "주위가 온통 흑백 TV 화면"처럼 보이게 된 것입니다. 50여 년을 화가로 살아온 그에게 이것은 엄청난 충격이었습니다. 색을 잃은 눈으로 그림을 그린다는 건 상상할 수도 없었고, 모든 게 "쥐색"인 세상은 "더럽고 지저분하게" 느껴졌습니다.

매일 아침 눈을 뜰 때마다 예전으로 돌아가 있기를 기도하던 조너선은 한 달이 지나면서 변한 현실을 받아들입니다. 그리고 자신의 눈에 보이는 흑백의 세상을 그림으로 그리기 시작합니다. 그렇게 1년 여가 지나고, 그는 자신의 예술 인생에서 가장 독창적이고 견실한 시기를 맞이합니다. "그는 더 이상 색을 떠올리며 그리워하거나 안타까워하지 않"으며, "색맹이라는 별난 선물이 그를 새로운 감성과 생존 방식으로 인도했다고 생각"합니다. 누구와도 나눌 수 없는 고통을 혼자 감당한 끝에 도달한 평화요 깨달음이었지요.

만년에 이르러 뜻밖의 고통을 겪게 된 조너선과 달리 외과 의사

베넷은 일곱 살 때부터 투렛증후군을 앓아온 경우입니다. 사람들은 경련성 틱이나 발작적 행동을 보이는 투렛증후군 환자가 할 수 있는 일은 많지 않을 거라고 생각하지만, 다양한 직업을 가진 투렛증후군 환자들을 보아온 신경학자 색스는 그렇지 않다는 걸 압니다. 하지만 그런 색스조차도 베넷을 처음 봤을 때는 깜짝 놀라고 맙니다. 느닷없이 펄쩍 뛰고 같은 말을 수백 번씩 반복하는 베넷이 정교한 수술까지 하는 외과 의사라는 게 믿기지 않았지요.

그러나 베넷은 투렛증후군을 앓으면서도 의과대학을 졸업하고 북극 쇄빙선에서 일했으며, 17년간 병원에서 환자를 치료해온 현직 의사입니다. 베넷의 의지와 도전정신은 물론이요, 그를 의사로 인정하고 기꺼이 함께하는 마을 사람들과 동료들, 그리고 가족들이 없었다면 불가능한 일이었지요. 색스는 진료실에서 그가 환자들을 치료하는 광경을 지켜보고 그것을 깨닫습니다.

베넷은 손을 씻고 무균장갑을 꼈다. 그런데 투렛증후군을 자극했는지 씻지 않아 '지저분한' 왼손 쪽으로 장갑을 낀 오른손을 불쑥불쑥 내미는 초기 증상을 보였다. 환자는 아무 표정 없이 이런 모습을 지켜보았다. …… 베넷은 침착하게 절개하고 40초 만에 종양을 제거했다. 그는 상처 가장자리를 빈틈없이 봉합했다. 환자는 농담을 던졌다. "집에서도 바느질을 하세요?" …… 베넷은 분명 인기가 많은 의사였다. 그는 빈틈없고 한결같은 집중력을 보였다. 환자들은 그의 관심이 자기 한 몸그러나 모든 것이 이처럼 순조로운 것은 아닙니다. 베넷은 색스에게 자신의 내부에 있는 공포와 분노에 대해 털어놓습니다. 밖에서는 병이 불러일으키는 분노를 터뜨리지 않기 위해 온힘을 다하지만, 그 긴장을 끝까지 유지할 수는 없기에 집 안 서재 벽은 칼자국으로 뒤덮이고 벽은 구멍이 뚫립니다. 그는 투렛증후군 환자들의 이면에는 어두운 면이 자리 잡고 있으며, "그 어두운 부분을 상대로 평생 사투를 벌여야" 한다고 고백합니다.

질병을 앓고 있음에도 베넷처럼 전문직을 갖고 성공적인 인생을 살고 있는 사람을 보면, 우리는 병을 이긴 그의 의지와 '인간 승리'를 찬양합니다. 하지만 베넷의 고백은, 질병이란 극복되는 것이 아니라 더불어 사는 것이며, 죽을 때까지는 누구도 승리를 말할 수 없음을 보여줍니다. 그리고 계속 의지력을 발휘해야만 하는 환자의 고독에 대해서도 새삼 돌아보게 합니다.

"자폐증 환자의 모범이랄 수 있는" 템플 그랜딘에 대한 이야기는 바로 그 고독에 관한 이야기입니다. 템플은 생후 6개월부터 엄마가 안아주면 뻣뻣하게 몸이 굳었고, 10개월 때는 "덫에 갇힌 짐승"처럼 엄마를 할퀴던 자폐아였습니다. 세 살 때 그녀는 평생 특수시설에서 살아야 할지도 모른다는 진단을 받습니다.

하지만 그녀는 동물학 박사 학위를 받고 콜로라도 주립대학교 교수로 일하면서 직접 사업체까지 운영하는 다재다능한 인재가 되었습니다. 어떻게 그럴 수가 있을까? 그녀를 만나기 전까지 색스는 의심을 풀지 못합니다. 신경학자로서, 자폐증 환자인 그녀가 이룬 너무나 엄청난 성과를 믿을 수가 없었지요.

처음 만난 자리에서 템플은 인사말 한마디 없이 곧바로 일 이야기를 꺼냅니다. 점심도 거르고 하루 종일 차를 타고 온 색스에게는 고역이었지만, 그녀는 상대의 기분을 파악하지 못합니다. 그녀가 공감 능력이 있는지 색스가 궁금해하자 그녀는 말합니다.

"화성의 인류학자가 된 것처럼 느껴질 때가 많아요."

화성의 인류학자. 그것은 같은 인간을 외계인처럼 느낄 수밖에 없는 템플의 심정을 한마디로 표현한 말입니다. 학생으로 교수로 기술 개발자로 끊임없이 사람들을 만나고 사람들 속에서 살아왔지만, 그녀는 그들의 감정을 '해독'할 뿐 이해하지는 못합니다. 하지만 사람들의 감정을 모른다 해서 그녀가 아무 감정도 못 느끼는 것은 아닙니다. 그녀도 안기고 싶고 위로받고 싶어 합니다. 다만 그것을 다른 사람에게서 느끼지 못하는 것뿐이지요.

그래서 그녀는 '포옹 기계'를 만듭니다. 나무로 만든 기계와 포옹하면서 그녀는 사람에게서 얻지 못한 평화를 느낍니다. 사람들은 비웃고 정신과 의사들은 '퇴행'과 '고착'이란 단어를 들먹였지만 템플은 꺾이지 않습니다. 그녀는 자신의 감정을 과학적으로 입증하기 위해 노력했고, 이 기계를 발전시켜 세계 최고의 육우용 압박 슈트 설계자로 떠오릅니다. 압박 기계를 통해서 도살되기 전 소가 느끼는 괴로움을 덜어주는 장치를 개발한 것입니다.

사람과는 소통하지 못하지만 그녀는 소를 비롯한 짐승의 마음은 누구보다 잘 느낍니다. 소의 울음소리만 들어도 행복한지 불행한지 그녀는 압니다. 색스는 그녀가 짐승들의 고통을 온몸으로 느낀다는 인상을 받습니다. 동물을 함부로 죽이고 장애인을 동물처럼 취급하는 인간에 대해서, 사형 제도를 실시하는 사회에 대해서, 그녀는 열정적으로 분노합니다. 우주의 법칙을 믿는 그녀에게는 인간도 동물도 장애인도 모두 똑같은 우주의 한 존재였으니까요.

마지막 날, 템플은 색스를 배웅하러 가던 길에 갑자기 울음을 터뜨립니다. 그녀는 말합니다.

"나도 무언가를 이루고 싶은데…… 권력이나 돈에는 관심 없어요. 죽은 뒤에도 무언가를 남기고 싶은 거지. 이 사회에 기여하고 싶어요. 그래야 내 삶도 의미가 있죠. 그게 바로 나라는 존재의 핵심이라고요."

색스는 말문이 막힙니다. 헤어지기 전 그는 한번 안아봐도 되겠느냐고 묻습니다. 그는 그 순간을 이렇게 기록합니다.

"나는 템플을 끌어안았다. 그녀도 나를 안아주는 것 같았다."

색스는 템플과의 만남을 통해 자신이 알고 있던 자폐증에 대한 지식을 새롭게 생각하게 됩니다. 아니, 책에 나오는 일곱 명의 신경증 환자들이 모두 그에게 새로운 자극과 고민을 안겨주지요.

신경증을 앓고 있는 환자들이지만 그들을 만나면서 의사인 색스는 자신의 의학 지식과 임상 경험을 내세우지 않습니다. 그는 자신이 그들과 그들이 앓는 병에 대해 아무것도 모른다는 마음으로 귀를 기울이고 기록해갑니다. 그리고 백여 년이 넘는 세월 동안 수많은 연구와 지식이 쌓였지만, 그 모든 것으로도 사람의 마음 한 자락 이해하기가 쉽지 않다는 것을 깨닫습니다.

자폐증 환자인 템플이 사람들과 자신의 질병 앞에서 한계를 느끼듯, 의사인 색스가 환자들 앞에서 한계를 느끼듯, 우리도 다른 사람들 앞에서 벽을 느끼고 그 벽을 넘지 못하는 자신 앞에서 절망을 느낍니다. 어떻게 벽을 넘을 수 있는지, 닫힌 문을 열고 다른 세계를 만날 수 있는지, 나는 알지 못합니다. 다만, 모두가 이런 절망을 겪고 이런 꿈을 꾸면서 산다는 것은 압니다. 내 희망은 거기서 자랍니다. 우리가 모두 절망하는 존재라는 것, 그게 내 희망입니다.

올리버 색스, 이은선 옮김
《화성의 인류학자》
바다출판사, 2005

마녀의 독서처방

웃으면서 안녕!

태어나면 죽고 만나면 헤어지는 것은 만고불변의 진리입니다. 세상의 다른 지식은 모두 상대적이라 해도 이것만은 언제 어디서나 통하는 절대적인 진리이지요. 건강히 살아갈 때는 죽음이 멀고 만남이 버겁지만, 병이 들고 이별이 가까우면 잊었던 이 진리가 불쑥 다가와 사람을 쓸쓸하게 합니다.

그리고 가끔, 쓸쓸함이 지나쳐 남은 생을 놓아버리고 싶을 때가 있습니다. 아무 재미도 의미도 없는 세상, 갈수록 사나워지는 사람들 속에서 이리 안간힘을 쓰며 살아야 하나 의심스러울 때도 있습니다. 그래도 살아야지 하는 다짐도 소용없을 때, 그럴 땐 차라리 그런 회의를 안고 끝까지 살았던 사람의 고백이 도움이 됩니다. 비관 속에서 84년을 살아낸 커트 보네거트는, "저이도 해냈는데 나라고!" 하는 공감과 오기를 안겨준다는 점에서 특히 도움이 되지요.

커트 보네거트(1922~2007)가 여든둘에 펴낸 《나라 없는 사람》

은 자신의 삶과 사상을 자유롭게 써내려간 회고록입니다. 회고록이라지만 150쪽도 안 되는 이 얇은 책에는 자신의 삶에 대한 자랑도 변명도, 후세에 대한 충고도 없습니다. 그보다는 바닥을 알 수 없는 비관과 나이를 짐작키 힘든 분노, 그리고 이 모든 것을 한방에 날리는 유머만이 가득합니다.

보네거트는 마크 트웨인 이후 최고의 유머 작가로 꼽히는데, 그 유머는 견딜 수 없는 세상을 견디기 위한 안간힘과도 같습니다. 그는 유머에 대한 자신의 철학을 이렇게 밝힙니다.

유머는 두려움에 대한 생리적 반응이다. 어떤 웃음은 두려움에서 나온다. …… "새똥 속에 든 흰 것이 무엇일까요?"라고 질문을 던지면 방청객들은 그 순간 학교에서 시험이라도 보는 양 바보 같은 대답을 해서는 안 된다는 두려움에 빠진다. "그것도 새똥이죠"라는 답을 들으면 반사적인 두려움은 웃음으로 바뀐다. 그건 결국 시험이 아니었던 게다.

보네거트는 삶이 너무나 절망적이어서 위안을 생각할 수도 없는 막막한 상황에서도 유머는 가능하다고 말합니다. 비록 웃음이 나오지 않는 블랙유머라 해도 삶에는 도움이 된다면서, 그는 2차 대전 당시의 경험을 얘기합니다.

(폭탄이 쏟아질 때 지하실에서) 한 병사가 공작부인처럼 "이런 날 가난

한 사람들은 어떻게 지낼까요?"라고 말했다. 아무도 웃음을 터뜨리진 않았지만 그의 말은 모두에게 즐거움을 주었다. 적어도 아직까지 우리는 살아 있지 않은가! 그의 말 덕분에 깨달은 사실이었다.

가장 절망적인 순간을 유머로 넘긴 그이지만, 사실 그는 누구보다 지독한 비관론자였습니다. 스물세 살 때 드레스덴에서 하룻밤 만에 13만 5천 명이 죽는 대량 살상을 목격한 그는 그때의 절망을, 60년이 지난 여든두 살에도 버리지 못합니다.

앨버트 아인슈타인과 마크 트웨인은 생애 말년에 인류에 대한 희망을 버렸다. 나 역시 인간에 대해 두 손을 들었다. 나는 2차 대전 참전 용사이므로 무자비한 전쟁 무기에 항복하는 게 이번이 처음은 아니다. 나의 결론은 '삶은 동물을 다루기에 적절치 않은 방식이다. 심지어 생쥐 한 마리일지라도'라는 것이다. 네이팜탄은 하버드에서 발명되었다. 진리 veritas란 그런 것인가? 우리 대통령이 기독교도였던가? 아돌프 히틀러도 기독교도였다.

비관을 안고 살아가는 노년은 쓸쓸하고 힘겹습니다. 그는 이 책에서 "더 이상 농담을 못할 것 같다"고 고백합니다. 웃음으로도 어쩌지 못하는 괴로운 일들을 너무 많이 겪어서 까다로운 사람이 돼버린 것 같다고 자조하면서, 그는 고통이 사람을 성숙시킨다고 말하는 "늙은 바보들"을 믿지 말라고 당부합니다.

보네거트처럼 강력한 글은 한 번도 쓴 적이 없지만 그와 똑같은 비관주의자로서, 나는 여든둘의 그가 고백하는 절망이 참 가슴 아팠습니다. 적어도 그 나이가 되면, 이만큼 살아보니 깨닫는 게 있더라고 말할 정도의 뻔뻔함이나 어리석음은 갖길 바랐는데, 보네거트는 끝까지 지혜롭기를 거부한 채 절망 속에 머뭅니다. 때문에 그는 괴로웠겠지만 덕분에 많은 비관주의자들이 그에게서 위로와 희망을 얻게 되었으니 보람 있는 절망인 셈이지요.

보네거트가 마지막으로 펴낸 이 책은 그가 남긴 유언장과도 같습니다. 그는 자신이 죽은 뒤에도 계속 살아갈 사람들에게, 생명을 구하는 현명한 사람이 되어달라고 당부합니다. 물론 자신의 부탁이 이루어질 거라고 확신하지는 않았기에 이런 경고도 잊지 않습니다.

어떤 좋은 소식이건 끝이 있다. 우리 행성의 면역계는 인간을 퇴치하기 위해 노력하고 있다. 이런 식으로 가면 분명 그렇게 될 것이다.

가슴 뜨끔한 유머 아닌가요? 그의 말대로 농담을 제대로 하기는 어렵고, "터져야 할 때 터지게 하려면 정말 피터지게 노력해야" 합니다. 그래도 그는 끝까지 농담을 하려고 애씁니다. 왜냐하면 그가 "정말로 하고 싶었던 일은 사람들에게 웃음으로 위안을 주는 것"이었기 때문입니다. 희망이 비관을 낳고 비관이 웃음을 부른다는 걸 알고 있었기에 그는 안녕을 고하는 순간에도 웃음을 놓치지 않았지요.

보네거트는 "의심이 가면, 발을 **빼라**"는 경구로 이 유언장을 끝맺습니다. 그는 이 행성의 미래를 의심했고, 몇 해 전 발을 뺐습니다. 어쩌면 지금쯤 하늘나라에서 "대체 뭐가 좋은 소식이고 뭐가 나쁜 소식이었소?" 하고 하느님과 대거리를 하고 있을지도 모릅니다. 그가 하느님을 설득시킬 수 있다면, 아니, 하느님을 한 번이라도 웃길 수 있다면, 그 상으로 하느님이 인간을 좀 더 현명하게 만들어줄지 누가 알겠어요?

그러니 그가 저 위에서 높은 분과 맞장 뜰 동안 우리는 이 아래서 웃음으로 응원하기로 해요. 깔깔깔 하하하 낄낄 껄껄 호호호! 우리의 웃음소리가 하늘의 천장을 치면 하느님도 빙그레 웃으실 것 같은데…… 아님 말고!

커트 보네거트, 김한영 옮김
《나라 없는 사람》
문학동네, 2007

훔쳐보는 책, 일기

사소한 듯 보이지만 사람의 말문을 막는 질문들이 있습니다. "엄마가 좋아, 아빠가 좋아?" 같은 게 대표적인데, 아이가 울음을 터뜨려야 끝이 나곤 합니다. 여자들이 자주 묻는 "나 사랑해?"가 남자들의 귀를 덮고 싶게 한다면, "왜 결혼 안 해?"는 독신자들의 입을 닫게 합니다. 나 같은 수다쟁이를 침묵시키는 데는 "감명 깊게 읽은 책이 뭐예요?"라는 질문이 직방입니다. 뭐더라, 하고 더듬다 보면 타임오버.

'내 인생 한 권의 책'이라는 책도 있긴 하던데, 난 아무리 생각해도 한 권의 책은 못 꼽겠습니다. 십대에 한 권의 책으로 생각했던 책이 스물이 되었을 땐 심드렁하고, 서른에 감동했던 책이 마흔엔 감당이 안 되기도 하니까요. 헤아릴 수 없이 많은 책들이 모여 내 인생을 이뤘는데 딱 한 권이라니, 아무래도 너무 야박합니다.

하지만 '내 인생의 책'은 몰라도 제일 재미있는 한 권의 책을 꼽으라면 할 말이 있습니다. 남의 일기. 세상에서 제일 재미있는 독서는 남의 일기 훔쳐보기가 아닐까 싶습니다. 자물통 달린 일기장이 괜히 팔리겠습니까? 그만큼 남의 일기장을 노리는 눈들이 많다는 얘기지요. 좋아하는 사람의 일기를 몰래 보는 것보다 더 큰 재미를 주는 책을 나는 아직 알지 못합니다.

유명인, 특히 작가들의 일기가 책으로 나오는 것도 그래서일 겁니다. 희대의 걸작을 쓴 작가들은 무슨 생각을 하며 어떻게 사는지, 그들도 나와 같은지, 다르면 뭐가 얼마나 다른지, 속내가 궁금한 것이지요. 시인 실비아 플라스처럼 미모와 재능을 두루 갖춘 경우는 더욱 그렇습니다. 그처럼 재능 있고 예쁜 여자가 왜 그처럼 젊은 나이에 자살을 했을까, 이런 속된 호기심이 그녀의 일기장을 훔쳐보게 만듭니다.

《실비아 플라스의 일기》는 실비아 플라스가 자살한 지 23년 뒤인 1986년에 출판되었는데, 그녀가 살아 있었다면 과연 이 책이 나왔을까 싶을 만큼 솔직하고 격정적인 토로들로 가득합니다. 사실 플라스는 나 같은 평범한 여자가 보기엔 부럽기만 한 존재입니다. 십대에 이미 문학적 재능을 인정받았고, 풀브라이트 장학금으로 케임브리지대학에서 공부할 만큼 똑똑했으며, 외모 또한 영화배우 뺨치게 아름다웠으니까요. 하지만 일기를 보면 이 모든 것이 외부의 시선일 뿐임을 새삼 느끼게 됩니다.

"나는 나보다 더 깊이 사유하고, 더 좋은 글을 쓰고, 더 그림을 잘 그리고, 외모도 뛰어나며, 더 잘 사랑하며 더 잘 살아가는 이들을 질투한다"는 고백은, 모든 것을 가진 듯 보이지만 속으로는 늘 결핍과 불안에 시달리던 그녀의 내면을 보여줍니다. 일기엔 또 결혼 때문에 작가로서 자신의 삶을 포기하게 될까 두려워하면서도 한편으론 남자 없이 혼자 늙을까봐 걱정하는 지극히 평범한 속내가 드러나 있기도 합니다.

결혼 뒤 그녀는 계속 시와 소설을 쓰고 투고했지만, 성공가도를 달린 남편 테드 휴즈와 달리 큰 성과를 거두지 못합니다. 1959년 11월 7

일의 일기에서 그녀는 "훌륭한 교육을 받고 창창한 미래가 펼쳐져 있었는데 아무도 알아주지 않는 무심한 중년으로 스러져가는 느낌. 나는 수동적으로 변해, 테드를 나의 사회적 자아로 내세우려 한다"고 토로하면서, 엄마와 주부의 삶에 매몰되지 않고 글쓰기에 대한 예전의 열정을 되살리겠다고 다짐합니다.

그리고 몇 해 뒤, 그녀는 남편과 헤어져 홀로 가난과 육아에 시달리면서 최고의 걸작 《에어리얼》을 씁니다. 사랑하는 남편의 배신과 생활의 어려움이 오히려 잠들었던 그녀의 열정을 깨운 셈이랄까요.

플라스의 일기에는 같은 여성 작가인 버지니아 울프에게서 깊은 공감과 자극을 받았다는 내용이 자주 나옵니다. 울프의 《어느 작가의 일기》를 읽으면서, 원고를 퇴짜 맞고 청소로 위로하는 모습이 자신과 닮았다고 반가워하기도 하지요.

하지만 나는 오히려 두 여자의 다른 점에 눈길이 가더군요. 일기 속의 플라스는 작가의 모습과 함께 집안일을 하는 주부와 엄마의 모습이 두드러지는데, 이것은 버지니아 울프에게선 찾아보기 힘든 모습입니다. 신분제의 잔영이 남아 있던 20세기 초의 부르주아지였던 울프와, 남녀평등의 기치 아래 오히려 더 무거운 책임을 지게 된 1960년대 중산층 여성 플라스의 삶은 그만큼 닮은 듯 다릅니다.

버지니아 울프의 일기는 제목 그대로 '작가의 일기'입니다. 자살에 이를 정도로 심한 우울증을 앓았다는 것이 믿어지지 않을 만큼 일기 속의 그녀는 글쓰기를 밀어붙입니다. 그런데 놀라운 것은, 소설과 평론에서 모두 일가를 이룬 그녀가 새 작품을 발표할 때마다 매번 주위의 평가에 노심초사한다는 사실입니다. 그토록 자부심 강한 울프가 호평에 안

도하고 혹평에 잠 못 이루는 모습을 보니, 아무리 뛰어난 작가도 비평가와 독자의 평가 앞에선 한없이 약해질 수밖에 없구나 싶어 위안이 되기도 하더군요.

그런데 남성 작가인 존 파울즈는 좀 다릅니다. 1,100쪽이 넘는 그의 일기 《나의 마지막 장편소설 1·2》는 파울즈가 《콜렉터》로 세계적인 명성을 얻기 전후의 과정을 보여주는데, 재미있는 것은 플라스나 울프보다 주위의 평가에 초연한 듯한 그의 태도입니다. 특히 남편의 평가에 좌우되는 두 여성 작가와 달리, 파울즈는 아내 엘리자베스의 혹평에도 그리 동요하지 않습니다.

하지만 플라스가 남편과 이별한 뒤 인생 최고의 작품을 쓴 반면, 파울즈는 아내가 죽은 뒤 더 이상 소설을 쓰지 못합니다. 한두 사례를 가지고 섣불리 말하긴 그렇지만, 이런 걸 보면 여성은 칭찬에 민감하고 남성은 여성을 거름 삼아 성취에 이르는 것이 아닐까 싶기도 합니다.

파울즈의 일기는 '마지막 장편소설'이라는 독특한 제목을 달고 있는데, 다양한 여성 편력을 솔직하게 고백한 내용을 읽노라면 그 제목처럼 파울즈가 주인공인 한 편의 긴 애정소설을 읽는 느낌입니다. 신랄할 정도로 솔직하게 자신과 상대의 심리를 파헤친 이 자전소설은, 현대의 고전으로 꼽히는 그의 작품 《프랑스 중위의 여자》를 이해하는 데도 큰 도움이 됩니다.

작가들의 일기가 내밀한 고백으로 독자의 눈을 사로잡는다면, 김성칠의 일기 《역사 앞에서》는 한국 현대사의 결정적 순간을 역사학자의 눈으로 기록한 보기 드문 자료로 눈길을 끕니다. 서울대학교 사학과 강사였던 김성칠은 해방과 6·25 전쟁을 겪으면서 자신이 얼마나 엄중한 시대를 살고 있는지 의식했고, 역사학자로서 기록을 남겨야 한다는 사명감을 갖고 일기를 썼습니다. 그만큼 그의 일기는 전쟁이라는 극한에 놓인 평범한 시민들의 고통을 생생히 전해주며, 이념으로만 재단할 수 없는 역사의 진실을 보여줍니다.

김성칠이 전쟁과 피난이라는 극한 상황에서도 일기를 쓴 것은 조선사에 면면히 이어져온 일기문학의 전통을 잇는 것이기도 합니다. 유명한 이순신의 《난중일기》를 비롯해 개인들이 쓴 여러 편의 일기책들은, 《조선왕조실록》과 같은 공적 기록이 담을 수 없는 미세한 역사의 흔적들을 전하는 귀중한 사료입니다.

현재 전하는 일기 자료는 여러 가지가 있지만, 그 중에서도 경북 예천의 함양 박씨 일가가 1834년부터 1950년까지 110년에 걸쳐 기록한 가문일기 《저상일월渚上日月》, 10세부터 63세까지 54년간 일기를 써서 남긴 황윤석의 《이재난고頤齋亂藁》, 조선시대 최고의 개인일기로 꼽히는 유희춘의 《미암일기眉巖日記》, 무신 노상추가 쓴 《노상추일기盧相樞日記》 등이 특히 눈에 띕니다.

이들 일기는 한문으로 쓰인 데다 워낙 방대해서 원전을 읽기는 힘든데, 대신 박성수가 정리한 《저상일월》, 《노상추일기》를 다룬 문숙자의 《68년의 나날들, 조선의 일상사》, 《미암일기》를 연구한 정창권의 《홀로 벼슬하며 그대를 생각하노라》 같은 저작을 통해 그 내용과 특징을 엿볼 수 있습니다.

그 중에서도 6대에 걸쳐 쓴 《저상일월》은 사私적 기록을 넘어 사史적 기록으로서 눈길을 끕니다. 병으로 누운 아버지를 대신해 일기를 이어 쓴 3대 박주대는, 승정원이나 한림원이 조정과 해외의 일들을 기록하듯이 "사가私家에서도 집안일을 적어야 한다"면서, "그렇게 하면 우리 집안은 물론 나라 일에 대해서도 대략을 알게 되어 앞날에 큰 도움이 될 것"이라고 강조했습니다. 그의 말처럼 《저상일월》은 동학농민전쟁, 경술국치, 3·1운동 등 근현대사의 굵직한 사건들을 평범한 시골 유생의 눈으로 전달해, 잊혀진 역사의 뒤안길을 밝혀줍니다.

17세 때 부친의 명으로 일기 쓰기를 물려받은 노상추(1746~1829)도 84세로 세상을 뜨기 이틀 전까지 일기를 썼습니다. 대를 이어 썼다는 점에서 《노상추일기》는 《저상일월》과 비슷한 가문일기이지만, 가문의 대소사뿐 아니라 노상추 개인의 소회가 솔직히 드러난 것이 특징적입니다. 특히 유생들이 쓴 다른 일기와 달리 《노상추일기》는 조선 후기 무인의 기록이라는 점에서 더욱 눈길을 끕니다.

문과를 지망하다가 뒤늦게 꿈을 접고 무신으로 출사한 그는 "이름난 유학자들은 무부武夫를 천한 무리라 칭했는데…… 예·의·염·치를 마음에 새겨 자신의 길을 향해 바르게 나아간다면 어찌 우리 무인들을 폄훼할 수 있겠는가?" 하고 항의 섞인 다짐을 합니다. 무인을 천대한 조선 유교 사회에서 속앓이했던 당시 무인들의 심정이 헤아려지는 대목입니다.

《미암일기》는 미암 유희춘이 1567년부터 1577년까지 11년 동안 거의 매일같이 쓴 개인일기입니다. 앞서 소개한 일기들의 필자가 시골 유생이거나 무신인 데 반해, 유희춘은 대사헌과 부제학 등을 지내며 김인후, 기대승, 이황 등 당대 최고의 사대부들과 교유한 고위층 인사였습니다. 덕분에 그의 일기는 조정 내부의 사정은 물론 16세기 양반 지배층의 생활사에 대해 귀한 자료를 제공합니다.

특히 흥미로운 것은, 생각보다 평등한 양반가의 부부생활입니다. 미암의 아내 송덕봉은 남편과 시를 주고받을 만큼 학문과 문장에 조예가 있었습니다. 두 사람은 미암이 서울에서 벼슬살이를 하는 동안 떨어져 지냈는데, 그때의 재미난 일화가 일기에 전합니다.

어느 날 미암이 혼자 지내는 동안 여색을 가까이하지 않았다며 "갚기 어려운 은혜를 입은 줄 알라"고 자랑하는 편지를 보냅니다. 이에 송덕봉은 답장을 보내, 바른 처신을 하면 세상이 자연히 알아줄 텐데 자랑까지 하느냐며 "당신은 겉으로 인의를 베푸는 척하는 폐단과 남이 알아주기를 서두르는 병폐가 있는 듯"하다고 따끔하게 지적합니다. 그리고 "나이가 육십이 가까우니 만약 그렇게 하면 당신의 건강을 유지하는 데 크게 이로운 것이지 내게 갚기 어려운 은혜를 베푼 것이 아니"라고 받아칩니다.

요즘 세상에도 아내가 남편을 이렇게 공박한다면 집안이 시끄러울 것 같습니다. 하지만 미암이 아내의 편지를 일기장에 고이 챙겨둔 것이나 아내의 시를 모아 《덕봉집》이란 시문집을 펴낸 것을 보면 두 사람의 존경과 사랑이 얼마나 깊었는지 새삼 감탄스럽습니다.

이 책 저 책 읽어봐도 별 재미가 없을 때, 서랍 속에 감춰둔 옛날 일기장을 들춰봅니다. 아, 내가 이렇게 유치했구나 새삼스런 깨달음에 고개가 숙여지기도 하고, 잊었던 꿈이 떠올라 문득 가슴이 두근거리기도 합니다.

추억을 되살릴 일기장 같은 게 없어도 상관없습니다. 대신 남의 일기를 읽으면 되니까요. 남들이 남긴 일기를 보면서, 빛나는 예술적 성취를 이룬 사람이나 수백 년 전 다른 세상을 산 사람이나 속내는 나와 별로 다르지 않음을 알면 어쩐지 용기가 납니다. 보잘것없이 느껴지는 삶들이 모이고 쌓여 생을 넘는 긴 예술, 큰 역사를 이룬다는 걸 깨달으니 지금 이 삶이 참 고맙게 느껴집니다.